JN036961

三国志

八の巻 水府の星

新装版

北方謙三

時代小説文庫

角川春樹事務所

目次

新装版

三国志

八の巻

水府の星

＊編集注　本文中の距離に関する記述は、中国史における単位に従い、一里を約四〇〇メートルとしています。

野の花

1

白馬に、赤い具足姿《ぐそくすがた》がよく似合った。

それでも、若武者と呼ぶには、いくらか小柄で華奢《きゃしゃ》である。

董香《とうこう》は、並んで駈《か》けながら、周囲に気を配っていた。公安《こうあん》のそばの原野と言っても、まわりが味方とはかぎらない。前の支配者である劉表《りゅうひょう》に仕えていた者は当然いるし、劉備《りゅうび》の陣営でも孫《そん》夫人の輿入《こしい》れを快く思っていない者もいるだろう。そして長江《ちょうこう》の対岸で大勢力を形成している周瑜《しゅうゆ》は、孫夫人を殺すことすら考えかねない。孫家の中でも、張昭《ちょうしょう》や魯粛《ろしゅく》は劉備との縁組に賛成で、周瑜はかなり強い反対の意志を持っていたという。孫夫人が、劉備のもとで殺されるということになれば、周瑜にとっては悪い展開ではなくなるのだ。

周瑜《しゅうゆ》の戦略の中に、劉備《りゅうび》軍は入っていない、と夫の張飛《ちょうひ》は言っていた。益州《えき》を奪《と》り、荊《けい》州北部と揚《よう》州で南方勢力を作りあげ、北の曹操《そうそう》と対峙《たいじ》する。それが周瑜の戦略であり、基本的には孫権《そんけん》も同意していることだろう、と張飛は言った。両家の婚《こん》姻《いん》は、益州を奪るまで荊州の安定をはかる、という程度の意味しか孫《そん》家にはないはずだ。

丘の頂《いただき》で、孫夫人は手綱《たづな》を絞《しぼ》った。馬は一瞬棹《さお》立《だ》ちになりかけ、馬首を横にむけて止まった。駈けてきた方をふり返り、孫夫人が舌打ちをする。

「まったく、馬でも剣でも、揚州の女たちは腑甲斐《ふがい》なさすぎる」

「舌打ちなどをされてはなりません、孫夫人。戦《いくさ》は、女の仕事ではないのです」

「しかし、劉《りゅう》家には、そなたのような女子《おなご》がいるではないか」

「私は、男のようなものです。躰《からだ》も大きく、力も強く生まれついてしまいました。兵たちも、私を女だなどと思っておりません」

「音に聞えた豪傑《ごうけつ》の心を射止めたではないか、董香《とうこう》。張飛との間で、三人の子も成している。董香は、女の中の女だ、と私は思っています」

「なにをおっしゃられます。夫はいつも、女らしくしろと私に申します。所詮《しょせん》は女で、武器を執《と》って男に勝つことはできないと、打ち倒すことで私に教えもしました」

「こんな時代です。女が武器を執って闘わなければならない時もありましょう。私は、そのためにも、女たちは習練を積まなければならないと思う」

「だからこそ、私もこうしてお供をいたしております。しかし、戦をするのは、やはり男です。男ができないことを、女はまずきちんとやらなければなりません。武芸の習練を積むのは、そのあとのことです」

ようやく、供の女たち二十騎ほどが、追いついてきた。

孫夫人は、それを見て馬首を公安《こうあん》の城にむけた。もう、疾駆《しっく》しようとはしない。供回りが追いついてこられるように、軽く駈けているだけである。

董香は、最初に会った時から、孫夫人に対して、懐かしさに似たような親しみを感じていた。若いころの、じゃじゃ馬と呼ばれて父をはじめ家中の者たちに持て余された、武芸好きの自分を見たような気分だったのかもしれない。

最初の出会いは、剣を執っての対峙だった。

輿入《こしい》れをしてきた孫夫人が、いくら劉備が言っても、剣を佩《は》くことをやめようとしない。劉家に、自分に勝つことができる女がいたら、剣を佩くのをやめるとうそぶいたのである。

それで、自分が呼ばれた。張飛《ちようひ》には、腕の一本も斬《き》り落としてやれと言われ、劉《りゆう》備《び》には、殺すなとだけ言われた。

対峙《たいじ》したのは劉備の館《やかた》の庭で、劉備のほかには、揚《よう》州から付いてきていた数十人の供の女たちのうちの二人が見ていただけだ。

確かに、女としては腕が立った。きちんとした剣の技を、習得している気配もあった。しかし、非力だった。実戦の経験も、勿論《もちろん》持っていなかった。まるで踊りのような剣だ、と董香《とうこう》は思った。

打ちこんでくる剣には、憎悪と憤りと悲しみが、ないまぜになっている、と董香は感じた。董香は、鞘《さや》に収めたままの剣で、それに応じた。いくら手加減するなと言われていても、主君の正室である。白刃をむけることは、憚《はばか》られた。最初の打ちこみは払いのけ、次の打ちこみは手首を打って剣を叩《たた》き落とした。孫《そん》夫人が剣を拾いあげるのを待ち、董香の方から踏みこみ、また剣を叩き落とし、突き出した鞘ごとの剣をのどもとで止めた。三度目は、好きに打ちかからせ、そのすべてをはずした。息があがり、孫夫人は膝《ひざ》を折ってうなだれた。

その時から、孫夫人は剣を佩《は》いていない。剣の稽古《けいこ》はするものの、終れば侍女に渡す。赤い具足で野駈《のが》けをするのも、五日に一度ほどになった。

館へ戻った。

孫夫人はすぐに具足を解き、劉備の正室らしい着物に替えた。董香も、地味な着物である。このところ、孫夫人から召し出されることが多かった。剣で打ち破って、嫌われるどころか、好きになられてしまったという恰好《かっこう》だった。ぽつりぽつりと、自分のことを孫夫人は語ったりする。

側室に、麋《び》夫人がいた。劉備の息子の阿斗《あと》は、麋夫人のもとで育てられている。阿斗に対して、自分は母である、と孫夫人は言ったことがある。しかし、孫夫人のもとで育てることを、劉備は許していないようだ。

政略のために輿入《こしい》れしてきた孫夫人を、よく言う者は家中《かちゅう》に少なかった。まして、男顔負けの武芸好みなのだ。

それでも、こうして着物を着ると、孫夫人は可憐《かれん》な顔をしていた。眼差《まなざ》しに、若さには似合わない憂《うれ》いがある。自分の望む結婚ができなかったという、惨《みじ》めな思いはあるのだろう、と董香は思った。好きだと思った男の妻になれた自分は、それだけでも幸福なのだという気がする。

孫夫人に対して、董香は男たちとはまた違う感情を持っていた。同情に近いものかもしれない。

初夜の話を、親しくなった侍女から聞いた。その侍女は、部屋の外で控えていたのだという。劉備《りゅうび》が部屋に入ると、しばらくして悲鳴に近い声が聞えた。ひとしきり続き、束《つか》の間《ま》静かになると、また悲鳴があがる。それが、実に夜明けまで何度もくり返されたのだ。しかも、次の日の夜も、その次の日も同じだった。悲鳴は喘《あえ》ぎに似たものになり、夜明けには消え入るような呻《うめ》きになっている。

劉備が立ち去ったあと部屋に入って侍女が見たのは、裸のまま放心したように横たわっている孫《そん》夫人の姿だった。三日通うと、劉備は現われなくなったが、はじめは怯《おび》えていた孫夫人に、はっきりと待つ気配があったという。六日目に再び現われた劉備を見て、孫夫人は喜色さえ見せていた。

房中術《ぼうちゅうじゅつ》というものだろう、と董香《とうこう》は話を聞いて思った。身分の高い男たちは、その術を身につけ、女の気持を自分に引きつけるのだという。そうなれば、女に惑わされることもなくなる。

董香には、よくわからなかった。

結婚してしばらくの間、張飛《ちょうひ》は董香の躰《からだ》を大事に扱った。それから徐々に激しい交わりをするようになったが、乱暴に扱われたという気持を抱《いだ》いたことは、一度もない。

劉備も、必死なのだろう。輿入《こしい》れしてきたとはいえ、孫夫人は、揚《よう》州から送りこまれたおおっぴらな間諜《かんちょう》のようなものだ。その働きをやめさせるには、心を引きつけておくしかないのかもしれない。

孫夫人は、いまは劉備を慕っているとしか、董香には思えなかった。

女とは、そんなものなのかもしれない。男たちは殺し合い、女たちは自分を騙《だま》す。

どちらにしろ、悲しいことだ。

孫夫人に召し出された時、董香はできるかぎり応じるようにしていた。何度召し出されたかと語っても、それについて張飛はなにも言わない。館にいない時の方が多い夫だった。それでも董香は、張飛にはすべて語る。

戦が、さし迫っているわけではなかった。

曹操《そうそう》が荊《けい》州に攻めこんできた時は、自分はもとより、夫の死も董香は覚悟した。劉備だけは生き延びさせたい、という張飛の心の底が、董香にははっきりわかったからだ。自分よりもさらに生き延びさせたい存在がいるということは、先に死ぬ覚悟をするのと同じだった。

董香は、劉備より、息子や娘たちより、張飛を生き延びさせたかった。ただ、張飛が劉備を生き延びさせたいと考えていた。だから、夫の思いに従っただけだ。男同士の結びつきというのは、もうひとつ董香にはわからないところがある。

「招揺《しょうよう》の子を取れないだろうか」

数日ぶりに戻ってきた張飛《ちょうひ》が、董香《とうこう》を見て不意に言った。

「いい雌馬《めすうま》がいるかどうか、ということですわ。駄馬では、話になりません」

「その雌馬を、おまえに捜して貰《もら》いたいのだ、香々《こうこう》。やがて、招揺も老いる。その時には、種馬にして雌馬を次々にあてがえばいいと思うが、老いる前に、一頭だけ子を取りたい」

「なぜ？」

牧場《まきば》があれば、なんの問題もないことだった。雌馬は一年、子を腹に入れている。牧場にいい雌馬を集めれば、その数だけ子は取れるということだ。そのためには、招揺も牧場にいなければならない。

「いまの招揺の子が、一頭だけ欲しい。招揺が老いてから、いくらでも子を作れることはわかっているが、俺《おれ》はいまの招揺の子に乗りたいのだ」

「わかりましたわ。あなたがそうおっしゃるなら」

「これから、また戦になる。当分の間、戦が絶えることはあるまい。いやな言い方に聞えるかもしれんが、招揺になにかあることも、考えられないわけではない」

「いい雌馬を捜しますわ。女の私が見た方がいいと、なんの理由もなくあなたは考えていらっしゃるのでしょう？」

「実は、そうなのだ」

張飛が、白い歯を見せて笑った。夫のこういう笑顔が、董香はたまらなく好きだった。好きな男を待ち、抱かれることができる人生もある。孫《そん》夫人のような、時代に翻弄《ほんろう》されてしまう人生もある。

「招揺が、うまく好きになってくれるといいのですが」

「そうなのだ。赤兎馬《せきとば》は、いまだに一頭の雌しか近づけないらしい」

張飛が、本気で心配しているような表情をした。自分が選ぶ雌馬なら、招揺は受け入れるに違いないという自信がありながら、董香は言ってみただけだった。

「俺には、男と女のことがよくわからん」

それはわからなくても、女を愛するということがなにかは、わかっている。言葉ではなく、心の底にあるもので、わかっている。張飛とは、そういう男だった。激しい、兵の調練《ちょうれん》をやる。戦では、常に先頭に立ち、臆病《おくびょう》な兵はためらいなく打ち殺す。好きでそうしているのではない、ということが董香にはよくわかっていた。荒々しい、粗暴と呼んでもいいような男が、劉備《りゅうび》軍には必要だった。そういう男がひとりいることで、兵はいつも緊張し、調練にも身を入れるのだ。長い歳月の間には、張飛《ちょうひ》を見て、臆病《おくびょう》さは恥なのだとさえ思いはじめる。

計算し尽された粗暴さは、ほんとうに粗暴な人間にあるわけがないものだった。

酒も、そうだ。ほんとうは、ほどほどに飲むのが好きなのだ。それでもその気になれば、一斗《と》（約二リットル）でも二斗でも飲める。そうやって飲んでから、やったこと言ったことは、酒のせいなのだと人々は思ってくれる。劉備《りゅうび》や関羽《かんう》は、それをうまく利用してきたと言っていいだろう。無言でも通じ合うものがあるらしく、二人が期待している時に、張飛はちゃんと酒を過ごす。

そんなことが必要だったのも、劉備軍が小さな存在だったからだ。酔った張飛の口を借りて言う、というのが劉備や関羽との黙約になっているのだ、とさえ董香《とうこう》には思えることがあった。特に、荊州《けいしゅう》でまだ劉表《りゅうひょう》が生きていたころ、蔡瑁《さいぼう》に対してものを言う時などそうだった。蔡瑁は、酔った張飛には決して無理なことを言おうとしなかったものだ。

義兄弟三人の結びつきを羨《うらやま》しいと思う気持は、しかしいまの董香からは消えていた。どういう結びつきがあろうと、自分は妻として愛されていて、それで充《み》ち足りていられるのだ。

「ところで香々《こうこう》、孫《そん》夫人に懐妊の気配などあるまいな」

「いまのところは」

というより、いつまでもあるはずがなかった。決して孕《はら》まないやり方で、劉備は孫夫人と媾合《まぐわ》っているようなのだ。孫夫人は、そちらの方については無知で、子が三人いる董香に、しばしば質問してくる。

孫夫人が子を生むと、阿斗《あと》との間で後継が面倒な問題になるのかもしれない。しかし董香は、ほんとうの理由はそれではなく、揚《よう》州との同盟が長期にわたるものではない、とみんなが見ているからだろうと思った。いまはそれぞれに利点がある結婚だが、周瑜《しゅうゆ》が益《えき》州に攻めこんで制してしまえば、またいろいろと情勢は変ってくる。周瑜が攻めることができず、劉備が攻めたとしても、やはり同盟は微妙なものになるのだ。

曹操《そうそう》が北へ退《ひ》き、いまは静かな対峙《たいじ》が続いている。静かな間だけ、多分孫夫人は劉備の妻でいられるのだ。

同じ女として、痛々しい思いが董香にはある。孫夫人は、間違いなく劉備を愛しはじめていた。

同盟は、男たちが考えることである。女にとってそれが非情だったとしても、顧慮されることはまずない。戦に勝ち抜くための同盟で、負ければ女も家族も殺されるのだ。

「もうひとつ、言うことがあった。陳礼《ちんれい》をしばらく、この館に住まわせようと思うのだが」

「それは、あなたがお決めになればいいことです。陳礼殿がどこに住もうと、一緒にいるのはあなたなのですから」

「いいのだな？」

「乱世ですわ、あなた」

王安《おうあん》の死を、いまだに董香《とうこう》が気にしている、と張飛《ちょうひ》は思っている。できるだけ傷つけまいとする張飛のやさしさが、そんなことを言わせているのだった。

董香とて、気にしていないわけではない。ただ、張飛が考えているより、女はずっと強いものだった。乱世の中の出来事と、王安の死を割りきることはできた。

「家というものを、もっとよくわからせたい、と孔明《こうめい》殿が考えているようなのだ。それには俺のところがいいだろう、と小兄貴が言いはじめた。趙雲《ちょううん》は独身だし、小兄貴は女房を新野《しんや》から呼ぼうとしないし」

「王安のことを、忘れられるものではありませんわ、あなた。弟のようにかわいがってきたのですもの。でも、王安は死んだのです。それは、受け入れなければなりません。乱世と申しましたが、そうやって死を受け入れるのも、乱世なのだと私は思います」

「わかった」

「陳礼殿は、なかなかのお方なのでしょう。孔明様が、お目をかけておられるのですから。でも、王安と較《くら》べるつもりは、私にはありません。陳礼殿は陳礼殿。また、そう思うのが、陳礼殿に対する礼儀でもありましょう」

「俺の息子や娘は幸福だ、香々《こうこう》。おまえのような母親を持つことができたのだからな」

張飛が笑い、それから大きく頷《うなず》いた。

子供たちが遊ぶ声が、庭の方から聞えた。

2

曹操《そうそう》が負けたいまをおいて、ほかに機はない。

そう思ってはいたが、機を生かす動きが張衛《ちょうえい》にはできずにいた。

五斗米道《ごとべいどう》軍には、信仰で結集したという強さもあったが、その裏返しの弱さもあった。兄であり、教祖でもある張魯《ちょうろ》が、戦《いくさ》から眼《め》をそむけると、たちまち五斗米道軍は弱体化してしまうのだ。

信仰があるかぎり、張魯が命を捨てろと言えば、兵たちはみんな命を捨てる。その意味では、無敵だった。しかし、張魯に闘う意志がないと感じると、無敵であったはずの兵が、とんでもない弱兵に変ってしまうのだった。相手が劉璋《りゅうしょう》であろうと、ただの人形《でく》のような兵になってしまうのだ。

張衛《ちょうえい》は、弱体化しはじめた五斗米道軍を、必死に立て直そうとしていた。兵たちが戦意を失いはじめたのは、ここ一年ほどで、しかも顕著《けんちょ》な傾向となっていた。

冬も、他国へ出てみるということは、できなくなった。張衛がいなければ、調練《ちょうれん》をしようとさえしないのだ。

二度、劉璋の軍に攻めこまれた。その時だけ、張魯は自ら撃退せよと指令を出した。すると、日ごろの調練以上に兵は動いたのだ。兵がそういう動きをすれば、劉璋の軍を追い返すことなどたやすかった。しかし、漢中《かんちゅう》を出てまで、兵は闘いたがらない。

張魯が、益《えき》州と言わず、漢中と言った。米粒を口に含ませるたびに、漢中を守れと兵たちに言うのである。

張魯が、益州を守れと言えば、いまの展開はまるで違ってくるはずだ。当然ながら成都《せいと》まで攻めるということになるだろうし、兵力ももっと増強しなければならなくなる。

しかし、張魯の頭には漢中しかないようだった。漢中だけ五斗米道の土地にしておけば、人々の信仰は守られると思いこんでいる。それについて、何度も張魯と話をしたが、埒《らち》が明かなかった。宗教が、軍を持つことはどこか間違っている、と考えている気配すらある。

張魯を説き伏せることを、張衛はほとんど諦《あきら》めかけていた。戦略がどうの、ということを喋《しゃべ》っても、どうにもならない。宗教のありようというような話題でないかぎり、張魯は深い黙想の中に逃げこんでしまうのだ。

麾下《きか》の二百騎ほどは、信仰よりも戦を選ぼうという者たちだった。それ以外は、任成《じんせい》や白忠《はくちゅう》でさえ、信仰を選ぶ。

「張衛殿は、なぜいつも思い悩んだような顔をしているのです？」

馬綝《ばりん》が言った。預かっている馬超《ばちょう》の娘。漢中に来てからは、とても大人《おとな》しく、幼いくせにどこか色気さえ漂わせていた。

馬超《ばちょう》は、長安《ちょうあん》を挟んで曹操《そうそう》軍とむかい合っている。曹操軍が、押し戻そうとして何度か攻撃をかけたが、馬超にうまくいなされたという恰好《かっこう》だった。

馬超が考えていることが、漢中《かんちゅう》から見ているとよくわかった。その気になれば、長安を奪《と》ることは難しくないだろうが、守備の範囲がどうしても広くなる。それを避け、曹操が自身で出てくるのを、じっと待っているのだ。

馬超は、曹操を討《う》とうとしている。それは多分間違いがないことで、独立勢力の叛乱《はんらん》だけで戦を終らせる気はないのだろう。

曹操も、いつまでも馬超を放置はできない。南で揚《よう》、荊《けい》二州と対峙《たいじ》しているとはいえ、防御だけならまず問題はないはずだ。西の馬超に割《さ》く兵力の余裕はある。

曹操を討ち、馬超はこの国の覇権の争いに躍り出る気なのかもしれない。その時、漢中から兵を出せれば、自分もまた覇権の争いに加わることができる。歯噛《はが》みする思いで、何度もそう考えた。張魯《ちょうろ》さえ、説き伏せることができれば、それはたやすいことなのだ。

「張衛《ちょうえい》殿は、雪が降れば他国へ旅をすると言っていたのに、しませんでしたね」

「いろいろと、忙しいことがあるのだ」

「漢中は、平和です。ほかの土地と較《くら》べたら、ずっと平和だと私は思います」

「そうか。小緋《しょうりん》（小は子供に対する愛称）は、戦を多く見てきたと言っていたな。旅もしたと」

馬緋《ばりん》が、ほんとうに馬超の娘かどうか、張衛はあまり深く考えたことはなかった。馬超から預かった。だから、娘として扱っている。それで充分なのだ。南鄭《なんてい》の仮義《かりぎ》舎《しゃ》（信徒の宿泊所）に、部屋をひとつあてがい、世話をする女をひとりつけることまでしか、張衛は考えなかった。

「馬超のところへ帰りたいか、小緋？」

「迎えに来る、と約束してくれました」

「信じられるのか？」

「疑ったことは、一度もありません」

張衛には、何人もの子供がいた。祭酒《さいしゅ》（信徒の頭《かしら》）たちが、信徒の中から若い娘を選んで、張衛につける。その娘がそばにいるのは、子を孕《はら》むまでである。生まれた子は五斗米道《ごとべいどう》の子として、義舎で育てられ、どれが自分の子なのか張衛には見当もつかない。

「馬超は、大変な豪傑《ごうけつ》だと私は思う。ただ、弱さもあるな。人に担がれてしまう弱さだ。いまの戦も、そうやってはじめてしまったようなものだろう」

言いながら、張衛《ちょうえい》は集まった兵の中を駈《か》け抜けていく、馬超《ばちょう》の姿を思い浮かべていた。兵は、歓声で馬超を迎え、狂喜し、その場にではなく、それぞれの心の中にとてつもないものが現われた、という様子だった。

自分は、甘いところで生きていたのかもしれない、と張衛は思った。信徒がいた。そこから兵を選び出し、大将になった。政事《まつりごと》をする必要もなく、民から税を取り立てる苦労もなかった。すべて、五斗米道《ごとべいどう》に寄りかかりながら、いつかは天下を取ろうとまで考えていたのだ。

ひとりの兵を得るために、曹操《そうそう》も孫権《そんけん》も馬超も劉備《りゅうび》も、大変な苦労をしたに違いない。それと較《くら》べれば、やはり甘いところで生きてきた。

「張衛殿、なにを考えておられます？」

馬綝《ばりん》が、張衛を見つめていた。はっとするような、眼差《まなざ》しだった。澄んでいるが、純真ではない。この世の、汚れも悲しみも見てきたという眼《め》である。十一歳になったばかりのはずだ。

「いろいろ、考えなければならないこともある」

「岩の上で、裸で考えているではありませんか。あれでも足りないのですか？」

「足りないのだろうな。岩から降りても、考えているのだ」

「張衛殿は、立派な大将です。でも、欠点もあります。考えすぎることです」

張衛は苦笑した。馬超に弱さがある、と言ったことに対し、反撃されたのかもしれない。馬綝の眼は、まだじっと張衛を見つめていた。

「少しは、遊んだりしろ、小綝《しょうりん》。書物が好きなだけでは、いい妻にはなれん」

「誰《だれ》の、妻になるのですか？」

「さあな。縁があった者、ということになるのかな。南鄭《なんてい》は平和だが、箏曲《そうきょく》ができる者もおらん。そういうことは、自分で身につけるようにするのだ」

「箏曲より、私は剣を習いたいのです。誰も、教えてくれません。それから馬も」

馬超の血を受け継いでいたら、そういうことは筋がいいかもしれない。しかし張衛は、剣を構えた馬綝の姿を、あまり想像したくはなかった。

「馬なら、私が暇な時に教えてやろう。大人しい馬を、一頭やる」

「鞍《くら》も？」

「当たり前だ。鞍がなければ、乗れもしまい」

「張衛殿は、そういうことは考えこまずに決められるのに」

馬綝を捜しに、下女が出てきた。

二人は、うまくやっているようだ。下女相手だと、馬綝はわがままなど言わないという。山へ行きたいとか、張魯《ちょうろ》に会いたいとか、張衛《ちょうえい》にはかなり無理なことを言う。

馬綝《ばりん》が家へ入ると、張衛は高豹《こうほう》を呼んで馬の仕度をさせた。

最近では気が重く腹立たしいことになっているが、兄の張魯に会っておこうと思ったのだ。南鄭《なんてい》にいるのに、もう五日も顔を合わせてはいない。

「黙想の日ではあるまいな、高豹？」

「きのうが、その日でした」

張魯は、巫術《ふじゅつ》などとは別に、最近はおかしなことをはじめた。終日、座って眼をつぶっている。自分だけでなく、祭酒《さいしゅ》たちや、館《やかた》にいる信徒にもそれをさせる。食事もとらず、水も飲まないらしい。

そんなことは、昔から張衛は岩の上に座ってやっていた。真冬でも、上半身は裸だ。

座っているだけでなにかがなせるなら、これほど楽なことはなかった。しかし張魯には、座って得られる喜びがあるらしい。その傾向は、信徒の民から、兵たちの間にまで拡《ひろ》がってきている。仕方なく、兵が黙想するのを、十日に一度半日だけ張衛は許していた。全軍を二つに分けてやらせているので、五日に一度は、兵舎でも黙想している兵の姿を見ることになる。

馬鹿げたことだった。そんな時に攻められたら、座ったまま兵は首を刎《は》ねられかねない。まったく、思う通りにはいかない、という苛立《いらだ》たしさは募《つの》るばかりだ。

張衛は、四十三歳になっていた。気力も体力も、若いころとはだいぶ違う。ただ、耐えることは身につけた。

南の山の館へ、張衛は入っていった。

鮮広《せんこう》が出ていくところだった。ここ数年、鮮広はこの館にいることが多かった。数年前までは、月に一度も、館に顔を出すことはなかったのだ。

「伯父上《おじうえ》も、このところ御熱心ですな」

張衛は皮肉を浴びせたつもりだったが、鮮広は真顔で頷《うなず》いた。

「黙想すると、伯父上にもやはりなにか見えてくるのですか？」

「私は、黙想はせぬ。祭酒たちと、いろいろ語るのが面白いだけだ」

「ほう、祭酒たちと」

祭酒の顔ぶれも、昔と較《くら》べるとかなり変っていた。漢中《かんちゆう》郡の政事《まつりごと》など、祭酒が話し合って決める。法も、祭酒たちが決め、罪人たちに罰を加えたりもする。法を守らせるために、力は必要ではなかった。信仰があるのだ。

「草庵《そうあん》にも、顔を見せよ、張衛《ちょうえい》」

鮮広《せんこう》の眼が、一瞬だけ射抜くように張衛を見つめてきた。このところ、南の山の館で会うことが多いので、草庵を訪《おとな》ってはいなかった。

頷いた時、鮮広はすでに背をむけていた。

張魯《ちょうろ》は、五人の祭酒と、車座になってなにか語っていた。張衛が部屋に入っていくと、張魯のそばの座があけられた。

張衛は腰を降ろし、一座を見回した。外界は戦の予兆で溢《あふ》れているのに、暢気《のんき》なことだと出かかった声を、なんとか呑《の》みこんだ。

ひとり、老人が混じっている。ここ数年で、よく見るようになった顔だ。

祭酒《さいしゅ》に、老人は少なかった。雑務をこなした上で、信仰の生活も全うしなければならないからだ。祭酒を終えた者たちが、それぞれの義舎《ぎしゃ》で、信仰の頂点に立つ。この老人だけは、例外と言っていいほど老いていた。

「また、劉璋《りゅうしょう》がおかしな動きをしております」

張衛が言うと、張魯は黙って眼を閉じた。

劉璋の動きはいつものことで、そのすべてを張魯に報告しているわけではない。ただ、このところ二度、劉璋は実際に攻めてきていた。

「いまの状態では、必ず打ち払えるとは言えません。もし負けることがあれば、たちまち南鄭《なんてい》まで押されます。南鄭の防備は固いのですが、この山はそういうわけにはいきません。囲まれると、すぐに干上がります」

「おまえが言いたいことは、わかっている、張衛」

「何度でも、申しあげなければなりません。このところ、五斗米道《ごとべいどう》軍はさして強くもない、と劉璋には思われております。すぐにまた、攻めてくるかもしれません」

「防衛線を、もっと南の平地に出させてくれと言うのであろう。しかし、それでは漢中《かんちゅう》から兵が出ることになる」

「劉璋の兵が漢中に入るより、ずっとましだとしか私には思えないのですが」

何度も、言ったことだった。喋りながら、張衛は強い徒労感に襲われていた。

「せっかく、騎馬隊も整えているのです、兄上。むざむざ信徒が劉璋の兵に討たれるのを、私はこれ以上黙って見ているわけにはいきません」

「気持は、わかる。しかし、漢中という線を崩してはならぬ。昔は、そうやっていたではないか。それが、少しずつこちらから出ていくようになった」

「その方が、犠牲が少なくて済むからです」

「十年先、二十年先のことまで、考えるのだ、張衛。五斗米道が、他国を侵《おか》す軍を持ってはならぬ。そう思われることこそ、危険なのではないか」

「しかし、現実は」

「どう見えるかということについて、私は言っている。益州《えき》以外から、どう見えるだろうかとな。他国で軍を動かしたという事実は、のちに必ず五斗米道《ごとべいどう》に禍《わざわい》する」

太平道《たいへいどう》のようになる。それが、張魯《ちょうろ》が最も恐れていることだった。それも、何度もの話し合いで、いやというほどわかっている。

誰《だれ》かの庇護《ひご》のもとで、五斗米道が生き延びればいい、と張魯はまだ言いはしないが、どこかで考えているのかもしれない。

しかし、庇護を受ければ、年貢は納めなければならない。兵を駆《か》り出されることもある。楽なことより、むしろ苦しいことの方が多いのだ。

「祭酒《さいしゅ》たちにも訊《き》きたい。いまの政事《まつりごと》ができなくなっても、信徒は平穏に暮していけるのだろうか？」

「信仰が守られる。大事なのは、それでございましょう。もともと、祭酒が合議して政事をなすというのは、不自然ではあるのです。時に、純粋な信仰が守れない、ということもあります。それに、劉璋《りゅうしょう》のような存在は、たえずあることです」

若い祭酒だった。以前は、若い祭酒にはもっと前向きの者が多かった。兵力を増強し、騎馬隊を充実させ、成都《せいと》まで攻めるのも仕方がない、と考えるものが、二人にひとりはいたのだ。

「信仰さえ守ることができれば、どのような政事でもよい、と言うのか？」

「できるかぎり穏やかで、できるかぎり信仰を守ってくれそうな政事です。われら五斗米道の信徒は、信徒だけで小さく固まって生きることはできません。同じ信仰を抱いていない者たちとも、等しく人として接していかなければならないのです」

「当たり前のことを、言わないでくれ。いま、信仰が侵されている。劉璋が攻めてくるのは、明らかに信仰を潰《つぶ》すためだ。もっとはっきり言えば、五斗米道という信仰がなくなり、信者が普通の民となった時、劉璋の侵攻はなくなる。私は、それを許せぬと思うから、闘っている。できるかぎり穏やかで、できるかぎり信仰を守ってくれる政事、と言ったな。そんな政事が、どこにあると思う。ここにあるだけだ、この漢中《かんちゆう》に。そして漢中は、兵によって守られているから、それができる」

激高して語ったこともあったが、いまは張衛《ちようえい》は落ち着いていた。どこかで、絶望しかかっている、と言ってもいい。

「こんなことは、いままで何度も言った。今日は、別の提案があるのだ。祭酒であろうと信徒であろうと、信仰には変りがない。同じように、それを守るべきなのだろうと思う。私は、鬼卒《きそつ》（信徒）だけでなく、祭酒《さいしゅ》にも軍に加わって貰《もら》いたい。この館で、戦をしてはならぬというような議論をするより、みんな等しく、信仰のために闘ってみるべきなのだ。そうすれば、戦というものがどれほど馬鹿げたもので、そんなものは絶対にない方がいいということが、身をもってわかる」

「戦は、ない方がいいとは、常々教祖も言われ、私たちも言っています」

「それでも、劉璋《りゅうしょう》の軍が攻めてきたら、戦をせよと言うではないか。祭酒たちが合議して、打ち払うべしと教祖に進言する。言われれば、私は敵を打ち払おう。しかし、際限がないことだ。いつまでも、終らぬ。だから、その戦がどういうものか祭酒たちにも知って貰いたいと思う。その上で、戦をなくすにはどうすればいいのか、話し合いたい。私は、戦をなくすために、いくらか大きな戦が必要だ、といつも言っているだけなのだ」

喋っていることは、どこか自分の思いと食い違っている、と張衛《ちょうえい》は思った。ただ、祭酒たちに、言いたいことは言っている。

「この戦はいい。あの戦はよくない。そういう話し合いをしても、無駄だろう。やっていい戦など、この世にあるはずがない。しかし、戦は起きる。実際に、劉璋の軍が攻めてくる。これからも、くり返し攻めてくるだろう。もう沢山だ、と私は思いはじめている。いつまでも終らない戦だけをするなら、はじめからやらない方がいい」

祭酒たちも、頭は働く。これ以上の議論は不利だ、とすぐに悟ったようだった。

「兄上」

張衛は、横にいる張魯《ちょうろ》に、躰《からだ》ごとむけた。

「劉璋の軍が攻めてきた時だけ、打ち払う。そういう果てしない戦の指揮を、私はこれ以上執《と》る自信はありません」

脅《おど》しに近い言い方だ、と自分でも思った。全軍の指揮を執れる人間は、ほかにはいない。白忠《はくちゅう》や任成《じんせい》も、張衛の指図に従って力を出す人間だった。

張魯は、小柄な躰をさらに小さくし、黙想の中に入っていった。

祭酒たちを見回し、張魯に頭を下げ、張衛は腰をあげた。まともに眼を合わせてきたのは、老いた祭酒ひとりだった。

翌日、張衛は鮮広《せんこう》の草庵を訪《おとな》った。鮮広は、佩《は》かなくなってから久しい剣を持ち出し、じっと刃を見つめていた。張衛に剣を教えたのは、鮮広である。

「会ったか、石岐《せきき》に？」

「石岐というと？」

「老いた祭酒《さいしゅ》がひとりいたであろう。あの男が、石岐《せきき》という名だ」

「そうですか」

「この数年、私はあの男と親しくされていた?」

「伯父上が、祭酒と親しくしてきた」

「なかなかの男だ。気も合った。しかし、五斗米道《ごとべいどう》の信者ではない。自分がそうではないから、私にはよくわかる」

「そうなのですか」

張衛《ちょうえい》は、それ以上なにも言えなかった。自分に、信仰というものがあるのか、と漠然《ばくぜん》と考えただけである。

鮮広《せんこう》は、張衛を見て笑っていた。この伯父の笑顔を見るのは久しぶりだ、という気がした。笑い返すと、鮮広の表情から笑みが消えた。

「私に、なにが起きても驚くな、張衛」

「なにか、起きるのですか?」

「なにも起きん、なにも」

鮮広が、またほほえんだようだった。

3

長江《ちょうこう》南岸の荊《けい》州は、ほぼ固めた。

糜竺《びじく》や孫乾《そんけん》が奔走《ほんそう》し、民政もしっかり立ち直った。その大きな流れに押されるように、劉備《りゅうび》軍に完全には帰順していない豪族たちも、年貢だけは届けてきていた。

劉備は、張飛《ちょうひ》と孔明《こうめい》と孫乾を伴い、一度領地となったところを巡察した。広大だった。徐《じょ》州を二つ合わせたよりずっと広かった。人は少ないが、戦乱で荒れてもいない。叛乱《はんらん》の気配も、感じられない。

公安《こうあん》へ戻り、館《やかた》の居室でひとりになった時、自分の領地を持ったという感慨が、はじめて湧《わ》いてきた。

長い流浪《るろう》だった。それに耐えて、六千の軍は付いてきた。ふり返ると、身ひとつになっていても、不思議はなかったという気がする。流浪の軍を続けている間、関《かん》羽《う》や張飛や趙雲《ちょううん》から、ひと言の不平も聞かなかった。自分が、愚痴をこぼし続けてきただけである。

領地を持ち、七万の軍を擁《よう》するようになったが、必ずしも安定したものではなかった。曹操《そうそう》が再び、大南征《だいなんせい》をかけてくるかもしれない。荊州《けいしゅう》北部にいる周瑜《しゅうゆ》は、劉《りゅう》備《び》軍がこれ以上大きくなることに、神経を尖《とが》らせている。

孫権《そんけん》の妹を娶《めと》ったのも、こちらと揚《よう》州の思惑が交錯する中でだった。劉備は、必死だった。毎夜のように、新婦を抱き続けた。孫権の妹は、揚州がこちらへ打ちこんできた楔《くさび》であり、こちらから見れば揚州との関係を断《た》たないための窓口で、同時に貴重な人質《ひとじち》でもあった。

孫権の妹を、こちら側の人間にできるかどうか。それは、戦《いくさ》とはまた別の闘いだった。

とにかく、気持をこちらにむけさせるために、毎夜、抱き続けた。躰《からだ》の喜びが、気持を動かすだろうと思ったからである。しかし、子を孕《はら》ませないようにやった。子ができれば、それを後継に立てろと、孫権が口を挟んでくるのは眼《め》に見えていた。

気持をこちらにむけられたかもしれない、といまでは思う。自分が、闘ったからだけではなかった。張飛《ちょうひ》の妻の、董香《とうこう》の存在が大きかった。

領内をかため、力をつけることに専念できる情況にはなっている。ただ、荊州南部は、戦略としては足がかりにすぎない。益《えき》州を奪《と》る。それでようやく、曹操に対抗できる力を持てるのだ。

しかし、益州攻略は、周瑜もやろうとしていた。天下二分の形勢を周瑜が作ろうとしていることは、すでに明確になった。その二分の中に、劉備は入っていない。加われるとしたら、孫権の一部将としてだけだ。周瑜を益州に進ませたくないとは思ったが、孔明《こうめい》も龐統《ほうとう》も、いい策は出せないでいた。

周瑜の準備が、着々と整っていることはわかった。水陸両面から、一気に益州を攻略してしまうつもりだ。一度動いたら、短い間に攻略してしまいたい、と周瑜は考えているのだろう。一年ほどで、長くても二年で。

しかし、孔明は焦《あせ》っているようではなかった。天下二分という形勢になってからも、活路があると考えているのか。

とにかく、いま周瑜は止められない。

劉備は、できるかぎり焦りを表情に出さないようにしていた。関羽《かんう》や張飛や趙雲《ちょううん》ら部将たちにも、愚痴はこぼさなかった。

公安《こうあん》に、ひとつだけ、明るいことが起きようとしていた。

孔明が、嫁を迎えるのである。

かつて住んでいた隆中《りゅうちゅう》の村の長《おさ》の、娘のひとりらしい。劉備は、早速館を用意させたが、孔明は大きすぎると辞退してきた。そして自分で、粗末な館を見つけた。

派手な婚礼などは好まないと孔明《こうめい》は言ったが、劉備《りゅうび》は簡雍《かんよう》に命じて、幕僚《ばくりょう》たちだけの、内輪の宴《うたげ》を開かせた。

孔明の妻になった女は、陳倫《ちんりん》という名で、二十五歳だった。陳礼《ちんれい》とは縁戚《えんせき》になるらしい。平凡な印象の女だったが、眼の光が生き生きとしていた。

「いい妻になるだろう、と私は思っています。私の思っている、いい妻ですが」

酒宴が終り、幕僚たちが去ったあと、孔明は劉備にそう言った。

孔明が、陳倫を隆中《りゅうちゅう》にいたころから知っていたかどうか、よくわからなかった。陳礼も、知らないらしい。ただ、隆中から持ちこまれた縁談に、孔明は気軽に返事をしたという。

「ひとり者は、趙雲《ちょううん》だけか」

「関羽《かんう》殿も、そのことを心配しておられました」

「まあ、押しつけられるのを趙雲は嫌いそうだし、誰《だれ》かを見つけてくるのを待つしかないな」

「このような時期に、嫁などを貰《もら》ってと、恐縮しております。決して、殿に御迷惑はおかけしません」

「孔明らしくないことを言うではないか。男が妻を娶《めと》る。生涯の喜びのひとつだ、と私は思う」

　孔明が、かすかにほほえんだ。

「馬商人の、洪紀《こうき》を知っているな。あれは、もともと馬飼いで、鍛冶屋《かじや》の娘を好きになった。嫁に貰えると決まった時は、馬の首を抱いて、ひと晩嬉《うれ》し泣きをしていた」

「そうですか。洪紀殿が」

洪紀からも、百頭、二百頭と、きちんと代金を払って馬を買えるようになった。いまは、さらに二百頭の馬を註文《ちゅうもん》している。

「われらに較《くら》べて、殿はつらい結婚をなさいました」

「そう思うだろうが、私は妻を気に入りはじめている。私も、気に入られているのかもしれん」

「そうですか。それは、願ってもないことです。益《えき》州のことは、あまりお気になされずにとだけ、申しあげておきます」

「孫権《そんけん》から、里帰りの要請が来ている。これをどうするかだ」

「孫権と会っておくのは、悪くないとは思うのですが」

「私は、揚《よう》州の嫌われ者だろうからな。労せずして、荊《けい》州南部を奪《と》った、と思われている」

「孫権《そんけん》が、益《えき》州攻略を急いでいるとしたら、殿は邪魔ということになります。奥方様の里帰りに同行されたのを、よい機会としてお命を狙《ねら》ってきましょう」

「しかし、孫権と会わぬかぎり、荊《けい》州南部の領有を、正式なものにすることはできん」

事実上、荊州南部は劉備《りゅうび》が支配しているが、成行《なりゆ》きでそうなったと見ることもできる。返還させよ、という意見がないでもない。若い将軍たちを中心にした意見で、そのもとを辿《たど》っていけば周瑜《しゅうゆ》に行き着く。

それに対して、魯粛《ろしゅく》を中心とする一派は、劉備との同盟の強化を訴えている。張《ちょう》昭《しょう》も、それに近いだろう。孫権の妹の輿入《こしい》れは、建業《けんぎょう》では魯粛の意見が強くなったから、と見ることもできた。

魯粛は、しばしば江陵《こうりょう》へ来て、かなり激しい議論を交わしているようだった。帰路には、必ず公安《こうあん》にも寄った。

魯粛は、天下二分ではなく、三分でもよいと考えている気配だった。つまり劉備を、同盟勢力として大きくしようというのだ。そして、曹操《そうそう》と孫権の対峙《たいじ》という図式を、曹操と孫権と劉備の三つ巴《どもえ》に持ちこもうとしている。劉備との結着は、曹操を倒してからという考えだろう。

　劉備に、選択の余地はなかった。魯粛の意見に乗るしかない。そして、その魯粛が、孫権の妹の里帰りに同行してこないかと、打診してきたのだ。劉備と孫権を会わせることで、揚《よう》州内の強硬派を押さえこもうという構えが見えた。

「これはもう、周瑜と魯粛の闘いと言ってもいいものだな。あの二人は最も近かったはずなのに、ここへ来て完全に対立した」

「ともに信念を曲げぬ。立派なものです。認め合っているからこそ、対立もできるのでしょう」

　孫権に会うことで、荊州南部は劉備のものという考えが、揚州内には定着する。若い孫権の、義弟という立場をはっきりさせる行為でもあった。

「安心して行かれませ。趙雲《ちょううん》殿に、一千騎ほどつければよろしいでしょう。しかし」

　孔明《こうめい》が言い淀《よど》んだ。

「なんだ、孔明？」

「この結婚は、あまり長く続かぬと思います。奥方様に、公安にいる理由がなくなるのは、それほど先のことではない、と私は思っております」

劉備《りゅうび》は、かすかに頷《うなず》いた。孫権《そんけん》と劉備が、対面して杯を交わせば、政略結婚の意味は、いくらか減少する。孫権の妹の心を劉備が摑《つか》んでしまっていれば、劉備陣営に打ちこんだ楔《くさび》という意味も、また少なくなる。

「私と孫権を会わせるためだけに、輿入《こしい》れしてきた、ということになるな」

「乱世です、殿」

「わかっているが、不憫《ふびん》だと思うほどの情は、すでに湧《わ》いている」

簡雍《かんよう》が、公安《こうあん》の民とともに、手作りの花を抛《ほう》って祝ってくれた。それが嬉《うれ》しかったと、輿入れの十数日後に劉備の耳もとで囁《ささや》いたのも、いまではいじらしく思える。

「拠《よ》って立たれる地は、益《えき》州です、殿。そのことはお忘れなく」

孔明《こうめい》はそれだけを言うと、新妻を連れて館へ帰っていった。孔明が選んだのは、本営の近くにある小さな館で、使用人も三人ほどしか置けなかった。孔明はそこに、ひとりの下女さえ置こうとしなかった。

数日後、劉備は妻の里帰りを発表した。

関羽《かんう》を中心にして、危険だと進言してくる者が多かったが、劉備はそれほど心配はしていなかった。いま、孫権軍だけで曹操《そうそう》に対抗するのは、やはり難しい。劉備軍としてまとめ、調練《ちょうれん》も積んできた七万は、黙視できない力になっているはずだ。

その重みが荆州《けい》南部にあるかぎり、たとえ身ひとつで劉備が建業《けんぎょう》へ行ったとしても、大きな危険があるとは思えない。

公安は、活気に満ちていた。

急いでまとめられていた軍も、調練を重ね、再編が行われようとしている。将軍たちも、以前からの三人に、黄忠《こうちゅう》と魏延《ぎえん》が加わっている。装備も整い、どういう戦にも対応できるようになってきた。

軍の再編は、関羽と龐統《ほうとう》が話し合いながら進めた。関羽は、孔明より龐統と気が合うようだ。二人で、よく酒を飲んだりもしている。どこか朴訥《ぼくとつ》な龐統の人柄が、関羽のような男には親しみやすいのかもしれない。龐統が、まともに馬に乗れるようになったのも、関羽に教えられたからだという。

民政の方は、もっと整いつつあった。各地の役所も、人が不足するということはなくなっている。集まってきたのは兵だけでなく、事務の能力を持った者も多かった。統一された民政の機構を作りあげるには、馬良《ばりょう》の力が大きかった。孫乾《そんけん》や麋竺《びじく》は、直面する問題の処理はできても、将来を見通した構想はなかなか立てられなかったのだ。馬良、馬謖《ばしょく》の兄弟は、荆州で得た大きな人材だった。

兵力も集まり、人も揃《そろ》ってきた。流浪の軍では、考えられないことだった。領地を持つとはこういうことなのだ、と劉備《りゅうび》はしみじみと思った。しかし、夢はまだ遠い。志《こころざし》が、志としてようやく現実味を帯びてきた、という程度でしかないのだ。

ある日、調練の視察の帰りに、女たちが三十人ほどで、土を運んでいるところに行き合った。董香《とうこう》と陳倫《ちんりん》が指揮しているようだ。

「これは？」

馬を停《と》め、劉備は言った。

「館の庭に、小山を築きます。そのために運んでいる土です」

陳倫が答えた。土は、担がれているのではなく、小さな荷車に積まれ、それを女ふたりで動かしている。押すのと曳《ひ》くのの両方をやっているようだ。

「ほう、孔明《こうめい》がなにかしようというのかな？」

「いいえ、主人はこの車を女ひとりで扱えるかどうか、試してみてくれと申しただけです。押す方がまだましなようですが、ひとりではとても無理ですわ」

「それでは、山はなんのためなのだ？」

「奥方様が、お里帰りをなされます。その前に山を築き、花の種を播《ま》きます。揚州《よう》から戻られるころには、芽が出ていましょう。そして、色とりどりの花の山になります。奥方様は、花がお好きでございますから」

「そうか。私の妻のためにやってくれていることか」

「奥方様は、御自分でも土を運ぶと言われました。土で荒れた手で、お里帰りはさせられない、と董香様が言ってくださったのです。董香様のおっしゃることなら、奥方様はよく聞いてくださいます」

「しかし、陳倫。おまえにも家があるではないか。使用人もいないし、それに新婚だ。孔明を放《ほう》っておいてもよいのか？」

「夫は、本営に出仕している時に、ほんとうに生きております。休みたくなった時に、家に戻ってくればよい、と私は思っています」

孔明は、益《えき》州の調査と分析に忙殺されていた。応累《おうるい》の手の者の半分はそれに使われていたし、ほかにも商人などを潜《もぐ》りこませている気配がある。

江陵《こうりよう》の周瑜《しゆうゆ》軍は、荊《けい》州兵の一部も加えて、すでに十万に達していた。益州攻略の準備は、最終段階に入ったように見える。

しかし孔明は、落ち着いて調査を続けていた。周瑜が益州を攻めることはない、という確信を持っているようだ。病《やまい》が篤《あつ》いのかもしれない、と劉備は思っていた。周瑜の病については、当然曹操《そうそう》も摑んでいるだろう。

二人とも、なにかを待っているように劉備には思えた。

劉備《りゅうび》には、人の死を待とうという気がなかった。劉表《りゅうひょう》の時もそうだ。病が篤くなった時、早く死ねばいいとは思わなかった。死は、宿命が運んで来るものだ。

「孔明《こうめい》とは、隆中《りゅうちゅう》のころから親しかったのか、陳倫《ちんりん》？」

「さあ。私は、開墾する土地の岩を動かす道具を、作る手伝いをしたことがあるだけです。言いたいことを、言ってしまいました。その時のことを、主人が憶《おぼ》えているかどうか、よくわからないのですが」

憶えていたはずだ、と劉備は思った。なにしろ、孔明なのだ。縁談が持ちこまれた時、黙って承諾したのも、しっかりと憶えていたからなのだろう。

「みんな、よい妻《めと》を娶った。孔明も、そして張飛《ちょうひ》もだ」

董香《とうこう》が、ほほえんでいた。

劉備は、土で汚れた三十人の女たちに眼をやった。それが、ほんとうに汚れているようには思えなかった。

4

水は、どこから集まってくるのか。

雨が集まり、大きな流れになるのか。雪解けの水か。地中から水が湧《わ》き出している場所もあるのか。

それにしても、長江《ちょうこう》の水量は厖大《ぼうだい》で、圧倒的だった。この河が、自分に道を開いてくれた。最近、長江を眺めていて、周瑜《しゅうゆ》はしばしばそう思った。

呉《ご》郡の河口のあたりは、毎年海岸線が変る。長江の水が大量の土も運び、海が広い範囲で浅くなっているからだ。浅いところが、干潟《ひがた》のようになり、やがて陸になる。

長江がまた、自分を天下へ導こうともしている。この河を進むことで、天下への足がかりを不動のものにできる。

「また、船に乗られたのですか、殿」

館《やかた》へ戻ると、幽《ゆう》が待っていた。

「このところ、躰《からだ》はだいぶ回復した。夏には、元に戻りそうな気がする」

「そういう時こそ、あまり無理をされず、大事にされた方がいいのです。四日も船に乗っておられるとは。しかも、艦《かん》ではなく小船ではありませんか」

「確かに、四日も走り回っていると、くたびれる。戻れば、幽の胸の中で眠れる、とも思っていた」

周瑜《しゅうゆ》は具足《ぐそく》を解き、軍袍《ぐんぼう》を脱いだ。楽な、袍《ほう》に着替える。江陵《こうりょう》の本営のそばの館では、そういう身なりをしていることが多かった。

すでに、江陵から戦《いくさ》の気配は消えかけている。周瑜も、本営から館へ、住むところを変えた。江陵には人や物が集まり、かつての繁栄をすでに凌《しの》いでいた。益州《えき》への遠征の力は、ここで蓄《たくわ》えられる。ここから夷道《いどう》に到《いた》る流域が一大兵站《へいたん》基地で、その西の夷陵《いりょう》が兵站の前線となる。夷陵から白帝城《はくていじょう》までは、なんの抵抗もなく進めるだろう。

一旦《いったん》進攻を開始したら、江《こう》州（重慶《じゅうけい》）まで一気に占領したい。それまでに、ふた月か三月。とにかく、そこまで全力である。江州を奪《と》ることで、益州の東半分を勢力下に入れる。それで成都《せいと》の劉璋《りゅうしょう》とむかい合い、和戦両様の構えを取る。

その段階で、劉璋が決戦を挑《いど》んでくる可能性は少ない、と周瑜は見ていた。しかし、結着がつくまでには、一年。一年以上はかけない。かけることはできない。

「夷道や夷陵の指図には、陸遜《りくそん》殿や淩統《りょうとう》殿がおられるではありませんか」

揚《よう》州は、益州攻略と同時に、合肥《がっぴ》の戦線も抱えていた。合肥を奪るという孫権《そんけん》の意志が強いので、その戦線だけは膠着《こうちゃく》していない。

「もう言うな。時には、私自身が視察した方がいいのだ」

周瑜が言うと、幽《ゆう》が頷《うなず》いた。軍営から館に移ってからは、幽は女の身なりに戻っている。食事なども、幽が指図して下女に作らせた。山越《さんえつ》族の薬湯だけは、入念に幽自身が煮出している。

「これから、気をつけてくだされればいいのです。冬には、時々高い熱も出されたのですから」

「風邪《かぜ》だったのだろう。冬と較《くら》べると、ずっといい。ただ、気をつけることにはする」

くつろぐと、周瑜は幽の手を摑《つか》み、引き寄せた。

幽の躰《からだ》を抱くことが多かった。情欲は、しきりに募《つの》る。ただ、三度に一度ぐらいしか、幽は受け入れようとしなかった。周瑜の躰のことを気遣《きづか》ってで、抱けば扱いかねるほどに激しく燃える。

女体に溺《おぼ》れるというのは、はじめてのことだった。小喬《しょうきょう》が嫁《とつ》いできた時も、こういう溺れ方はしなかった。幽を抱いていると、背筋を突き抜けるような、強烈な快感に襲《おそ》われるようになった。三日離れているだけで、耐え難い渇きを覚える。甘いとか、やるせないとかいう気分とは無縁だった。とにかく、抱かずにはいられない。

そうやって女体に溺れる自分を、周瑜はまた、冷静な眼《め》で見つめてもいた。

恐怖に似た感情が、自分を衝《つ》き動かしている、と周瑜《しゅうゆ》は思った。死ぬかもしれない、という恐怖が、どうしても拭《ぬぐ》いきれないのだ。このまま、再び闘うこともなく、死んでいくのか。夢のひとかけらも、この手に摑むことはないのか。そんなはずはない、と撥《は》ね返そうとすることが、情欲に繫《つな》がっていく。

躰《からだ》は、回復しつつあった。高熱に苦しむことも、このところなくなっている。それでも恐怖だけは、心の底でわだかまり、大きくなってきている。

孫策《そんさく》も、そうだったのだろうか。しばしば、それを考えた。名もない女に溺れて、命を失ったのだ。死ぬことを、五体のどこかで感じていて、女体に溺れていったのではないのか。その女を、建業《けんぎょう》に連れてきて側室にすることは、たやすかったはずだ。しかし、海辺にまで出かけていった。側室がどうのというのではなく、ただ溺れたかったのではなかったのか。

周瑜も、いまは幽《ゆう》の躰にただ溺れたかった。すべてを、貪《むさぼ》り尽したかった。

「躰を見せろ、幽」

しばらく考えていた幽が、黙って着ているものを脱ぎはじめた。

まだ、外は明るい。陽《ひ》の光が部屋にも射《さ》しこんでいる。幽の裸体が、その光の中に立った。周瑜は、しばらくそれを見つめていた。浅黒い肌。形のいい乳房。黒い炎のように見える、下腹の毛。逞《たくま》しくのびた脚《あし》。

これはなんなのだ、と周瑜は思った。人ではないものが立っているように、感じられてならなくなった。自分もまた、この躰を貪って、人ではなくなった。

涙が、不意に溢《あふ》れ出してきた。それはとめどなく、膝《ひざ》に滴《したた》って袍に黒いしみを作った。

幽が近づいてくる。胸に、周瑜の頭を抱き寄せる。やわらかな乳房が、周瑜の涙で濡《ぬ》れた。躰がふるえていた。いつか、周瑜はむせび泣きはじめていた。

「私は、死ぬのだろうか、幽？」

「人は、誰《だれ》でも死にます。そんなことは、殿はとうに御存知《ごぞんじ》のはずです」

「あと二年、いや一年でいい。私は生きられるか？」

「生きる、と思うことです。それで、五年、十年、二十年、と生きられるのだと思います。殿はいつまでも生きられる、と私は思い続けています」

「いつまでも？」

「私は、殿のお子を宿しています。それは、殿の血をそのまま受けたものです。その子が生まれ、成長するとまた、子を作るでしょう。そうやって、人は生き続けるのだと思います」

「そうか。私の子を」

「知った時は、喜びで躰《からだ》がふるえました」

「まだ死ねぬな、私は。その子の成長を、見届けてやらなければならん」

「そうです、殿」

懐妊《かいにん》を告げられて、周瑜《しゅうゆ》がとっさに思い浮かべたのは、建業《けんぎょう》にいる子供たちのことだった。長男の周循《しゅうじゅん》は、すでに十歳を超えている。血は、生き続けているのだ。上の二人は男で、三人目は娘だった。

「男子を生め、幽《ゆう》」

「男です、間違いなく」

「そうか、男か」

「生まれたら、山越《さんえつ》族のやり方で育てます。強い子に、育ちます」

涙は、止まっていた。幽の乳首を吸う。以前より、いくらか大きくなったような気がした。

幽の躰をのけ反《ぞ》らせ、幽がかすかな呻《うめ》きを洩《も》らした。躰を抱きしめたまま眠り、抱きしめたままで眼醒《めざ》めた。

夜明けだった。

眠っていると、いつもひどい汗をかく。それも、なかったような気がした。

陸遜《りくそん》が、一千名の兵を率《ひき》いて来ていた。

朝食を終えて、本営へ出、さまざまな報告を受ける。それが、江陵《こうりょう》にいる時の周瑜の習慣だった。陸遜は、その第一の報告をするために待っていたらしい。

「一千名の新兵だから、どうだというのだ、陸遜？」

「新兵ではありません。充分すぎるほどの調練《ちょうれん》を積んだ、山越族の兵です」

「山越族だと？」

「はい。幽殿の指示を受け、弟御が鍛えておられたようです。私も、実際に指揮してみるまで、どういう兵なのか皆目《かいもく》わかりませんでしたが、これが驚くべき兵なのです」

「どんなふうに、おまえは驚いたのだ？」

「はい。まず、兵が死ぬことを恐れておりません。どんな険阻《けんそ》な地形でも、速《すみ》やかに移動し、戦闘力も落としません。いままで、どこにもなかった兵だろうと思います。一千で、一万に匹敵し得ると、私は思いました」

「陸遜、人の上に立つのであろう。言葉は選んで使え」

「選んでおります」

「ほう」

「是非《ぜひ》、一度調練を見ていただけませんか。一千のほかに、まだ二千ほどを調練中だということです」

「合わせても、三千ではないか」

「兵は数ではない。それを証明されたのは、周瑜《しゅうゆ》様御自身ですぞ。赤壁《せきへき》で、三十万の曹操《そうそう》軍を潰滅《かいめつ》させられました」

「確かに、赤壁では私は勝った」

兵の数ではない。それも、周瑜にはわかっていた。なにか別のもの。運という言葉でしか、形容のしようがないもの。戦の勝敗は、それで決することもある。

「どこで、調練をやるのだ?」

「すでに、夷道《いどう》に集結させております」

「わかった。今夜、出発しよう」

夜、江陵《こうりょう》を船で出れば、早朝には着く。陸遜《りくそん》が、嬉《うれ》しそうな表情をした。

夕方には館に戻り、しばらく眠って、夜半に淩統《りょうとう》が指揮する船隊の小船に乗った。八隻《せき》の船隊で、快速である。溯上《そじょう》も、並みの軍船の二倍の速さがあった。

すべての指揮を淩統に任せ、周瑜は船の中でも眠った。そうしてくれ、と幽《ゆう》に頼まれたからだ。弟が鍛えた山越《さんえつ》族の兵については、なにも語ろうとしなかった。

深く眠ることはできない。浅い眠りの中で、夢を見続けた。孫策《そんさく》が、戦の先頭に立っている。孫策も自分も、若いままだった。そして、怯《おび》えながら戦をしていた。

溯上の船は、下りの船よりも揺れる。夢を見続けたまま、夷道に到着した。

江陵より、遥《はる》かに戦の気配が濃厚である。夷陵《いりよう》まで進むと、すでに前線の緊張感さえ漂っているのだ。

夷道の丘陵《きゆうりよう》の、見通しのいい場所まで、馬で駈《か》けのぼった。陸遜や淩統のほか、幕僚《ばくりよう》二十名ほどがついている。

「右の丘に五百。谷に五百。左の丘を奪《と》るのを争います」

陸遜が言い、合図を出した。

五百の部隊が、谷と右の丘にいた。左の丘までの距離は、ほぼ同じぐらいだろう。動きはじめた。ともに、半数は相手を遮《さえぎ》るために使っているようだ。動きが速かった。斜面をものともしていない。

「ほう」

「山の戦だけではありません。川、森の中、どこであれあのような戦ができます」

山越族は、山岳戦が得意だった。だから、叛乱《はんらん》の鎮圧には時がかかったのだ。

丘の上の部隊の方が、挟みこむようにして相手の半分を潰滅させた。全軍が、左の丘の頂上に立てば勝ちである。周到な動きに見えた。すでに、丘を登っている残りの半分を、下から攻めたてている。残りの半分は、速やかに頂上を奪《と》り、それから、駈け下るようにして攻め返した。五百が、上からの圧力に耐えかねて、斜面を後退しはじめた。しかし、下に二百五十がすでに迫っていた。

結局、谷にいた部隊が丘の頂上を奪ったが、短い間に目まぐるしいほどのぶつかり合いがあった。その動きのすべてが、驚嘆するほどの迅速さだった。

「なるほどな。おまえが見てくれと言った理由が、わかったような気がする、陸《りく》遜《そん》」

「馬は使いません。もともと、原野で闘う部隊ではないのです」

「これは、益《えき》州では役に立つな」

益州は山が多い。というより、益州という広大な平野の四方が、山に囲まれているのだ。劉璋《りゅうしょう》が降伏せず、兵を山に籠《こも》らせれば、厄介なことになるだろう。

しかし、いまのところ、劉璋が山岳戦の調練をしている、という情報はなかった。

「漢中《かんちゅう》を、すでに考えているのか、陸遜？」

「はい。劉璋は、あまり強い抵抗はいたしますまい。一気に江《こう》州（重慶《じゅうけい》）が奪われればの話ですが。私は、それは難しくない、と思っております。しかし、漢中は」

「抵抗してくる。しかも、山岳戦で」

「そこで手間をかけて、曹操《そうそう》につけこまれたくはありません」

「総勢、三千と言ったな。五千に増やせぬか？」

「できると思います、多分。調練をはじめたばかりの兵が、すでに一千はいるといいますから、それなりのことをしてやれば」

「わかった。張昭《ちょうしょう》殿に、書簡を認《したた》めよう」

それから、一千の部隊の、移動の調練を見た。急斜面を、信じられないような速さで、駈け登り、駈け下る。速さだけでなく、ひとかたまりの密集隊形が、ほとんど崩れることがなかった。よほど厳しい調練を積んだ、と想像できる。

「致死《ちし》軍という名を、幽《ゆう》殿がつけられたそうです」

「致死軍か」

幽が、どういう意味でそういう名をつけたのか、周瑜《しゅうゆ》にはわからなかった。弟に、精兵を育てさせているという話も、いままで知らなかったのだ。

すべての調練を見終った時、周瑜はいくらか高揚した気分になっていた。

夷陵《いりょう》の営舎で、陸遜や淩統《りょうとう》とともに、夕餉《ゆうげ》の卓を囲んだ。

「劉備《りゅうび》が、夫人の里帰りに同行するという話です。殿と会うことになりますが」

「気にするな、陸遜」

「いえ、私は、この機会に劉備《りゅうび》を殺してしまった方がいいと思うのですが」

「やめておけ。劉備軍は七万。それも名だたる豪傑《ごうけつ》たちが調練した部隊だ。いまその七万とぶつかることになれば、曹操《そうそう》が躍りあがって喜ぶだろう」

「赤壁《せきへき》で、それほど大きな戦功があったわけでもない劉備が、荊《けい》州南部を平然と奪《と》りました。私は、それが許せません。その間、周瑜《しゅうゆ》将軍は、負傷されながら、曹仁《そうじん》と闘っておられたのですよ」

「そういうめぐり合わせだったのだ、陸遜。この話は、もうよせ」

陸遜が、不満そうにうつむいた。凌統《りょうとう》はなにも言わず、黙々と杯を重ねている。すでに、二十二歳になっていた。

父親を殺した甘寧《かんねい》と、凌統は同じ陣営で耐えてきた。敵が味方になり、味方が敵になる複雑さを、陸遜よりは嚙《か》みしめる機会が多かったのだろう。

劉備が孫権《そんけん》に会うことについて、周瑜はあまり深刻に考えてはいなかった。対曹操という立場から見れば、同盟の強化は悪いことではない。劉備の発言力が孫《そん》家の中で大きくなるのは、いささか不愉快なことは確かだが、それも長くは続かない。

これについて、魯粛《ろしゅく》とはかなり激しい議論をしたが、いつも現在の情況という視点がともにあり、先のことは暗黙に了解し合っているというところがある。

つまり、周瑜が益州《えき》を奪ればいいのだ。揚《よう》州と益州と荆州北部に囲まれ、劉備は孫家の軍門に降《くだ》らざるを得なくなる。

諸葛亮《しょかつりょう》が、益州をかなり調べていることはわかっている。しかし周瑜が益州に進攻してしまえば、もう手も足も出ないはずだ。

進攻するだけの力は、すでに江陵《こうりょう》を中心にして、蓄えられつつあった。

「明朝には、江陵に帰還するぞ、淩統」

「はい」

「致死《ちし》軍については、規模を大きくするというかたちを取れるようにしておこう」

陸遜が頷いた。

帰りは流れに乗るので、溯上するよりずっと速い。夜半に出発すれば、充分だった。

5

爰京《えんきょう》の掌《てのひら》が、曹操の躰《からだ》を這《は》っていく。どこかで止まると、しばらく動かない。掌が当たっている場所が、熱いような気がしてくる。それから愛京は、素速く鍼を打つのだった。

側室のひとりに、箏曲《そうきょく》を奏でさせながら、爰京の治療を受けることが多くなった。箏曲は、耳に入ってくる。鍼を打たれた瞬間だけ、なにも聞こえなくなる。

頭痛が、死の恐怖を伴うほどひどいものではなくなっていた。情欲も、抑え難いということはなくなっている。

「生命力が強すぎて、頭が割れるように痛む。情欲を抑えきれなくなる。華佗《かだ》はそう申していたが、このところ、そんなことはなくなった。どこか、衰えたのであろうな」

「触れていると、掌が痺《しび》れるような気さえします。丞相《じょうしょう》は、どこも衰えておられません」

「気休めを言わなくてもよい」

「丞相、私は自分の掌に、自信を持つことにしております。でなければ、人の躰《からだ》に鍼を打つことなどできません」

「そういうものか？」

「毎日、十五名の負傷した兵の治療をいたします。夏侯惇《かこうとん》様は、いまでも時々槍《やり》の相手をしてくださいますし」

　確かに、爰京の鍼は、日々進歩しているような気はした。すでに、三十歳にはなっているはずだ。華佗は、負傷兵の治療などは拒んだだろうが、爰京はむしろ積極的だった。

　華佗が天才だとすれば、爰京は努力を積み重ねていく類《たぐい》の人間だった。そういう人間が、どこかで天才を凌《しの》ぐことは必ずある。

「丞相、ほんとうに頭痛がひどい時、こめかみに鍼を打たせていただけませんか？」

「ほう、華佗が打たなかったところだな」

「眼《め》が、見えなくなることがあります。打つ場所を間違えたらです。私は、合肥《がっぴ》の戦場へ行って、何百という屍体《したい》のこめかみに、鍼を打ちました。鍼で触れてはならぬところに、決して触れずに鍼を通す自信があります。生きている人間にも、二十二人打ちました。最初のひとりが、眼が見えなくなりましたが、その後治療を続けて、視力は回復しました」

「しかし、なぜこめかみなのだ？」

「丞相のお顔には、指さきで触れさせていただいております。指さきが、ここだと私に囁《ささや》きかけてくるのです」

「なるほどな」

「丞相《じょうしょう》の眼になにかあれば、私の首ごときで済むとは思っておりません。ただ、頭痛から丞相を解き放ってさしあげたい。それは私の、切実な思いです」

「そうか。いつでもよいぞ、打ってみよ」

「いえ、丞相の頭痛がひどい時に。その時、私の指さきは、はっきりと私に囁きかけてくると思いますので」

「好きにせよ。おまえの治療を受けている間、私の躰《からだ》はおまえのものだ」

「好きにさせていただきます。頭痛が消えなければ、私の首を刎《は》ねてください」

「そこまで深刻に考えるな、爰京《えんきょう》。平常心で、私の頭痛にむかい合ってみればよい」

「ありがたいことですが、私にとっては、丞相のお躰に鍼《はり》を打つのは、死ぬ覚悟がなければできないことです」

「好きにしろと、言っている」

「わかりました。未熟ゆえ、つい言葉が多くなってしまいます」

「自分が未熟である。それを知っているだけ、師匠《ししょう》の華佗《かた》よりましであろう。私が申したことは憶《おぼ》えているな、爰京？」

「人に対する、やさしさでございますか」

「それを、忘れさえしなければ、おまえは立派な医師になれる」

喋《しゃべ》っているのが、面倒になってきた。抗《あらが》い難い眠気が襲ってきている。

眠っていた。

眼醒《めざ》めた時は、誰《だれ》もいなかった。

館《やかた》の奥である。朝廷ならば後宮というところで、側室は二百名ほどいる。女を蓄《たくわ》えるというほどの意識はなかったが、いつの間にかそれほどの数になった。働いている侍女を含めれば、五百人ほどの女がいるが、男の出入りを別段禁じてはいない。

部屋の外には、許褚《きょちょ》か、その手の者がいるはずだった。

「誰か、夏侯惇《かこうとん》を呼べ。来たら、茶でも運んできてやれ」

部屋の外で、人が動きはじめた。

曹操《そうそう》は、しばらく庭に眼をやっていた。鄴《ぎょう》のこの館の庭が、嫌いではなかった。しかし、この館はもうすぐ引き払う。銅雀台《どうじゃくだい》の完成が近いのである。

覇者《はしゃ》として、そこへ入るはずだった。河北《かほく》四州と中原《ちゅうげん》の覇者ではない。この国の覇者である。しかし、赤壁《せきへき》で敗れた。揚《よう》州はさらに強力になり、一度は制した荊《けい》州には、劉備《りゅうび》の軍もいる。だから、益《えき》州もいまは形勢を観望しているだろう。涼《りょう》州の馬超《ばちょう》は、韓遂《かんすい》とともに、長安《ちょうあん》の西に十万の兵を集結させ、機あらば長安から洛陽《らくよう》まで攻めようという構えだった。

天下を統一していないかぎり、銅雀台《どうじゃくだい》はなにほどのものでもなかった。贅《ぜい》を尽した、壮大な建物というだけのことだ。いくらか手狭なこの館の方が、まだましだという気がしてくる。

「お呼びですか？」

夏侯惇《かこうとん》が入ってきた。

長く、曹操《そうそう》軍の統轄《とうかつ》をしてきた。剛勇さよりも、欠けたものが少ない将軍だった。いつも、軍全体を見渡していた。そして荀彧《じゅんいく》と同じように私心がなく、荀彧ほど王室についての思想がなかった。根っからの軍人なのである。

「茶でも飲もうと思ってな」

「奥に私を呼ばれるとは、めずらしいことですな、丞相《じょうしょう》」

「特別な用事があったわけではない。ここを動くのが、億劫《おっくう》になっただけだ」

「爰京《えんきょう》の鍼《はり》でございますな。あれは、躰《からだ》の底の疲労の澱《よど》みをかき回します。そうやって、躰から疲れが抜けるのですが」

「本物の槍で、むき合っているのか、夏侯惇？」

「気と気をぶつからせるためには、そうするしかありません。爰京にも、見えるところは見えてきたと思うのですが。いや、怪我《けが》で苦しんでいた兵が、何人助けられたかわかりません」

「弟子をとってくれるといいのだがな。ひとりで、多くの負傷兵の手当ては、やれるわけもあるまい」

「弟子はとりませんが、ほかの医師がそばで見ていることを、拒みもいたしません。若い者を、いつも五、六人つけております。すでに三人ほどは、独自に鍼などの治療ができるようになっております」

負傷した兵士が、傷が癒《い》えても元のように躰が動かず、使いものにならなくなることがよくあった。それが、かなり鍼で治せる。鍼を打てる者が四、五十人揃《そろ》えば、鄴《ぎょう》だけでなく、領内の各地で治療させられる。

茶が、運ばれてきた。

夏侯惇が、うまそうに啜《すす》りはじめる。

「丕《ひ》は、どうしている？」

「もっぱら、兵の調練《ちょうれん》に励んでおられますな。そばにいるのは、司馬懿《しばい》を除けば、丞相も御存知《ごぞんじ》ない若い者ばかりです。三千ほどの騎馬隊の調練ですが、なかなかの兵に仕あがっております」

おかしな動きは、していないということだ。情況を、かなり冷徹に見通している。いまは余計なことをするべき時ではない、とはっきり認識しているのだろう。司馬《しば》懿《い》の助言があるのかもしれない。あの二人が合うだろうということは、荀彧《じゅんいく》も認めていた。

それに対して、曹植《そうしょく》の動きは派手だった。文官を集めて、詩の会を開いているかと思えば、翌日は鄴《ぎょう》にいる将軍を何人か呼んで、軍学の講義をさせ、宴《うたげ》をやる。曹《そう》操《そう》のもとにはあまり姿を見せないが、周囲から後継は曹植という声を作ろうとする動きに見えた。

「丕《ひ》かな、やはり」

後継は、もう決めるべき時期だろう。自分も、なにが起きるかわからない年齢に達しているのだ。後継の決定を先のばしにして、家を滅ぼした例は、いやというほど見てきた。その愚は、避けなければならない。

「丕と、決めておくか」

「いつ、その決定を発表なさいます？」

「西へ出陣する時、重立《おもだ》った者たちだけに伝えよう。丕を副丞相《じょうしょう》とすると」

「やはり、西ですか」

「南征《なんせい》の前に、やらねばなるまい。馬超《ばちょう》が、涼州《りょう》に留《とど》まっているなら別だが、長安《ちょうあん》のそばまで出てきて、退《ひ》こうとせぬ」

関中《かんちゅう》十部軍と言われていて、小さな独立勢力の集まりである。馬超がいて、はじめてひとつにまとまっている。韓遂《かんすい》では、多分まとめきれないだろう。

およそ、十万。曹操が自ら出陣して決戦となれば、十四、五万にはなるかもしれない。曹操の側から見れば叛乱《はんらん》だが、むこうは自分たちの領土を侵されると思っている。

「あまり大きくなりすぎると、厄介なことになります」

孫権《そんけん》と結びかねない。いまのところ、合肥《がっぴ》から建業《けんぎょう》を睨《にら》んで、孫権の動きは封じこめている。しかし、江陵《こうりょう》に周瑜《しゅうゆ》がいた。これは、明らかに益《えき》州に進攻する構えで、その準備も九分通り整っている、と曹操は見ていた。周瑜が益州を奪《と》れば、すぐにも馬超との同盟に動くだろう。国土の半分が、孫権の勢力下に入りかねないのだ。

赤壁《せきへき》で負けていなければ。いまそう考えても、意味のないことだった。

周瑜を攻めようにも、背後に劉備《りゅうび》の七万がいた。これは、厄介な軍である。

周瑜は病《やまい》だというが、いまはいくらか持ち直している気配だった。周瑜が益州に攻めこんだ時、大軍を南下させて荊州《けいしゅう》を奪《と》る。その方法がひとつあった。揚《よう》州と益《えき》州。つまり、孫権《そんけん》と周瑜《しゅうゆ》の力を分散させる。それでも、周瑜が馬超《ばちょう》と組めば、やはり曹操《そうそう》は危うくなる。どこかで、一石を投じなければならない。

周瑜と劉備《りゅうび》を、対立させられないか。いくつもの離間《りかん》の計は試みたが、さすがに周瑜は動じなかった。

南の伸張はしばらく無視し、馬超を討つのが、やはり最もいい方法だった。

漢中《かんちゅう》には、微妙なものがある。馬超を討った時、張魯《ちょうろ》がどういう動きをするのか、読みきれないところがあった。工作は盛んにさせているが、張魯からの返答はない。

すべてを戦《いくさ》で片付ける、というのも馬鹿げた方法だった。兵が疲弊《ひへい》する。国力も衰える。あらゆる方法を試みたのちに、はじめて戦を考えるべきなのだ。

「劉備が、気になる」

諜略《ちょうりゃく》を試みていない相手が、劉備だけだった。劉備とは、戦で対決する以外にない。あの男は、自分に膝《ひざ》を屈しないことを、ほとんど生《い》き甲斐《がい》のようにしている。

「七万でも、かなり精強なようです」

「関羽《かんう》がいる。張飛《ちょうひ》や趙雲《ちょううん》も。そして、諸葛亮《しょかつりょう》が」

「黄忠《こうちゅう》、魏延《ぎえん》という新参の将軍もいますし、龐統《ほうとう》という軍師も。人が揃ってきている、と私は思います」

民政でも、人は揃いはじめているようだ。それでも、兵の数を無闇《むやみ》に増さないのが、かえって不気味でもあった。制している土地を見れば、十万は集められるはずだ。

荊州にも、五錮《ごこ》の者は放《はな》ってあった。

諸葛亮が、おかしな動きをしている。二万ほどの、兵站《へいたん》の部隊を組織しているのだ。これは武装もせず、輸送だけを担った部隊で、時々調練はしているものの、ふだんは耕作に従事しているという。

七万に、二万の兵站部隊があるということは、明らかに遠征を考えているということだ。

つまり劉備も、益州を狙《ねら》っている。ありえないことではなかった。荊州南部を制してから、劉備は徳の将軍という仮面をかなぐり捨てている。しかし、いまの劉備は、孫権の妹を娶《めと》って同盟の絆《きずな》を強め、益州攻略は周瑜に任せている、というふうにしか見えなかった。まだ、別の仮面はつけているということか。とにかく、強い者に寄りかかって、乱世を生き延びてきた男だった。

「劉備は、夫人の里帰りに同行して、孫権に会ったという話ですが」

馬超《ばちよう》は討たず、同盟を結んだ方がいい、というのが夏侯惇《かこうとん》の意見だった。父の馬《ば》騰《とう》を押さえているのを、無駄にしたくないと考えてしまうのだろう。

曹操《そうそう》は、誰《だれ》と同盟を結ぼうとも考えていなかった。服従か死か。覇者の戦は、それだけを求めるべきだ。孫権が劉備と義兄弟になり、馬超と同盟したとしても、自分は誰とも結ぶ気はない。

「やはり、西ですな、丞相《じようしよう》」

「西だ。関中《かんちゆう》十部軍には、多くの隙《すき》がある。まず、西を叩《たた》く」

「いつでも、出陣はできます。いま、馬超と対峙《たいじ》している軍が七万。丞相が十万を率《ひき》いていかれれば、兵力でも圧倒できます」

合肥《がつぴ》の戦線に兵力を割《さ》き、荊《けい》州でも周瑜《しゆうゆ》に対してかなりの牽制《けんせい》をしている。それでもいま、十万という軍を出すのは、難しいことではなかった。

「もう少しだ、夏侯惇。もう少し情勢を見きわめてから、出兵することにしよう。今日は、後継の話をしたかっただけだ」

「よく、決めてくださいました」

「司馬懿《しばい》が、大事な男になってくる」

「将軍に上げましょう。それで、家中《かちゆう》の者たちも、ある程度は察するでしょう」

「よかろう」

司馬懿を、曹操は好きではなかった。曹丕《そうひ》にさえ、あまり好ましい感じは抱いていない。しかし、人材は人材だった。

「若い者たちの時代が来るのかな、夏侯惇」

「丞相は、まだなさねばならぬことを、多く抱えておられます」

夏侯惇が、腰をあげた。

ひとりになると、曹操はまた庭に眼をやった。

花壇があり、薄赤い花が咲きほこっている。そこだけ、敷物を敷いたようにも見える。

銅雀台《どうじゃくだい》より、ここの方がずっとましだ、と曹操は思った。人間の匂《にお》いのする館だ。あと数カ月で、銅雀台に移ることになっていた。その空《むな》しさを、人に伝える術《すべ》もなかった。ひとりで、詩を詠《よ》んでみるだけだ。

敷物が、生きているように揺れている。

風が出はじめていた。

長江の冬

1

北風が吹きはじめている。

船隊四十艘《そう》の準備は、すでに整っていた。周瑜《しゅうゆ》が乗るための艦《かん》が、一艘。あとは中型の船ばかりだった。

赤壁《せきへき》の戦《いくさ》から、二年が過ぎた。

曹仁《そうじん》との長い闘いで江陵《こうりょう》を奪《と》り、準備を重ねてきた。秋《とき》。いま、それが来ている。一度建業《けんぎょう》へ戻り、益《えき》州攻略についての、孫《そん》家の会議の意見をまとめる。それで、周瑜が思い描いていた戦は、ついにはじまるのだ。

江陵には、ほかに一千艘ほどの船がいた。夷《い》道《どう》にも夷陵《いりょう》にも、数百艘がいる。

周瑜は、江陵の城塔から、長い時間、長江《ちょうこう》を眺めていた。この大河が、自分を抱《いだ》き、夢を育《はぐく》んでくれた。この大河で生き、闘った。悲しみも、苦悩も、すべてこの河に流してきた。

思いは、それだけだった。

益州に進攻する、という気負いもなかった。あらかじめ決めていたことを、決めていた通りにやるだけのことだ。

体調は、悪くなかった。時々、痰《たん》に鮮やかに赤い血が混じっているが、気にしないことにした。それは、幽《ゆう》にも見せていない。

幽の腹は、着物を着ていても目立つほどに、大きくなっていた。兵士の身なりをして、馬や船に乗ることは禁じた。いまのところ、幽は素直にそれを守っている。

本営に戻ると、周瑜は陸遜《りくそん》と淩統《りょうとう》を呼んだ。陸遜は江陵に残って周瑜の留守を預り、淩統は建業《けんぎょう》に同行する。すでに建業には知らせを出していた。

「曹操《そうそう》に対して、守りを固めろ、陸遜。私が曹操なら、本隊が益州にむかった時、攻撃する。いまは本隊がいるが、いずれいなくなる。守兵の二万だけで、曹操を防ぐことを考えるのだ。当然、劉備《りゅうび》軍七万も利用せよ。私が建業に行っている間も、本隊はいないものと思っておけ」

「周瑜将軍が益州を攻撃される時も、私はやはり留守部隊ですか？」

「建業《けんぎょう》から、呂蒙《りょもう》を連れてくるつもりだ。呂蒙と淩統《りょうとう》を両翼《りょうよく》として、益州《えき》を攻める。おまえには、曹操《そうそう》を防ぐという、重大な任務があるのだ。留守部隊などと思うな」

「しかし」

「曹操を防ぐには、淩統では若すぎる。呂蒙では、動きを読まれるだろう。だからおまえなのだ。陸遜《りくそん》。曹操に対するということが、どれほどのことかわかっていような」

「それは」

「益州進攻の、成否を決する。益州を奪《と》ったところで、荊《けい》州に曹操が進出しているという情況では、意味がなくなるのだ。だから、おまえを当てる」

陸遜は、まだいくらか不服そうな表情をしていたが、なにも言おうとはしなかった。

「淩統。おまえにはずっと先鋒《せんぽう》を取って貰《もら》う。まずは、建業への往復の指揮を、見事に執《と》ってみろ」

「わかりました」

「よかろう。二人とも、もうよい。出発は明朝。私が建業から戻るまでに、本隊の十万はおまえの指揮で、夷道《いどう》まで進ませておけ、陸遜」

「曹操が動かない時は、私も益州に呼んでください、周瑜《しゅうゆ》様」

「曹操は、動く」

陸遜が、うつむいた。

「戦には、それぞれ役割がある。軍勢を率《ひき》いるおまえたちには、それをしっかりわかって貰わなければならん」

「わかっております。周瑜将軍とともに闘いたい、という思いが強いだけです。凌統がそばにいて、呂蒙殿も一緒とあらば、心配はしておりませんが」

「私が先鋒で、陸遜殿には申しわけないと思います。しかし、いかに陸遜殿とて、これだけは譲《ゆず》れません」

「私でも、そう言うよ、凌統」

陸遜が言い、かすかに頷《うなず》いた。

二人が出ていくと、周瑜は居室の壁に刻みつけた、長江《ちょうこう》の地図に眼《め》をやった。江《こう》陵《りょう》から白帝城《はくていじょう》までを、穿《うが》つようにして刻みこみ、両岸の山は粘土で盛りあげてあった。

平面に描いた地図とは、また違う感じがある。自分がどんなふうな河を溯《さかのぼ》り、頭上にどんな景色が拡《ひろ》がっているのか、見えるような気がするのだ。両岸に崖《がけ》が迫った、谷の底にある大河。

陸上部隊も同時に進ませる。ならば、北岸の方がいい。南岸は、桟道《さんどう》が多く、数里にわたって毀《こわ》れている場所が何カ所かある。しかし、夷陵《いりょう》は南岸だった。地形に応じて、河を渡しながら進むべきだろう。そのための船も、用意はしてある。

主力は、水軍である。たとえ益《えき》州の水軍が遮《さえぎ》ろうとしてきたとしても、たやすく打ち破る自信はあった。

江《こう》州（重慶《じゅうけい》）まで進む。白帝城《はくていじょう》との間の兵站《へいたん》を、水上に確保する。そして、長安《ちょうあん》の西まで進出している、関中《かんちゅう》十部軍の馬超《ばちょう》と連合できれば、一気に益州全土を制圧するのも難しくない。

何度も何度も、頭の中でくり返した闘いだった。あらゆる場合を想定したので、考えるたびに違う戦になる。しかし最後は、江州から白帝城までの制水権がすべてだ、という結論に達するのだ。

つまり、水軍がすべて。周瑜にとっては、まさに自分の戦だった。

夕刻、館《やかた》に戻った。

幽《ゆう》が、黙って食事と薬湯を運んでくる。

「なぜだろうな、幽？」

「なにがでございます」

「気負いはない。それはいい。しかしなぜか、切なくて仕方がないのだ。長江《ちょうこう》を眺めていると、いっそうそれが募《つの》る。涙が出るような切なさとも、また違う」

「殿がお帰りになるころは、冬のさ中でございましょう。そして益州にむかわれるのは、春。季節の切なさでございます」

「江州を奪《と》ったころ、赤子は生まれてきているだろうか？」

周瑜《しゅうゆ》は、大きくなった幽の腹に手をやった。この中に、ひとつの命がある。それもまた、切なさを誘う。

「薬湯は、飲んでくださいませ、殿。そして食事も、できたら召しあがられた方がよろしいと思います。船上では、大した食事はございますまい」

「豚か」

このところ、食欲も戻っているような気がする。それでも、以前ほどの量は、どうしても口にできなかった。

食事のあと、しばらく休み、それから湯浴《ゆあ》みをした。幽が入ってきて、周瑜の躰《からだ》の隅々まで洗った。充分に湯気が立っているので、寒くはない。裸で、周瑜はしばらく幽と抱き合っていた。

切なさに似た感情は、そうしていても消えなかった。

翌早朝、船隊は建業《けんぎょう》にむけて出発した。

江陵《こうりょう》に戻ってきた時は、休まず、そのまま長江《ちょうこう》を溯上《そじょう》し、白帝城《はくていじょう》まで進む。その準備を整えて、陸遜《りくそん》は待っているはずだ。

江陵城が遠ざかった。

周瑜《しゅうゆ》は、艦の楼台《ろうだい》から、それを見ていた。いつものように、幽《ゆう》は館の外まで見送りに出てきただけだった。晴れた日。幽の浅黒い顔は、朝の光の中で輝いて見えた。

「全船隊が、流れに乗りました」

凌統《りょうとう》が報告してきた。

建業まで、四昼夜。溯上して戻る時は、六昼夜かかる。江陵が、遠くなった。なぜか切なさが募り、周瑜は強く眼《め》を閉じた。

再び眼を開いた時、江陵は見えなくなっていた。

船室に入った。寝台がしつらえてあり、夜具も揃《そろ》っている。

小喬《しょうきょう》や子供たちの顔を、周瑜は思い浮かべようとした。うまく、思い浮かんでこない。声だけが、妙にはっきりと思い出せる。

風は、西からで、長江を下るには邪魔にはならなかった。溯上する時、この風が邪魔をして、兵たちが苦労する。戦の前には、兵は躰《からだ》を使っていた方がいい。特に、水軍はそうだ。

周瑜は、何本かの書簡を、船室で認《したた》めた。一本は、馬超《ばちょう》に宛《あ》てたもので、潜魚《せんぎょ》の手の者が届ける。書簡のやり取りを一度していて、周瑜が益《えき》州を奪《と》ったら、連合もいいと匂《にお》わせる返書は受けていた。

ほかには、少年のころからの古い友人二人に宛てた。ひとりは、兗《えん》州の泰山《たいざん》の麓《ふもと》で学問に打ちこみ、もうひとりは徐《じょ》州下邳《かひ》で商人となっている。なにかを語っておきたい友だったが、結局はありきたりの書簡になった。

それから、諸葛亮《しょかつりょう》へ。難しいことも、戦のことも書かなかった。妻帯したという噂《うわさ》を聞いているので、祝福の言葉を書いた。それから、自分と孫策《そんさく》の結婚のことを書いた。なぜ、そんなことを書くことになったかはわからず、わからないままでもいいと思った。

心の底に、やはり切なさに似たものが、ゆらめき続けていた。

午後は、長江の水を見て過した。長江こそが、自分の青春だった。そう思う。いや、人生そのものだった。

時々、淩統が簡単な報告に来た。夜になると、船室に入り、寝台に横たわった。

船の上で眠るのは、馴《な》れている。地上よりも、よく眠れるほどだ。それでも、周瑜《しゅうゆ》は闇《やみ》の中で眼を開いていた。

なにかが、近づいてくる。感じるのは、それだけだった。それは声のようでもあり、姿のようでもあった。

いつの間にか眠っていて、雨に打たれたような感じで眼醒《めざ》めた。久しぶりに、全身に汗をかいていた。夢は見ていない。汗は、深く眠りすぎたためだ、と思った。

翌日から、四十艘《そう》で、船隊の隊形を頻繁《ひんぱん》に変えながら進んだ。すべてが、すでに制圧した水面《みなも》である。淩統《りようとう》も兵たちも、調練としか思っていないようだった。

周瑜ひとりが、なにかを振り切ろうとした。執拗《しつよう》に追ってくる、なにか。声のようなもの。姿のようなもの。動きに遅れる船がいると、厳しく叱責《しつせき》した。追ってくるものに、追いつかれそうな気がしたのだ。

「午《ひる》過ぎには、建業《けんぎよう》に到着します、殿」

四日目、楼台にいた周瑜に、淩統が報告に来た。

建業は、ゆるやかな丘陵《きゆうりよう》に囲まれている。その丘陵を防衛線とすれば、守りやすい城郭《まち》だった。事実、いままで外敵に攻められたことはない。問題があるとすれば、曹操《そうそう》軍の前線基地として突出している、西の合肥《がつぴ》だけだろう。

「やあ、迎えの船だ」

凌統が声をあげた。十艘ほどの中型船が、太鼓《たいこ》を打ちながら近づいてきている。その船は、船隊と擦《す》れ違ったところで反転し、並走して進みはじめた。

建業。何年ぶりになるのか。船着場には、孫権《そんけん》自身が出迎えに出ていた。

「会いたかったぞ、周瑜」

「私もです」

「ずいぶんと、痩《や》せた。苦労をかけているのだな」

孫権の手が、周瑜の手を握った。

なにもかも、建業は以前の通りだ、と周瑜は思った。

旗本《はたもと》の大将の周泰《しゅうたい》が、周瑜のために馬を曳《ひ》いてきた。

孫権と、並んで駈《か》けた。これも、久しぶりだった。すぐ後ろには、周泰がぴたりと付いている。合肥の戦線では、無茶をして危機に陥った孫権を、何度も救ったのだという。

そのまま、孫権の広大な館に駈けこんだ。

張昭《ちょうしょう》をはじめとする文官と、二十名に及ぶ将軍たちが、大広間で待っていて、周瑜が姿を現わすと、拍手で迎えた。

「周瑜《しゅうゆ》は、長い旅をしてきた。これからまた、長い旅に出る。私も同行したい旅だが、残念ながら合肥《がっぴ》の戦線の結着が見えない。私は残ることになるが、周瑜が望むだけの兵を与えることにしよう」

周瑜が、益《えき》州攻略の許可を受けにきたことを、孫権《そんけん》は察しているようだった。喋《しゃべ》り方も、以前より堂々としている。

孫《そん》家をもっと大きくするのだ、と周瑜も短い挨拶《あいさつ》をした。

酒宴は明日ということになり、周瑜は孫権の居室に伴われた。

「益州攻めだな、いよいよ」

「天下二分。益州を奪《と》れば、それが実現いたします、殿」

孫権の碧《あお》い瞳《ひとみ》が、じっと周瑜を見つめている。

「反対するのは、多分、魯粛《ろしゅく》だけであろう」

魯粛とは、何度も議論をしていた。魯粛は、劉備《りゅうび》に益州を奪らせ、長江《ちょうこう》南部のいまの領地は孫《そん》家に返還させる、という構想を持っていた。天下三分の形勢を作り、対曹操《そうそう》戦で、劉備の力を十二分に利用しようというのである。周瑜は、その劉備が、どうしても信用できないのだった。

「魯粛の意見は、それなりに見識ではあります」

「私も、そう思う。しかし、むざむざ劉備に益州を奪らせなくても、使う方法はいろいろあるだろう。それを考えて、劉備との縁組みも許したのだ」

「私は、劉備を荆《けい》州に閉じこめておくべきだと思います。殿の義弟なのですから、孫家の戦には兵を出さざるを得ない立場です。そこで留《とど》めておいた方が、無難です。荆州にいるかぎりでは、眼も届きます」

「まさに、その通りだ。おまえが江陵《こうりょう》で闘っている時、餓狼《がろう》のように荆州の南を奪った。徳の将軍というのは、仮面だな」

「しかし、うまく使えば、大変な戦力でもあります。劉備が、乗らざるを得ないかたちさえあればいいのです」

「私は、それを考え続けていたのだが」

「殿の戦は、帝《みかど》のための戦。そうなのだということを、家中にも民にも徹底させるのです。漢《かん》王室を再興するために闘うのだと」

劉備の弱点は、漢王室だった。そのために闘うという姿勢を捨てれば、曹操と同じということになる。

諸葛亮《しょかつりょう》の中にも、王室に対する尊崇の念がある、と周瑜は嗅《か》ぎ取っていた。

孫家が、帝のためという名目で戦をするかぎり、劉備軍はともに闘わざるを得ないのだ。志《こころざし》と誇り。それは、劉備《りゅうび》や諸葛亮《しょかつりょう》の心の中では、帝と一体になっているはずだった。

「帝のための戦か。いつも周瑜《しゅうゆ》には教えられる」

「ただし、途中までです」

「途中まで？」

「最後は、殿が帝になられるのです。それをお忘れなさいますな」

「私がか」

「事態は、それを考えに入れるところまで来ております。覇者《はしゃ》が新しい帝。曹操《そうそう》の考えと同じですが、最後はそうならざるを得ない、と私は思います。誰《だれ》とも妥協できないところに立つ。それが、覇者というものでしょう」

「周瑜が言う通りなのだろうな。私には、まだそこまで考えられないが」

「考えます、最後には。いや、多分、殿はそれを望まれるでしょう。劉備とて、考えている帝は、木像《でく》のようなものなのです。その下で、政事《まつりごと》は自分がなす、と思うに違いありません。上が木像なら、思うさまの政事ができるわけですし」

「私にも、考える時をくれ、周瑜」

「まだ先のことです。いくらでも考える時はあります。曹操は生きていて、しかもいまだ最強なのですから」

酒が、運ばれてきた。

「少しだけだ、周瑜。私はおまえの主君であり、久しぶりに戻ってきたおまえと、最初に杯を交わす権利はあると思う」

「頂戴《ちょうだい》いたします」

「いつまでも、引き止めぬ。家族のもとへ、帰ってやれ」

「殿も、そういうお気遣《きづか》いを、なされるようになりましたか」

「もっと、気遣っているぞ。おまえの躰《からだ》のことだ。魯粛《ろしゅく》が、益《えき》州攻めをやめさせようとしている気持の底にも、おまえの病に対する気遣いがあるのだろう、と私は思っている」

「もういいのです。一時より、ずっと回復しています」

周瑜は杯《さかずき》を干し、一度眼を閉じた。

2

館《やかた》の中は、ようやく静かになった。

久しぶりに、主《あるじ》が戻ったのだ。子供たちはもとより、使用人たちもはしゃいでいた。孫権《そんけん》の館とは較《くら》べものにならなくても、周瑜《しゅうゆ》の館も広大なものだった。使用人は、五十人を超える。酒宴にしばらく付き合い、酒と食物を充分に残して、周瑜は居室に引きあげた。

それから、小喬《しょうきょう》と息子二人と娘の、家族五人でしばらく語らった。下の娘の方から眠くなり、歳《とし》の順で寝室へ入っていった。

「みんな大きくなった。眼《め》を疑うほどに、大きくなった。長く家をあけていたのだと、子供たちを見てよくわかる」

「私も、歳を取りましたわ」

「おまえは変らぬ、小喬。おまえが変っていないので、ほっとした」

「殿は、お変りになりました。こんなに痩《や》せて、はっとするほど美しくなられて」

「美しいと言われて、男が喜ぶと思うか」

「美周郎《びしゅうろう》と謳《うた》われていたころより、はっとするほどの容貌《ようぼう》におなりです。それが、私には心配でもありますが。こんなに痩せてはいけません。肌なども、透き通るように白くなられています」

小喬は、二人だけになると、じっと周瑜の手を握っていた。

「心配をかける。しかし、これでもずいぶん回復したのだ。いまも、回復しつつある。一年前の私を見ていたら、おまえはふるえただろうと思う。回復の途上でおまえに会えて、よかった」

「そんなに、ひどかったのですか？」

「魯粛《ろしゆく》などは、会うたびに私が痩せているので、本気で建業《けんぎよう》へ戻って静養しろ、と勧めたほどだった」

「魯粛様は、江陵《こうりよう》から戻るたびにお訪ねくださいましたが、ちょっと体調を崩しているだけで、心配はいらないと申されておりました。そう言われるしかなかったのでしょうが」

「魯粛らしいな」

周瑜は、小喬の躰《からだ》を抱き寄せた。変っていない。匂《にお》いも、やわらかさも、その下にある華奢《きやしや》な骨格の感触も、知っているままの小喬だった。

「いいな」

「なにがです？」

「こうして、おまえと無心に抱き合っていられるのがだ。赤壁《せきへき》の戦《いくさ》を前にした時は、私は死を覚悟していた。こんな日がまた来ることを、ことさら考えないようにもしていた」

「戦は、まだ続きますね」

小喬《しょうきょう》の口調には、どこか諦《あきら》めたような響きがあった。小喬の口を吸った。長い間、お互いに強く吸い続けた。

翌日から、周瑜《しゅうゆ》は重立《おもだ》った将軍たちを集めて、軍議を開始した。

益《えき》州攻略に出す軍は、十万。兵站《へいたん》が、それを基礎にして算出してあるからだ。益州で投降してくる兵を加え、十五万の軍になっても、二年は保《も》つ。

「いいのか、それで」

孫権《そんけん》が、心配顔をしていた。

「曹操《そうそう》三十万と対した時は、わずか三万でしたぞ」

「確かに、実戦部隊は三万だった。しかし、背後に十万がいたのだ」

「今度の背後は、もっと大きいのです。荊《けい》州、揚《よう》州が、背後にあるのですから」

周瑜が益州攻略にかかった機を、曹操は見逃さないだろう。当然、荊州は手薄になるのだ。そのために、西からの牽制《けんせい》を馬超《ばちょう》に依頼してあったが、それは当てにはできない。まだ連合は成立してはいなくて、馬超は馬超の戦を優先するはずだからだ。

「江陵《こうりょう》の守備は、三万。劉備《りゅうび》に、公安《こうあん》に主力を集中するよう依頼します。これは、断れるはずがありません。ですから、実数は十万近い軍での防備です」

「劉備への依頼は、私から正式に行おう」

孫権が言った。ほかの将軍たちは、じっと聞き入っている。

「曹操が動くとしたら、二つ考えられます。荊州の奪回か、合肥《がっぴ》から建業《けんぎょう》への攻撃」

「合肥の戦線には、十万は当てられる。うまくすると、同時に合肥も揉《も》み潰《つぶ》せるぞ」

「そこまでは、お考えにならないことです。益州さえ奪《と》れば、合肥はどうにでもなります。攻める時は、ほかのところで攻められないようにすること。それが肝要でしょう」

程普《ていふ》や黄蓋《こうがい》や韓当《かんとう》という、老将軍たちが大きく頷《うなず》いた。

それから、各地の配置の話し合いが行われた。重立った将軍たちは、それぞれ一軍を率いる。長江《ちょうこう》の要所には、船隊を配置し、その将軍の軍が、機敏に動けるようにしておく。建業、皖口《かんこう》、夏口《かこう》、江陵を、それぞれ兵站の基地として、守兵を増員する。

細かい話になると、若い将軍たちも発言してくる。魯粛《ろしゅく》だけが、膝《ひざ》に手を置いてじっと聞き入っていた。

軍議は夕刻まで続き、そのまま文官を加えた会議になった。益《えき》州の、攻略した地域には、速《すみ》やかに文官を送って、民政を安定させる必要がある。それはすでに、張《ちょう》昭《しょう》、諸葛瑾《しょかつきん》、魯粛らの間で話し合われていたようで、滞《とどこお》りなく話は進んだ。

そのまま、酒宴になった。

途中で抜け、庭で風に当たっていた周瑜《しゅうゆ》のところへ、魯粛が近づいてきた。

「今日は、なにも発言しなかったな、魯粛殿」

「する必要がなかったからですよ」

魯粛は、周瑜と並んで立ち、池の水面《みなも》の月に眼をやっていた。

「益州攻略の作戦に、私はひとつの隙《すき》さえも見出《みいだ》せません。完璧《かんぺき》と申しあげます。これで、益州が奪《と》れないわけはありません。私の、ただひとつの懸念を除いて」

「ただひとつか」

自分の健康のことを言っているのだろう、と周瑜は思った。陸遜《りくそん》や淩統《りょうとう》という、江陵《こうりょう》に常駐している部将以外では、魯粛と会った回数が一番多かった。周瑜の病《やまい》の推移も、一番よく知っている男だ。

「ひとつだけ、申しあげます。周瑜殿。孫《そん》家にとって、周瑜殿を失うことは、言い尽せないほどの損失なのです。益州ひとつを奪るか奪らないかという問題など、小さなことです。私は、そう思っています」

魯粛は、水面の月に眼をやったまま、喋《しやべ》っていた。

「申し訳ありません。周瑜殿が死なれるというような話をして」

「気にしてはいない、魯粛殿。私は、自分が死んだという噂《うわさ》を流させて、江陵で曹《そう》仁《じん》をおびき出し、打ち払ったのだ」

「周到きわまりない、これだけの作戦です。総大将が、なぜ周瑜殿でなければならないのですか。ほかの将軍たちが、周瑜殿に力及ばないことは、わかっています。しかし、相手は益州の劉璋《りゆうしよう》です。老練の将軍たちで、充分に闘えるでしょう。甘寧《かんねい》や呂蒙《りよもう》でもよい、と私は思います」

「適任は、魯粛殿だろう」

「行けと命じられれば、私は行きます」

「魯粛殿。これは、夢なのだ。私自身の夢だ。私が、この手で摑《つか》まないかぎり、なんの意味もない」

「そう言われるであろう、とは思っていました。だから、私には挟む言葉もないのです。私は、自分に言い聞かせ続けてきました。これは、周瑜《しゅうゆ》殿の夢なのだと。乱世に生きる男が、男として抱いた夢なのだと。しかし、思いきれません。せめて、私を副将か参謀《さんぼう》として、おそばに置いていただけませんか。周瑜殿が建業《けんぎょう》へ来られるという知らせが入ってから、私はそれだけを考え続けてきました。できませんか、それは？」

「魯粛《ろしゅく》殿には、殿のそばにいて貰《もら》わなければならん。軍事も民政も、ともにこなせる人物として、孫《そん》家には魯粛殿しかいないではないか」

張昭《ちょうしょう》は、戦ができない。部将たちは、戦しかできない。その両方を統轄《とうかつ》して判断が下せるのは、やはり魯粛しかいなかった。

「お気持は、戴《いただ》いておく、魯粛殿」

「そう言われるだろう、と思っておりました。私には、なにをすることもできないだろうとも」

「魯粛殿が、建業で殿のそばにいる。それだけで、私は安心できる」

「まこと、失礼なことを申しました。私はただ、孫家から、いやこの国から、稀代《きたい》の英雄を失ってはならない、と思い続けただけです。拝見するかぎり、周瑜殿は以前よりも肥《ふと》られ、顔色も戻られたように見えます。私は、考え過ぎるのでしょう、多分」

心の底でゆらめき続ける、どうにもならない切なさのようなものについて、周瑜は魯粛にだけは語っておきたい、と束の間《つかま》思った。しかし、言葉になどできはしない、という気もする。

「乱世に生きる、男の夢ですか」

魯粛の声は、池の水に吸いこまれるようだった。水面の月が、かすかに動いている。

「こんな時代に生まれたことを、不幸だと嘆いたこともある。思うさまに生きられて、幸福だと感じたこともある。いまは、生ききってみるまで、わからないことだと思っている。生きるだけ、生きてみるしかないと」

酒宴のさんざめきが伝わってくるが、庭はかえって静寂が深く感じられた。

「生きている。私は、いまそう思える。しかし、生ききってはいない。だから、闘えるのだ。魯粛殿には、ずいぶんと助けられた。肚《はら》を割った議論もした。そんなことより、いい友を持った、と思う」

「私も、私の場所で闘います」

それでいい、と周瑜は思った。魯粛には、魯粛の闘う場所がある。

周泰《しゅうたい》が気にして捜しにきたので、周瑜《しゅうゆ》は魯粛《ろしゅく》とともに宴席に戻った。

翌日、本営に、程普《ていふ》がひとりの若者を連れてきた。

「路恂《ろじゅん》と申すものです。きのう、少しだけお話しした」

宴席で、引き合わせたい男がいるとだけ、程普は言った。小柄で、精悍《せいかん》な眼をした若者だった。身のこなしが、猫のようだと周瑜は思った。

「山越《さんえつ》族の、長《おさ》の子息で、三千の軍兵を率いています」

「致死《ちし》軍のことですか、程普殿？」

「陸遜《りくそん》が、一千ほどの調練《ちょうれん》はお目にかけたと思います。山岳戦では、役に立つ軍だと思います。周瑜殿が建業《けんぎょう》に来られるというので、呼んでおきました」

つまり、幽《ゆう》の弟ということになるが、顔はあまり似ていなかった。

「調練中に、山での動きが飛び抜けた者たちがいました。調べてみると、みんな山越族でありました。ひとつにまとめることに反対もありましたが、私が殿を説得いたしましてな。路恂は、しばらく私の館で起居しておりました」

「程普殿が、致死軍を？」

「調練のすべては、この路恂がやりました。いずれ役に立つだろうと思い、私は援助を与えただけです」

「そうでしたか」

程普は、孫権《そんけん》の父の孫堅《そんけん》のころからの、古い部将だった。髪も髭《ひげ》も、すでに白い。昔は、騎馬で揉みに揉むという、激しい戦を得意としていたようだ。いまは軍の頂点にいるが、実権はあまりない。実戦に出るより、後方支援や兵の調練が、仕事といえば仕事だった。

「益《えき》州の山岳戦では役立つ、と陸遜に申しておきましたが」

「もっと兵数を増やせ、と私は言いました。山中で、驚嘆する動きを見せましたので」

「老人が、余計なことをした、というわけでもなかったようですな」

「それはもう。将来を見据《みす》えた眼配りで、しかも実際に兵を育てていただいております。お礼を申しあげるしかありません」

「そうですか。老いて、あまり戦の役には立てぬ。それでも、なんとかお役に立てぬものかと、勝手なことをいたしましたが、無駄ではありませんでしたか」

程普が、後ろに立っている路恂をふり返り、前に出るように促した。進み出てきた路恂が、拝礼した。周瑜は頷き、ほほえみ返した。

「不足しているものは？」

「いまのところは、なにも。程普《ていふ》様に、よくしていただいております」

「殿に、拝謁《はいえつ》は？」

「そのような、畏《おそ》れ多いことは」

「程普殿。殿に拝謁させてやっていただけますか。私より、程普殿の方が適任でしょう。装備、兵糧《ひょうろう》、その他すべて、孫《そん》家の兵の扱いと同等にしたいと思います」

「周瑜《しゅうゆ》殿のお許しがあれば、そうしようと思っておりました」

「路恂《ろじゅん》には、益《えき》州へ同道して貰う。無論、致死《ちし》軍もだ。さしあたって呂蒙《りょもう》の下だが、軍制では陸遜《りくそん》のもとに編入する。よいな、路恂。原野戦には、致死軍は使わぬ。山岳戦で働いて貰うし、それは陸遜にもよく言い含めておく」

「これで、致死軍も、正式に孫家の軍になれるわけですな。殿には、明日拝謁させます。営舎も、与えます」

「程普殿の名で、そうしていただきたい」

「この老骨を、そのように扱っていただけますか。いまのところ、致死軍について詳《くわ》しく知っているのは、魯粛殿と陸遜だけなのです。正式に孫家の軍ということになれば、待遇も変ってくるでしょう。兵たちが喜びます」

「山越の民だからと、差別する理由はなにもありません。いままで知らずにいた自分を、私は恥じています」

「周瑜殿にそこまで言っていただければ、これ以上私に申しあげることはありません。私はこれで。致死軍についての詳しい話は、路恂にお訊《き》きください」

一礼して、程普が出ていった。

周瑜は、しばらく路恂と黙ってむかい合っていた。幽《ゆう》に似た面影を、周瑜はやはり路恂の中に見つけ出すことはできなかった。

「幽の弟だな？」

「はい。異腹ですが」

「おまえの話を、幽はなにもしなかった」

「姉は、私が特別に扱われるべきではない、と考えたのです。力があれば、必ず認められると。私にとっては、幼いころから、なにをやっても勝てない姉でありました」

「いま、私の子を身籠《みごも》っている」

「はい」

「なんでも、聞いているのだな」

「姉は、殿のお躰《からだ》のことだけを、心配しています。戦については、ほとんどなんの心配もしておりません。必ず勝たれる、と信じて疑っておりません」

「そうか。戦は、終るまでどうなるかわからぬが」

路恂《ろじゆん》は、じっと周瑜《しゆうゆ》を見つめていた。どこか、暗い眼差《まなざ》しでもあった。

「明日、殿に拝謁してこい。益州《えき》へむかう時は、おまえは私の艦《かん》に同乗せよ。もっと語り、おまえという人間を知りたい」

「かしこまりました」

路恂が拝礼し、退出していった。

ひとりになると、周瑜はしばらくじっとしていた。

心の底に、やはり切なさに似たものがたゆたっている。それがなにかは、相変らずわからない。わからないまま、周瑜はそれに馴れはじめてもいた。

軽い咳《せき》をした。出てきた痰《たん》の中には、鮮やかに赤い血が、塊《かたまり》のようになって混じっていた。それを見ても、もう不吉な感じは湧《わ》き起こってこない。

「淩統《りようとう》を呼べ。それから呂蒙《りよもう》も」

部屋の外に立っている従者《じゆうしや》に、周瑜は声をかけた。

3

子供たちの、寝顔に見入った。

いつまで見ていても、飽きない。長男の周循《しゅうじゅん》は、いくらか男らしい感じが出てきた。下の二人は、まだ幼い。昔は、よくこうやって見入ったものだ。特に周循が二、三歳のころは、夜中に起き出して、長い時間そばで見ていたこともある。自分に、子供がいるというのが、不思議な気分だった。血を分けた子。自分の血を、受け継いだ子。人は結局はひとりきりだと思っても、眼《め》の前の小さな命が、そうではないと伝えてくる。無心な眠りは、逆に命の偉大さそのものを、周瑜に教えた。

ひとりではない。親から血を受けて、自分がここにいる。自分の血を与えた子を、小喬《しょうきょう》が宿し、やがて生まれ、小さな命となる。そうやって、人は連綿と血を伝えてきたのだ。だから、生まれた瞬間から、人はひとりではない。

あのころは、そんなことを考えた。

いまは、ただ心がふるえるような思いだけがある。やがて、幽《ゆう》も周瑜の子を生む。その子を見ても、同じだろう。

居室に戻ると、薬湯の匂《にお》いがした。馴《な》れた匂いだ。

幽《ゆう》が、淩統《りょうとう》に薬草の袋を持たせた。淩統は、なにも言わずに小喬《しょうきょう》にそれを渡したものらしい。毎日、一心に小喬は薬湯を煮出している。少し冷まして、空腹の時に飲むのだ。本営や孫権《そんけん》の館《やかた》にいる時も、淩統に持たせていた。

「あなた、すぐに眠ってはいけませんよ。薬湯を飲んでからです。もうしばらくで、冷めると思いますわ」

「すぐには、眠らぬ。こうやっておまえと二人で過す時が、次にはいつ来るかもわからぬのだからな」

建業《けんぎょう》に戻って、四日目だった。

次に建業を出発したら、休むことなく益《えき》州まで進む。つまり、出陣なのだ。冬の間に、江《こう》州（重慶《じゅうけい》）まで押さえてしまい、文官も呼びたかった。民政が整えば、農民も安心して田を作る。そうやって、何事もなく田が作られるのを、益州の民はみんな見るだろう。それで、人心は侵略者である自分にも集まるはずだ、と周瑜は思っていた。

「このごろ、しきりに孫策《そんさく》様のことを思い出します」

「姉上は、お元気なのか？」

「はい、孫紹殿《そんしよう》も、もう大きくなられました。姉に似たのですね。穏やかな性格で、うちに遊びに来ると、子供たちとよく遊んでくださいます」

孫策に子ができたと聞いた時、不思議なことが起きた、という気がしたものだった。自分にも、同じことが起きるとは信じられなかった。小喬が懐妊《かいにん》したのは、それから数年後のことだ。

「孫策か。あのころは、私も若かった」

「ほんとうに。姉も私も、二人に攫《さら》われてきたのですから」

「攫ったなどと。嫁になってくれと船上で頼み、承知してくれたはずだぞ」

「孫《そん》家の軍勢に捕まったら、どんな目に遭《あ》うかと思って、とりあえず承知してみせただけです」

「とりあえずか」

「ほんとうに、あなたはあのころ無謀《むぼう》でした。見ていると、はっとしてしまうぐらいに。それに、心が動いてしまったのですわ」

「孫策は、無謀なまま死んでいった」

「ほんとうに。殿方というのは、女は二の次なのですね。いつも、かなうことのない夢を追って、死んだら、悲しみと淋《さび》しさの中に女だけ残して」

「乱世だ、小喬《しょうきょう》」

「それを、言い訳になさるのですね。殿方はそれでいいと、いつか私も思うようになってしまいましたが」

小喬は、いまもまだ色香を失ってはいなかった。それどころか、どこか妖《あや》しいほどの光まで放《はな》ちはじめている。

「あの時、二人を攫おうと言いはじめたのは、私だった。いつも無茶をやる孫策《そんさく》の方が、びっくりしていたな」

「攫われた私たちは、もっとびっくりいたしましたわ」

「攫ってよかったのだ。孫策も私も、結婚を後悔したことは一度もない」

小喬が立ちあがり、薬湯を持ってきた。幽《ゆう》の匂い。ふと、そう思った。心の底にある後ろめたさのようなものを、周瑜《しゅうゆ》はほほえみで押し隠した。

薬湯は、もうそれほど熱くはなかった。味のいいものではないが、飲むことにはすっかり馴れきっている。

建業《けんぎょう》にいられるのは、あと二日だった。全軍が、戦闘態勢に入る。特に合肥《がっぴ》の戦線には、建業周辺の部隊が集結し、何重もの防衛線を作る。

劉備《りゅうび》軍にも要請は出してあって、公安《こうあん》に数万が集結するはずだ。

そして周瑜が、益州《えき》へむかう。

これほどの準備があれば、益州攻略を曹操《そうそう》は座して眺めているしかないはずだ。益州さえ奪《と》れば、民政が安定するまで、大きな戦《いくさ》はなくなる。周瑜も、休むことができる。

走り続けてきた。ふり返ると、そう思う。孫策が死んでからは、周瑜が走る以外になかった。孫策とともに走っていた時とは、まるで違っていた。風を、ひとりで受けた。立っていられないほど強い風だ、としばしば感じた。それでも、走った。

益州を奪れば、すべての様相が変ってくる。南と北で、天下を争う。そういう対立の中に、この国は放り出される。それから、戦が長く続くことはないだろう。二年後か三年後、南と北がぶつかる。一度で、勝敗は決するはずだ。そして、乱世は終熄《しゅうそく》にむかう。

「あなた」

小喬が、周瑜を見つめていた。

「こんなことを、私はいままで申しあげたことはありません。今度だけ、言わせてください」

「なんだ？」

「益州《えき》への出陣を、ほかの方にお任せするということは、できないのですか？」

「私に、行くなと言っているのか、小喬《しょうきょう》？」

「あなたが戦に出られる時、私はいつも怖くてふるえていましたわ。ちょっとした叛乱《はんらん》の鎮定でも、なにが起きるかわからない、と思ったものです」

「戦だからな。なにが起きるかわからぬところは、確かにある。それについて、おまえが心を痛めることも、よくわかる」

「赤壁《せきへき》の戦のことを聞いた時も、私はふるえたものです」

「私もだよ、小喬。闘っている私自身も、怖さにふるえていた」

「今度だけは、怖くないのです、あなた。いままでと、まるで違うのです。なにか、心の置きどころがないような、落ち着かない気持なのです」

胸騒ぎがしている。そんなところなのだろう。自分の心の底でゆらめいている、切なさに似た気分と同じようなものなのかもしれない、と周瑜《しゅうゆ》は思った。

「これが終れば、しばらくは戦がなくなる。私は、そう思っている。だからこそ、遅らせるわけにも、他人に任せるわけにもいかない」

「あなたが、そうおっしゃることは、わかっていました。お心を乱すようなことを、私は言ってしまったのですね」

「そんなことはない。私が戦に行くのに、おまえがなにも感じないということになれば、淋しいだろう。心配されていると感じるだけで、すべてのことに注意深くなるものなのだ」

かすかに、小喬が頷《うなず》いた。どこか、諦《あきら》めたような頷き方だった。

その夜も、周瑜は小喬を抱いた。情欲が抑え難い。夜になると、そうなるのだ。全身が濡《ぬ》れて、眼が醒《さ》めた。夜明け前だった。

眠っている間、ずっとこういう汗をかき続けているのだろうか、と思った。朝に、ひどい渇《かわ》きを覚えることがある。

胸に、なにかひっかかっているような気がした。おぞましさのような思いも、同時にこみあげてくる。

周瑜は寝台から起きあがり、音をたてないように足音をしのばせて厠《かわや》へ行った。咳《せき》をした。口を掌《てのひら》で押さえたが、続けざまに痰《たん》のようなものが出てきた。咳が収まってから掌を見ると、赤く熟《う》れた果実のような血の塊《かたまり》が、いくつも重なっていた。燭台《しょくだい》の明りが、赤い色だけを際立《きわだ》たせている。周瑜は、掌を握りしめた。血ではない、なにか別のものを握ったような気分に襲われた。

悪い血が、胸に溜《たま》っていたのだ。そう自分に言い聞かせた。頭から、血が引くような感覚がある。耐えた。うずくまりたくなったが、それにも耐えた。

寝室へ戻った。

小喬《しょうきょう》は、かすかな寝息をたてている。

横になり、眼を閉じたが、眠れはしなかった。眠らなければ、不思議に冷たい汗も噴き出してはこない。

朝、塩の混じった水を飲んだ。

いつものように、小喬は周瑜《しゅうゆ》を送り出した。

本営では、潜魚《せんぎょ》を呼んで、諜略戦《ちょうりゃくせん》の打ち合わせをした。益州《えき》に対する諜略もあれば、曹操《そうそう》陣営の動きも探らなければならない。

諜略は、その場で判断しなければならないものが多い。ただ、目的をはっきりさせていると、判断の基準が見える。つまり、それだけ情報が早く入ってくるのだ。

潜魚の手の者も、いまでは六十名ほどになっているらしい。そのうちの半数は、もう益州に入っていた。劉璋《りゅうしょう》の幕僚《ばくりょう》たちについて、すでに周瑜はかなりのものを摑《つか》んでいる。益州に入ったら、すぐに工作は開始できるのだ。これまで大きな戦をしてこなかった劉璋の陣営には、そういうことに対する防御の甘さもあった。

「劉備《りゅうび》軍が、すでに公安《こうあん》に五万ほど集結しているそうだ」

孫権《そんけん》がやってきて、そう言った。

ふた月ほど前、妹の里帰りに同行した劉備と会っているが、その話題を周瑜は出していない。黙っていることで、劉備との同盟強化をあまり歓迎していない、と孫権に伝えているのだ。孫権は、周瑜のそういう態度に、いつも敏感だった。

孫権が、劉備に対してあまり悪い感情を抱かなかったことは、会見に同席した張《ちょう》昭《しょう》から聞いた。徳の将軍と呼ばれた顔を、劉備はしっかりと孫権に見せたらしい。張昭は、どちらかというと、劉備の人格に懐疑的だった。

「曹操に対する策は、万全だな、周瑜」

「万全でなければ、益州へは行けません。合肥《がっぴ》の戦線の総指揮は殿《と》ということになりますが、くれぐれも防御であることをお忘れなく。益州も合肥も奪らせるほど、曹操は甘くありませんから」

「そこは、私も身に沁《し》みている。奪れると思って合肥城を攻め、二度も煮え湯を呑《の》まされたのだ。一度は、周泰《しゅうたい》がいなければ、私は討《う》たれていた」

「殿は、揚《よう》、荆《けい》、益の、三州の主になられるのです。軽率に前線へ出るようなことは、なされてはなりません」

「わかっている、周瑜」

「前にも、海軍を作ろうとされて、危ういところで難を逃れ、太史慈《たいしじ》を死なせたのです。部将が主君のために死ぬのは、当たり前のことですが、できるだけ死なせないようにするのも、また主君のつとめなのです」

孫権《そんけん》が困ったような表情をしたので、周瑜《しゅうゆ》はほほえんだ。

「殿は、お若いのです。そして曹操《そうそう》は、すでに老境に入っています。益州《えき》を奪《と》ったら、待つということも闘いのひとつになります」

孫権が、小さく頷いた。

その日は、孫権も交えて最後の軍議をし、翌日は出陣の準備だった。合肥《がっぴ》の戦線へむかう部隊は、すでに半数は進発している。

館に戻ったのは、深夜だった。

小喬《しょうきょう》は、起きて待っていた。子供たちの寝顔を見、すぐに床に入った。眠っていた。夜中に汗で二度眼が醒めたが、あまり身動《みじろ》ぎはしなかった。小喬が、眼醒めているような気配が伝わってきたからだ。

出発の朝になった。

子供たちをひとりずつ抱きあげ、小喬に短い言葉をかけた。小喬は、じっと周瑜を見つめているだけだった。心の底でゆらめいている切なさに似たものが、不意に大きな感情になって全身を押し包んできそうになった。

ふり切るように、周瑜は馬に乗った。

4

船室で、大量の血を吐いた。

出発して、二日目のことだ。周瑜は、倒れたまま、しばらく起きあがることもできなかった。見ていた者は、誰《だれ》もいない。

ようやく起きあがると、周瑜は楼台《ろうだい》に出て風に当たった。

大したことではない。いつもより、いくらか多く血を吐いただけだ。塊《かたまり》になっていなかった。流れるような血だった。だから、多く感じただけだ。

見馴《みな》れた河だった。孫策《そんさく》と二人で、この河を制圧するところからはじめた。

艦《かん》の櫓《ろ》は、左右に八本ずつ出ていた。最大で片舷《げん》が十四本になる。船隊のすべては、艦の速さに合わせている。

きのうの早朝、出陣の見送りには、ほとんどの幕僚《ばくりょう》が出てきていた。孫権の姿が見えなかった。離岸するとすぐに、中型の快速船が並走してきた。その舳先《へさき》に、孫権はひとりで立っていた。およそ五里（約二キロ）ほど並走する間、孫権《そんけん》は手も振らず、艦の方を見ようともしなかった。

それから孫権は、抜き放《はな》った剣を中天に翳《かざ》し、哮《ほ》えるような声をあげた。周瑜《しゅうゆ》も、楼台からそれに応《こた》えた。

あれが、別れだった。

なんとなく、周瑜はそれを思い出していた。孫権とも、この河で生きた。

淩統《りょうとう》の、大声が聞えた。転舵《てんだ》を命じている。艦の転舵は、舵《かじ》を動かしてやるより、櫓《ろ》を調整してやることが多かった。左舷《さげん》の櫓だけにすると、艦は舳先を右にむける。かなり急な回頭になる。右舷の櫓の数を調整することで、曲がる角度はどうにでも変えられるのだ。左舷を前進、右舷を後進で櫓を動かせば、船体はその場で回る。

「よろしいですか、殿？」

路恂《ろじゅん》が、楼台に昇ってきた。周瑜は、軽く頷《うなず》いた。

「お顔の色が、ひどく悪いように見えます。血をお吐きになったのではありませんか？」

「気にするほどのことではない。それに、ここは風が冷たい」

「船室で、お休みいただけませぬか。姉よりの書簡で、殿の御容子《ごようす》をしっかり見ておくようにと言いつけられております。お顔の色が悪く、しかしそれほど息苦しそうにされていない時は、血を吐かれたあとだと」

「血を吐く前は？」

「お顔の色は逆によく、しかしどこか息苦しそうにされている、と書いてありました。建業《けんぎょう》での殿は、お顔の色がよろしかったので、いつ血を吐かれるか、私は心配いたしておりました」

病《やまい》は、ずっと幽《ゆう》に看病させてきた。周瑜自身よりも、躰《からだ》の変化については知っているのかもしれない。

「余計なこと、でございましたか？」

「いや」

「ならば、船室へお戻りください。具足《ぐそく》を解かれて、くつろがれるのがよろしいかと。まだ、益州《えき》へは日数がかかります」

頷き、周瑜は胡床《こしょう》（折り畳みの椅子《いす》）から腰をあげて、楼台を降りた。

船室には、火が入れられていた。湯気が立てられていて、薬草の匂《にお》いもする。周瑜は具足を解き、軍袍《ぐんぽう》の帯も緩《ゆる》めて、寝台に横たわった。

「路恂」

「はい」

「どうなれば私が死ぬと、姉の書簡には書いてあった？」

「そんなことは」

「幽《ゆう》ならば、書いたはずだ。それが書ける女子《おなご》だ、幽は」

「流れるような血を、三度吐き続けられたら、お命は保《も》たないであろうと」

「三度か」

「塊《かたまり》になった血なら、まだいいそうです。ゆっくりと胸の中に出血したものが、塊になって出てくるのですから。流れるような血は、傷口から血が噴き出すのに似ているそうです。胸の中に、傷口があるのだと思います」

「わかった」

周瑜は、眼《め》を閉じた。三度。しかし、続けてだ。間を置けば、それは三度にはならない。そう思うことにした。

「休まれること。薬湯を絶やされぬこと。そして、できるかぎり滋養をおつけになること。どうか、それをお守りください」

「薬湯は、絶やさぬ。あとの二つは、まず無理であろう」

「姉も、そう申してきております。なにしろ、戦《いくさ》でございますから」

薬湯の匂いが近づいてきたので、周瑜は眼を開いた。

「もし血を吐かれたら、この布でお拭《ぬぐ》いください。私が処分いたします」

「戦をやめさせろ、とは幽は言っていないのだな」

「戦場では、そばにいろ、と書いてあります。戦をやめてしまうのは、生きながらの死、と思っているのでしょう」

周瑜は、薬湯を飲み干した。

食欲はなかった。微熱があるようだが、はっきりはわからない。

「眠るぞ」

「なにか考えておられる。幕僚の方たちには、そう申しあげておきます」

一礼し、路恂《ろじゅん》が出ていこうとした。

「なぜ、幽は致死《ちし》軍という名にしたのだ？」

「山越《さんえつ》族は、山越族であることに、命をかけております。孫《そん》家の軍とともに闘いはいたしますが、それは山越族の女や子供を守るためでもあるのです。孫権《そんけん》様に拝謁した時に、そう申しあげました。それでよいであろう、とお言葉をいただいております」

「そうか。しかし、幽は私の子を生むぞ」

「いいのです、それは。無理にではなく、血が混じっていけば。いまは、三万はいる山越族《さんえつ》の女、子供、老人を守るために、致死軍《ちし》は闘います」

「なんとなく、おまえが考えていることはわかる」

「時が、解決します。それまでは、私たちが守るしかありません」

周瑜《しゅうゆ》は頷き、眼を閉じた。

翌日も、船の上だった。皖口《かんこう》に入り、水を補給した時、周瑜は具足をつけて楼台に立った。懐かしい、城である。皖で攫《さら》った大喬《だいきょう》と小喬《しょうきょう》を、ここへ連れてきた。

「順調に進んでおります。致死軍を乗せた輸送船も、遅れてはいません」

凌統《りょうとう》が報告に来た。周瑜の顔を見て、息を呑《の》んだ気配がある。血を吐いてから、薬湯と水以外、周瑜はほとんど口にしていなかった。

「周瑜様、お躰《からだ》は？」

「心配するな。益州《えき》へ入ってへたばらぬよう、いま鍛えている」

身のまわりの世話は、路恂《ろじゅん》にやらせていた。凌統は、船隊の指揮で忙しい。

「皖口で、しばらく停泊いたしますか？」

「必要ない。おまえは、速《すみ》やかに益州に進むことを考えろ。江陵《こうりょう》や夷道《いどう》で、大船隊が合流してくる。夷陵《いりょう》では、兵と馬も積みこまねばならん」

「わかりました。速やかに益州を奪《と》り、周瑜様に休息の時を差しあげたいと思います」

凌統は、先鋒《せんぽう》だった。ひとりで、益州を奪ろうという気になっている。いざ戦となったら、遮二無二《しゃにむに》進むだろう。先鋒は、それぐらいの意気があった方がいいのだ。

「致死軍は、夷陵で降ろす。船隊と並行して、山の中を進む。路恂は、それができると言った」

「崖《がけ》の上から船隊へ攻撃を受けた場合の、備えとしては最強でございましょう」

「白帝城《はくていじょう》の攻撃は、おまえと路恂の共同作戦となる」

「はい、船からだけでは、落としにくい城です」

河が二股《また》に分かれたところに、そそり立った岩山がある。白帝城はその上だった。

「本隊は、白帝城をやり過して進む。白帝城から見れば、後方を断たれて孤立した、ということになるだろう」

致死軍は、ああいう城を攻略するためにある、と言ってもいいほどだった。幽の意志が、どれぐらい入っているのかはわからない。山越族が代々伝えてきたものが、益州攻略の力になるというのは、ただの偶然だったかもしれないのだ。

水と兵糧《ひょうろう》が積みこまれ、船隊はすぐに動きはじめた。周瑜は楼台にいて、夕方の斜めの光線を浴びている、長江《ちようこう》の水面を見つめていた。

躰《からだ》が、おかしかった。どこがどうということはないが、光の中に自分の命が拡散していくような思いに、たえず襲《おそ》われた。心の底でゆらめいている切なさのようなものも、いっそう大きくなっている。

死ぬのかもしれない。はじめて、周瑜《しゆうゆ》ははっきりとそう思った。この命が、終る。夢も、命とともに消える。しかし、そんなことがあるのか。これから夢にむかって駈《か》けるという時に、天は自分の命を奪うのか。

理不尽だ、と思う気持はなかった。あと十年、とは思う。それは三十六のいままでも、五十歳になってからでも、同じように思うのかもしれない。

陽《ひ》の光と入れ替るように、月が出た。半月だった。

「殿《との》、そろそろ船室へ」

路恂《ろじゆん》が声をかけてきたが、周瑜は月を照り返す川面《かわも》を見つめたまま、腰をあげなかった。なにか感じたのか、路恂もそれ以上なにか言おうとはしない。

「定め、かな」

そばに立った路恂に、周瑜は静かに言った。

「人は、いつか死ぬ。それは、誰もが知っている。いま、自分に、ということが信じられないだけだ。魂を売っても、生き延びたいという思いがある。いま、自分に、死が訪れようとしているのなら、雄々《おお》しくそれを迎えようという思いもある。不思議だな。口惜《くや》しくはない」

「益州《えき》へ行かれます、殿は」

「行くつもりだ」

「死が、追って参りますか」

「どうであろう。懐かしい友が、訪ねてくるという気もする。なぜか、いまは追われているという気にはならぬ」

「ならば、いまは死も遠慮いたしましょう」

「そうかな。益州攻略をはじめると決めた時から、私は懐かしい友を拒まなかったような気がする。はっきりと顔は見なくても、心の底でいつもゆらめいていた、といまは思ってしまうのだ」

「益州です、殿」

「そうだ、益州だ。しかし、行きつけぬかもしれぬ。それは、私が決めることではない。もし私が死んだら、幽《ゆう》に伝えよ。この周瑜公瑾《こうきん》は、死にさえも、雄々《おお》しくたちむかったと。愛する者たちの面影を胸に抱き、ほほえみながら死んだと。愛する者たちがいたからこそ、私はほんとうに生きたと思えたのだとも」

「殿は」

「いつか、死ぬ。それは定めだ。明日かもしれぬし、十年後かもしれぬ」

「船室へ、お戻りください、殿。お願いでございます。火を入れて、暖かくしてございます」

頷き、周瑜《しゅうゆ》は腰をあげた。

船室で具足を解き、薬湯を飲んで、寝台に横たわった。

胸苦しさに襲われたのは、夜明け前だった。

周瑜は躰《からだ》を起こし、枕《まくら》もとに置かれた布に口をつけ、静かに咳《せき》をした。慌《あわ》てなかった。血が、溢《あふ》れ出してきた。胸のどこかが、破れたような気分に襲われた。吐くだけ吐いてしまうと、かえって胸はすっきりした。

おびただしい血だった。まだ温かく、むっとするような臭気もたちのぼってくる。これが、命というものだ、と周瑜は思った。その命が、少しずつ躰から洩《も》れ出していく。

口のまわりをきれいに拭い、横たわった。すぐには眠れなかった。櫓《ろ》のきしむ音。艦が、水をかき分ける音。しばらく、それに耳を傾けていた。

翌朝、船室へ入ってきた路恂《ろじゅん》は、黙って血で汚れた布を片づけた。それから、いつもの朝のように、薬湯を用意した。

軍袍《ぐんぽう》を新しいものに替え、薬湯を飲み、再び周瑜は横たわった。

誰かが、囁《ささや》きかけてくる。

孫策《そんさく》か、と周瑜は声を出した。

少し、早すぎる。訪ねてくるにしろ、もっとゆっくりでよかったのだ。子供のころから、おまえはいつも急いでいた。だから私にも、急ぐ癖がついてしまったのだ。なにしろ、おまえに付いていかなければならなかったのだから。

もう、ここまで来たのだ。慌てるのはよしにしろ。私は、もうしばらくこのままでいたい。生きていた自分を、ふり返って見つめてみたい。

眼醒《めざ》めた。

悪い気分ではなかった。胸につかえていたものが、消えてしまったような気がする。

路恂が、船室に入ってきた。周瑜は具足をつけ、運ばせた食物に少し口をつけた。

それから、外へ出て、楼台に昇った。

船隊は、柴桑《さいそう》に近づこうとしている。両岸の景色を見ただけで、周瑜にはすぐに船の位置がわかった。南に下れば、鄱陽《はよう》ということになる。曹操《そうそう》の南下に備えて、激しい水軍の調練《ちようれん》をした水域だった。あの調練で、兵は四十人近く死んだ。

「御気分がよろしくても、冷たい風には当たられない方がいい、と思います」

「気にするな、路恂《ろじゆん》。兵には、時々私の姿を見せてやった方がよいのだ。それで、兵たちは安心する」

「そうですか」

「つらくなったら、船室へ引き揚げよう。それまで、長江《ちようこう》を眺めさせておいてくれ」

「私がおそばにいて、邪魔にはなりませんか?」

「なるものか」

「ならば、ここにいさせていただきます」

周瑜《しゆうゆ》は、笑って頷いた。

柴桑《さいそう》を過ぎたころ、周瑜は腰をあげ、船室に入った。

路恂が、薬湯の準備をはじめる。周瑜は具足を解き、長江の地図に眼をやった。建業《けんぎよう》から、指さきで長江をなぞる。夷陵《いりよう》まで。夢の軌跡だった。夷陵から白帝城《はくていじよう》。行き着けるのか。それとも、途中で潰《つい》えるのか。

益州《えき》の地図は、見なかった。

路恂が差し出す薬湯を飲むと、周瑜は寝台に横たわった。すぐになにかが突きあげてきて、上体を起こし、口を布で覆った。それほど、大量の血ではなかった。しかし、流れるように出てきて、しばらく止まらなかった。

熱があるのかどうかも、よくわからなかった。躰《からだ》から、命が流れ出していく。周瑜が感じているのは、それだけだった。

しばらく、うとうととした。船の揺れが、心地よく眠りを誘う。しかし、深く眠ってしまうことはできないのだった。

眼醒めないかもしれない。恐怖感でもなんでもなく、ただそう思った。

起きて、具足をつけた。また少し血を吐いたが、特に気分が悪いということはなかった。立ちあがると、しばらく視界が黒くなるが、すぐにそれは回復する。歩くと、息が切れた。

戦に耐えられる躰かどうかは、もう考えなかった。戦よりも先に、出会うものがある。それが、はっきりわかった。

楼台に座っていると、時々、時が逆行したような気分に襲われた。益州へむかっているのではなく、曹操《そうそう》の大軍にむかっているような錯覚にしばしば陥るのだ。柴桑に孫権《そんけん》の本営があり、江陵《こうりょう》から曹操《そうそう》の大軍が出撃している。

赤壁《せきへき》の戦は、終ったのだ。そして、見事に勝ったのだ。自分に言い聞かせる。するといま、どこへむかっているのか。

益州《えき》を、奪《と》る。揚《よう》、荊《けい》、益で、ほぼ国土の南半分になる。天下二分の形勢を作りあげてから、曹操との結着をつける。いま、その一歩をはじめたばかりではないか。

夕方になると、周瑜《しゅうゆ》は船室に戻った。

用意されている薬湯を飲み、寝台でしばらく眠る。口から、血が噴き出し、上体を起こす。血を吐くのは、眠ったあとだった。

夢が、夢のままで終ろうとしている。それでも、夢を抱《いだ》くことができる人生だった。自分を愛してくれた女もいた。寝ている時は、そんなことを考えた。

時が、はっきりわからなくなっている。

気づくと、楼台に座っていたりするのだ。

船と船の間の合図である、太鼓や鉦《かね》。淩統《りょうとう》の指揮の声。櫓のきしみ。櫓床《ろしょう》に就《つ》いている兵たちのかけ声。

「周瑜様、赤壁が見えてきます」

前甲板で、淩統が叫んでいた。

「船隊を停《と》めて、ゆっくり御覧になりますか？」

「なにを言っている、淩統」

周瑜は、胡床《こしょう》から腰をあげた。

「終ってしまった戦であろう。むかうは益州ぞ。赤壁のことなど、忘れてしまえ」

「わかりました」

周瑜を見あげ、淩統は笑ったようだった。陽《ひ》の光の中で、歯がきらりと光った。

やがて、赤壁が見えてきた。左岸だ。右岸は、烏林《うりん》だった。北風。いまも強い。

これが、東南に変ったのだ。あの戦から、すでに二年経《た》っている。

船隊は速度を落とさず、赤壁はすぐに見えなくなった。それでも、周瑜は楼台に座っていた。さまざまなことが、頭をよぎった。それは浮かんでは消え、すぐにながよぎったかも思い出せなくなるのだ。

路恂《ろじゅん》に促されて、船室へ戻った。すでに、陽が落ちかかっていた。

具足を付けたまま、周瑜は寝台に横たわった。

眠ったのか。囁《ささや》くようになにかを言い交わす声で、眼醒めた。路恂と淩統だった。

それからまた、周瑜は眠ったようだった。

ざわめきが近づいてくる。軍勢だった。敵ではない、と周瑜は思った。しかし、味方でもない。顔のない軍勢だった。闘う相手を、捜しているように見える。戦が、人生だった。その軍勢にむかって、周瑜《しゅうゆ》は声をあげた。戦に生きた。いまだ、敗北を知らない。

ざわめきが、遠ざかる。

上体を起こした。胸の中が、大きく破れたような気がした。布。口もとにあてがってきたのは、路恂《ろじゅん》だった。血を吐いた。あまり多量ではなかった。

「どちらへ？」

路恂の声。

「どのあたりだ？」

「はい、洞庭湖《どうていこ》を前にして、北へ転進しようとしているところです」

「船速が遅すぎる。これからは、まともなむかい風で、もっと船速は落ちる。楼台へ行くぞ、路恂」

「はっ」

歩くと、胸が絞めつけられるような感じがした。路恂が、ぴたりと横についている。楼台に昇った。息が苦しかった。それも、胡床でしばらく休むと落ち着いた。

すでに、朝になっている。

周瑜は、胡床から腰をあげた。

「淩統《りようとう》」

呼ぶと、淩統が甲板を駈《か》けてきた。

「櫓を、三本ずつ増やせ。船隊は、この艦の速度に合わせるように、合図を送れ」

「はっ」

「全体を、右岸に寄せて航行するのだ。その方が、いくらか風を殺せる」

淩統が、駈け去っていく。

周瑜は、胡床に腰を降ろした。船隊の動きがよくなった。風が吹きつけてくるが、ものともしていない。

視線が、かすんだ。

「路恂」

「はい」

「白帝城《はくていじよう》は、見えたか。益州《えき》に入ったか？」

「白帝城が、見えております。もう、益州であります」

「ひと揉《も》みにしろ。時をかけるな」

「はい」

声がよく聞えなかった。

切なさが、消えていた。心の底で、いまたゆたっているものは、なんなのか。

「先鋒《せんぽう》を」

それだけ言った。ひどく眠い、と周瑜《しゅうゆ》は思った。

5

祝福の言葉が、耳につくほどだった。

銅雀台《どうじゃくだい》の完成を祝って、領内各地から人が集まってきている。曹操《そうそう》が、自身で会わなければならない者も多かった。

「面倒なことは聞えない、という耳にはできぬものかな」

居室へ戻り、爰京《えんきょう》に鍼《はり》を打たせながら、曹操は言った。頭痛のための鍼ではない。強張《こわば》った全身を緩《ゆる》め、気分をくつろがせるための鍼である。

爰京は、いつも青い袍《ほう》に、青い巾《きん》を巻いていた。師の華佗《かた》と違うのは、最近になって、剣を佩《は》きはじめたことだ。夏侯惇《かこうとん》と、槍《やり》ではなく剣でむかい合うようになったらしい。

居室に入る時も、剣を佩くことを曹操は許していた。治療の時、爰京は剣を治療具の脇《わき》に置く。それで、気持を鎮《しず》めようとでもしているようだった。

「いささか、お疲れです、丞相《じようしよう》」

「これほど、祝いの言上《ごんじよう》が続くとは思っていなかったのだ」

銅雀台が、事実上の丞相府《じようしようふ》となった。都は許都《きよと》だが、帝《みかど》の宮殿があるだけである。政務のすべては、銅雀台で執《と》られる。

みんな建物をほめそやすが、曹操はやはり銅雀台を好きにはなれなかった。赤壁《せきへき》で勝ち、覇業《はぎよう》の目途《めど》がついていれば、気分はまた変ったのかもしれない。

首筋から背中、腰にまで鍼を打ち、爰京の治療は終った。これぐらいの鍼では、眠くはならない。

「また、兵たちの治療か、爰京？」

「はい。動かぬ腕や脚《あし》を、鍼一本で元通りにする。動いた時の兵の顔が、なんとも言えません。それを見るのが、私の生き甲斐《いがい》のようになっております」

「それはよい」

「夏侯惇様が、よく見に来られます」

「いくら見ても、夏侯惇の眼《め》が、元に戻ることはあるまい」

「残った眼を、衰えさせない治療は、いろいろ考えております」

「華佗《かた》のように、骨を削ったり、腹を切り裂いたりという治療はせぬのか？」

「私は凡人でございます。鍼《はり》をきわめるだけでも、一生かかるような気がいたします」

「そう思いつめず、どこかで気楽にやってみよ。まだ、独身であったな、爰京《えんきょう》？」

「はい。妻帯するほどの器量はございません。夏侯惇《かこうとん》様にもよく勧められますが、そういう資格はない、と自分では思っております」

「資格で、妻帯するわけではない。家族を持つということは、人生のかたちを変えるということだ。それによって、人のありようもまた違って見えてくる。それが、なにか教えてくれるかもしれぬぞ」

こんなことを言う自分はめずらしい、と曹操《そうそう》は思った。飾り立て、どこか寒々としている銅雀台《どうじゃくだい》が、そう言わせているのかもしれない。

爰京が退出するのを待って、荀彧《じゅんいく》が入ってきた。銅雀台の建設に荀彧は批判的で、このところ曹操に語る言葉に皮肉の響きが強くなっている。

「丞相《じょうしょう》はまだ御存知《ごぞんじ》ないと思い、お知らせにあがりました」

「ほう」

荀彧が曹操の私室にまで来て語るのは、諜略《ちょうりゃく》についての報告などが多かった。

「孫権《そんけん》軍の周瑜《しゅうゆ》将軍が、死亡したようです」

「なに？」

五錮《ごこ》の者は多分摑《つか》んでいるだろうが、丞相府《じょうしょうふ》から私室に戻って、すぐに爰京の治療をはじめたので、報告する時がなかったのだろう。まず、曹操はそんなことを考えた。

「益州《えき》攻略にむけて、進軍中の死か？」

「はい。赤壁《せきへき》を通り、江陵《こうりょう》へむかう途中の船上だったそうです」

「いくつだ？」

「三十六歳、と聞いております」

皮肉な話だった。赤壁で大敗した自分が、銅雀台などを築き、祝福の言葉にまみれている。そして大勝した周瑜が、病《やまい》を得て死んだ。人の世とは、そういうものだ、と悟り澄まして言う気はなかった。

周瑜は、無念だっただろう。

「揚《よう》州は、驚きで打ちのめされているようです。ただ、孫権に宛《あ》てた、周瑜の遺言のようなものはあったようで、後任に魯粛《ろしゅく》が当てられるという話です」

「わかった」

「とりあえず、御報告いたします」

「稀代《きたい》の英傑《えいけつ》も、死ぬ時はひとりか」

「また、丞相《じょうしょう》には運が向いてきております」

「皮肉か、荀彧《じゅんいく》？」

周瑜《しゅうゆ》が益《えき》州を奪《と》っていれば、完全に天下は二分されていた。そういう時は、また帝が力を持つことになる。まずは、大義名分がどちらのものか、という争いからはじまるからだ。帝の意志がどちらにあるか、ということが大きな問題になる。

「私は、丞相が天下を統一されるべきだ、と思い続けております」

「そして、帝を戴《いただ》いた政事《まつりごと》をやればいい。そういうことであろう、荀彧？」

「帝の権威は、国のために必要なのです」

「そんなことは、私もわかっている。天下を統一した者が帝となるべきであろう」

「覇者《はしゃ》は覇者です。帝は、それを超越した存在であるべきです」

「もうよい。報告はわかった」

「言葉が過ぎたかもしれません。なにとぞ、御寛恕《ごかんじょ》を」

「謝るのは、おまえらしくないぞ」

「御無礼を謝罪しただけです、意見は変っておりません」

「頑固な男だ」

苦笑して、曹操《そうそう》は退出していく荀彧の背を見送った。

運が向いてきた、という荀彧の言葉は、確かに間違いではなかった。

周瑜の、益州攻略作戦には、まるで隙《すき》がなかったのである。充分に、武具、兵糧《ひょうろう》を蓄《たくわ》えた。最強の水軍を抱えていて、進攻は船を使えば難しくない。合肥《がっぴ》の戦線はしっかりと防御するという構えだったし、江陵《こうりょう》のそばにはふくれあがった劉備《りゅうび》軍がいた。どこにも、つけ入る隙はなくなっていた。

おまけに、西には馬超《ばちょう》がいる。

馬超を討《う》つための軍も出せず、周瑜の益州進攻の阻止もできない。どこかに兵を割《さ》けば、どこかが手薄になるという状態で、身動きができなかったのだ。

天下二分の形勢に持ちこまれれば、押しまくられて不利になる前に、決戦をするという道しかなかった。赤壁《せきへき》の敗戦は、それほど大きなものだった。

その周瑜が、戦《いくさ》ではなく、病で死んだ。

孫権《そんけん》軍は、当面、守りをかためるだろう。将軍をひとり死なせたというのとは、まるで違う。孫権が死ぬことより、軍にとっては衝撃は大きいかもしれないのだ。

揚《よう》州をかためるという道しか、ないはずだった。

劉備《りゅうび》がどう動くかは、わからない。しかしまだ、力は弱い。

こうなってくると、曹操《そうそう》にも動く道はいくつか出てくる。つまり、運が向いてきたのだ。

それにしても、周瑜《しゅうゆ》は三十六歳だった。命が消える直前に、なにを見、なにを考えたのか。周瑜の抱いた戦略は、間違いなく曹操を追いつめるものだった。最大の領地を持ち、最強の兵力を擁《よう》していても、道は塞《ふさ》がれてしまっていた。いまの力を維持し、決戦という道しかなかったのだ。

現世に残した思いが、大きすぎる死だった。周瑜にとっては、容易に受け入れることはできない死だっただろう。

それでも、死んでいった。死が、すべての終りだと考えれば、かつて稀代の英傑がいた、ということにしかならない。そして、誰《だれ》でも死ぬのだ。自分も、やがて死ぬだろう。周瑜よりずっと、死に近いところにいたはずだったのだ。

孫堅《そんけん》という男は、よく知っていた。激しい戦をやり、乱世で屹立《きつりつ》しかけたが、呆《あっ》気《け》なく死んだ。長男の孫策《そんさく》は、父の素質を受け継いでいるように見えた。またたく間に揚州を制圧する力を見せたが、諜略《ちょうりゃく》がこれを消した。普通なら、孫《そん》家はそこで終っている。しかし、まだ若い孫権《そんけん》が家を継ぎ、南方の一大勢力となった。孫策のそばにも、孫権のそばにも、周瑜がいたのだ。次第に謀略が通じなくなったのも、周瑜の眼が光っていたからだ。

その周瑜が、死んだ。曹操にとっては、喜ばしいことのはずだった。しかし、厚い雲がたれこめたような気分は、いつまでも消えなかった。この国は、惜しい男を失ったのだ。

「虎痴《こち》はいるか？」

部屋の外に声をかけた。すぐに、許褚《きょちょ》が入ってくると、一礼した。

「酒が欲しい」

「はい」

「おまえが、相手をせよ」

「かしこまりました」

許褚は一度部屋を出ると、すぐに戻ってきた。

「周瑜将軍が、病死したそうだ」

「はい」

「私にとっては、いいことかもしれぬ。しかし、弔《とむら》いたい。一緒に弔う相手としては、おまえしかおらぬと思った」

「いま、酒が」

「人は、死ぬのだな、虎痴《こち》」

「仕方がありません」

「三十六歳でも、死ぬ時は死ぬのだ。戦に勝っても、死ぬ時は死ぬ」

「まったくだ。おまえは、自分が死ぬ時のことを考えたことがあるか、虎痴？」

「仕方ありません」

「いつも、戦では」

「戦か」

「老いることがある、とは時々思います」

「老いた、と私はしばしば思う。五十五年生きて、はじめて思うことでもある。戦に勝ち、しかもまだ三十六だった周瑜《しゅうゆ》は、どうやって死を受け入れたのであろうか」

「受け入れられなくても、死ぬ時は死にます。それが、命というものです」

「まったくだ」

酒が運ばれてきた。杯《さかずき》に満たされた酒を、曹操《そうそう》はひと息で飲み干した。

「おまえも、死ぬのかな、虎痴」

「殿が生きておられるかぎり、私も生きます」

「言いきれるのか？」

「決めております」

「そうか。それが、虎痴だな」

二杯目も、曹操はひと息であけた。

周瑜と、もう一度闘って破りたかった。心の底に、そういう思いがあることに、曹操は気づいた。若いが、好敵手だった。一度は、完膚《かんぷ》なきまでに負けた。しかし、自分は死ななかった。だから、もう一度闘えたはずだった。

「おまえも、飲むがいい、虎痴」

「はい」

「赤壁《せきへき》で周瑜と対峙《たいじ》していた時、私はしばしば青州《せい》黄巾《こうきん》軍との戦を思い起こしていた。おまえと出会ったのも、あの時であった」

「私は、黄巾をつけて、殿のもとへ使者として参ったのです。いまでも、忘れません」

「敵は百万。老若を問わず、女まで混じっていたとしても、百万だった。私の軍勢は三万にすぎなかった。想像できない大軍だったが、その戦を凌《しの》ぎきることで、自分の道が開けると私は思っていた。あのままなら、私はいずれ袁紹《えんしょう》の軍門に組みこまれていたはずだ」

許褚《きょちょ》が、杯を傾けた。決して、酒を過そうとはしない。許褚の前任の典韋《てんい》が、酒がもとで警固の失敗をし、自らの命も落としたからだ。酒を飲まされ、戟の遣《つか》い方を教えてくれと降伏した張繍《ちょうしゅう》の部将に頼まれ、乗ってしまったのだった。

「青州《せい》黄巾《こうきん》軍百万と対峙《たいじ》していた時、私はその戦ではなく、さらにその先にあるものを、常に見ていたという気がする。赤壁《せきへき》では、周瑜《しゅうゆ》は三万だった。私は三十万の正規軍だ。これは、老若をとり混ぜた青州黄巾軍百万より、戦力としては勝《まさ》るだろう。しかし私はその場の戦のことを考え、周瑜はあの戦の先にあるものを考えていた」

また、杯を干した。許褚は、一杯目をあけただけで、二杯目は注《つ》ごうとしていない。

喋《しゃべ》る相手として、許褚ほど適当な人間を、曹操《そうそう》は知らなかった。受け答えは、いつも短い。しかし、はっきりしたことを言う。一心に耳を傾けはするが、聞いたことはすべて、肚《はら》の中に収《しま》いこむ。

「私は、あのころの気概を失ったのだな、虎痴《こち》。三万で、百万にむかおうとした気概を。周瑜は、それを持っていた。周瑜が生きていれば、いずれ私は乗り越えられたかもしれぬと思う」

許褚が、ようやく二杯目を注いだ。

「赤壁では、敵の僥幸《ぎょうこう》に敗れた。そう申す者が多い。ひと夜の、風の変化だったのだからな。私も、そう思いたい。しかし、あれは僥幸などではない。なぜなら、はじめから周瑜は三万で私にぶつかってきたからだ。風も味方にする。だから、いつもなら風下になる、南岸を選びもした。江陵《こうりょう》を出たところから、私は負けていたのだ」

あれから、二年である。

膠着《こうちゃく》の中で、周瑜は益《えき》州攻略の道を作り出し、その力を蓄えた。情報を整理し、分析すればするほど、曹操は動けなくなった。手も足も出せない状態で、周瑜が益州を攻略するのを、見ていなければならないはずだった。

つまりは、二年でそれだけ差が縮まってしまっているということだった。

ただ、周瑜にも計算できないことがあった。それが、病だ。病の情報は、曹操も手にしていた。病状が、かなり深刻であることも知っていた。しかし、周瑜は軍を起こした。病は回復にむかったのだろう、と曹操《そうそう》は思った。

周瑜《しゅうゆ》は、生き急いだのか。それとも、絶望の中で、出陣という道を選んだのか。

「今宵《こよい》は、飲もう、虎痴《こち》」

「お相手をいたします。朝までも」

明日になれば、周瑜の死が揚《よう》州にどれほど動揺を与えているのか、自分は知ろうとするだろう、と曹操は思った。揚州と荆《けい》州の力関係がどう変化したのか知るために、ちょっと兵を出してみることもするかもしれない。

つまりは、そんなものだった。自分が死んでも、孫権《そんけん》や劉備《りゅうび》は即座に同じことをやるだろう。

「華であったな、大輪の。しかし、咲いたら散り、枯れゆく華だったのだろう。冬に散り、春に芽を出す。それができないからこそ、見事な華だったのかもしれん」

酔いはなかった。酔いたいとも、思っていなかった。

銅雀台《どうじゃくだい》の中は、寒々としすぎている。酒でそれを紛《まぎ》らわせたかっただけだ。

乱世再び

1

剣を研《と》いでいた。

草庵《そうあん》の裏手の泉のそばで、鮮広《せんこう》が背を丸めている。それが、張衛《ちようえい》にはひどく老いた姿に見えた。声をかけるのが、ためらわれるような姿だった。

「中で待て」

背をむけたまま、鮮広が言った。張衛が立っている気配は、とうに感じていたのだろう。言われた通り、張衛は庵《いおり》に入った。

炉《ろ》の火が、消えかかっている。張衛はそこに、新しい薪《まき》を足し、息を吹きかけた。すぐに、炎があがってくる。薪の燃える、小気味のいい音がした。

この冬、張衛はついに旅に出ることがなかった。六万の五斗米道《ごとべいどう》軍を支えることと、兄の張魯《ちょうろ》や、その周囲にいる祭酒《さいしゅ》（信徒の頭《かしら》）たちとの議論に忙殺された。張魯の姿勢は、ますます内向きになり、外でなにが起きても関知しない、という態度が続いたのだ。

張魯の変化がどこから来るのか、張衛《ちょうえい》にもやっと見えはじめてきた。半分は、幼いころから争いを好まなかった、兄の性格から来ている。もう半分は、祭酒たちの入れ知恵のようなものだった。

祭酒は、数年で入れ替る。漢中《かんちゅう》の政事《まつりごと》から、罪の裁きまで、すべてやらなければならないからだ。祭酒の間は、信仰の生活もままならない。祭酒をつとめたあと、再び信徒に戻れば、その者は普通の信徒とは違う敬意が払われる。大抵の祭酒は、信仰の生活に戻りたがっていた。

その祭酒の中に、漢中は平和で、軍などはいまの三分の一でも多すぎるほどだ、と言い募《つの》る者もいた。二万でいいと言うのだ。五万の劉璋《りゅうしょう》軍が攻めてきたらどうするのか、と張衛が問いかけても、そんなことはあり得ないと、根拠もなく言い張るのだった。確かに、この三、四年、劉璋からの攻撃は、二万を超えない軍の規模だった。しかし、劉璋は十数万を擁《よう》してはいるのだ。

斬《き》ってやろうか。張衛は何度もそう思ったが、最後には思いとどまった。祭酒を斬るということは、五斗米道《ごとべいどう》の信者ではないと公言することと等しかった。

「待たせたな、張衛」

剣を持って、鮮広《せんこう》が入ってきた。

この庵《いおり》を、張衛はしばしば訪《おとな》っているが、鮮広の方から呼ばれたのは久しぶりだった。よほどの用件だろうと思ってきたら、剣を研いでいたのだ。

「ここ二、三年、私はいい信者になってな。教祖のところにもしばしば出かけていったし、祭酒たちともよく話をした」

鮮広は、張魯からも伯父《おじ》と呼ばれていた。だから祭酒をつとめたことはなくても、特別な敬意は払われている。それは、張衛も同じだった。

鮮広が、熱心に張魯のもとに通うのが、信仰心を深めたからかどうか、張衛にはわからなかった。何度か訊《き》いたことがあるが、鮮広は笑ってなにも言わなかったのだ。

「祭酒の中に、杜韋《とい》という者がいるのを、知っているか?」

張衛が、斬ってやろうかと思った祭酒のひとりだった。四十歳ぐらいなのか。戦《いくさ》などはすべきではないと、事あるごとに主張し、論争になると信仰という言葉に逃げこむ。ほかにも、そういう祭酒が、あと二人ばかりいた。

「杜韋《とい》は、間違いなく、劉璋《りゅうしょう》の送りこんだ間者《かんじゃ》だ」

「なんと」

「五斗米道《ごとべいどう》も、信仰だけなどとは言っておれぬな。考えれば、軍で制圧するだけが方法ではない。間者を送り、内部を攪乱《かくらん》させることぐらい、劉璋もやるだろう」

「劉璋が送ってくる軍の規模が小さくなったのと、杜韋が祭酒《さいしゅ》に加わった時期は、符合します、伯父上。私は、祭酒の中に、まだ何人か間者がいるのではないかと思いますが」

「それは、杜韋から手繰《たぐ》ればよい」

「泳がせるのですか？」

「そうではない」

鮮広《せんこう》は、剣を研いでいた。張衛《ちょうえい》は、そのことを思い浮かべた。

「実は、劉璋の間者など、どうでもよいのだ。信徒の中で、すべてに積極的だったがゆえに、祭酒に引きあげられた、という程度の者たちだからな。戦は駄目だと口で言い募っても、教祖もまともに聞いておられるわけではない。教祖の心に食いこんでいる、もっと危険な男がいるのだ。それも、たやすくはわからぬかたちでな。私にそれが見えてきたのも、この一年のことだ。その男と、肚《はら》を割って付き合い、好きになって、はじめて見えてきたものだ」

「誰《だれ》です？」

「それは、言えぬ。友のことだからな。私が、自分で結着をつけねばなるまい」

「兄上が変られたのは、その男が心に食いこんだからなのですね」

「信仰と政事《まつりごと》は両立しない。無理に両立させようとすれば、大きな悲劇を招く。教祖のつとめは、信仰のありようを考えることにある。それを、徐々に教祖の心に流しこんだ」

「しかし、なぜ？」

「同じように、信仰を持っているからだろう。信仰がなにか、よくわかっていて語る言葉だから、教祖の心にも食いこむ」

「どういう信仰なのですか？」

「浮屠《ふと》（仏教）」

「河北《かほく》に広まりつつある、という話は耳にしましたが。曹操《そうそう》の庇護《ひご》のもとで、義舎《ぎしゃ》（信徒の家や宿泊所）と同じような寺が、各地に建てられています」

「それは、私も知っている」

「浮屠が、五斗米道を抱きこもうというのでしょうか？」

「違う。あくまで、宗教のありようを考えているのだ、と私には思える。五斗米道《ごとべいどう》が、国を作る。それは、為政者《いせいしゃ》にとっては、好ましくないことだろう。したがって、そこで戦が起きる。太平道《たいへいどう》は、黄巾《こうきん》の乱を起こした。そしていま、五斗米道は漢《かん》中《ちゅう》を独立した国にしている」

「それが宗教を守ることだと信じて、はじめたことではありませんか?」

「われらにとっては正しいと信じられる道が、ほかの宗教にも正しいと信じられるかというと、そうではあるまい」

「確かに、正しさはそれぞれです」

張衛《ちょうえい》は、五斗米道を信仰したことがなかった。だから、五斗米道が絶対だとは思わない。しかし、信ずる者にとっては、絶対なのだ。浮屠《ふと》には浮屠の正義があって、浮屠の信者にとってはそれが絶対ということになる。

「勝手にやればいいものを」

「五斗米道は、漢中に拠《よ》って立ち、益《えき》州の劉璋《りゅうしょう》と戦をする。わかるか。五斗米道は為政者にも逆らうという宗教の姿を、全土に見せてもいるのだ」

「宗教は許さぬ、と為政者が考えれば、浮屠も許されなくなる、ということですね」

「だから、浮屠の持つ正義を、徐々に教祖に流しこんだ。為政者のもとで、その政《まつり》事《ごと》に従いながら、静かに信仰を守っていくという、浮屠が考える宗教の正しい道をな」

「しかし、兄上は」

「自分でも気づかぬ間に、動かされはじめている」

「そうですね。確かに、そうだ」

増兵を、決して許そうとしなくなった。漢中から出て戦をすることも許さなくなった。やがて、武器を捨てろとも言いかねない。

「やはり、その男を斬るしかない、と私は思います。いくら伯父上がお好きだとしても」

「私が、斬ることにした」

「伯父上は、すでに七十歳におなりです」

「斬り合いもできぬ、老いぼれか」

「伯父上に、もしものことがあるとは思っておりません。いま私と立合っても、どちらが勝てるかというところでしょう。ただ、戦をするのも血を流すのも、若い者の仕事だろうと思っているだけです」

「私は、多分死ぬだろう。そんな気がしている」

「まさか。浮屠《ふと》から紛れこんだ男ひとり、伯父上の腕で斬れぬなど」

「むこうも、腕が立つ」

「若いのですか？」

「私より、老いている」

「石岐《せきき》、ですか？」

鮮広《せんこう》が、かすかに頷《うなず》いた。小さな、背中の曲がったような老祭酒《さいしゅ》の姿を、張衛《ちょうえい》は思い浮かべた。眼《め》に、不思議な力があった。しかし、腕が立つとは思えない。

「相討ちで、勝てるかどうかだろう」

「私が、斬ります、機を見て」

「明日、立合う。おまえは、多分、私と石岐の屍体《したい》を手にすることになる。劉璋《りゅうしょう》の間者《かんじゃ》に斬られた。そういうことにするのだ。そして速《すみ》やかに、杜韋《とい》を捕えよ。杜韋が劉璋の間者であることがわかれば、教祖は考えを変えるかもしれん」

「変えないこともある、と考えておられるのですね」

「だから、これだけのことを仕組むのだ。石岐は、教祖に流しこむべきことは流しこんだ、と思っている。私との立合いを承知したのだからな。ただ、杜韋が劉璋の間者であることは知らぬ」

「兄上の、石岐に対する信頼は、大きなものなのですね。その石岐と伯父上が、劉璋の間者に殺されたとなれば、と思っておられるのですね。兄は、もともと争いなど好まぬ性格ですが、そこまでやる必要はありますまい。石岐ひとりが、劉璋の間者に殺されたということにすればいいのです」

「立合いたいのだ、私は」

鮮広の眼が光った。

すでに、鮮広はすべてを決めてしまっている。父親のようなものだった。眼の光を見ただけで、すべてがわかる。

「明日、早朝。場所は、この庵《いおり》の裏の竹林」

「それほどの手練《てだ》れですか、石岐は。伯父上は、あえて死のうとなさってはおりませんか？」

「手練れだ。おまえでも、勝てぬかもしれん。曹操《そうそう》が使っている、五錮《ごこ》の者というのを聞いたことがあるだろう」

諜略戦《ちょうりゃくせん》のための部隊。それは知っていた。何人ほどいるのかは、わからない。少なくとも、百名は超えているだろう。暗殺もやり、手練れも揃《そろ》えている、という話だった。

「石岐《せきき》は、五錮《ごこ》の者の頭《かしら》だった。浮屠《ふと》を守るのは曹操《そうそう》だと判断して、一族を従えて仕えるのを決めたのも、石岐だ。老いて、若い者に後を任せた。そして、漢中《かんちゆう》へ来た」

鮮広《せんこう》が斬られることがあったら、自分が斬る。それしか、方法はないだろう、と張衛《ちようえい》は思った。しかし、老人二人が立合いたいなどと思うことが、ほんとうにあるのだろうか。

「死ぬ時期を捜す。これは、死に方を捜すのと同じようなことだ。私も、石岐も、死ぬ時期を捜した」

張衛の考えを見透かしたように、鮮広が言って笑った。

「私には、まだ不純なものが入り混じっている。自分の屍体を役に立てようというのだからな。石岐は、ただ死ぬ時期を捜しているだけだろう」

張衛は、鮮広のそばにある剣に眼をやった。鮮広は、長い間、剣を佩《は》いてはいなかった。若いころに、幼かった張衛に剣を仕込んだきりだ。

「これが、私がおまえにしてやれる最後のことだ、張衛」

「はい」

「思ったより、世間は手強《てごわ》かった。おまえは漢中に留《とど》まったままで、飛躍しておらぬ。劉璋《りゅうしょう》を潰《つぶ》して益《えき》州を奪《と》ることぐらいは、たやすくできると思ったのだがな。私もおまえも、甘かったのかもしれん」

「私の力が、足りなかったのです。そう思います」

「信徒を兵にして、戦をやる。それがたやすいことだったがゆえに、甘くなったのだろう。いいか、張衛。教祖が、漢中を出て戦をせよと言った時が、おまえの勝負どころだ。なにがなんでも、成都《せいと》を落とせ。劉璋を潰せ。そして、速やかに信徒ではない兵も組織するのだ。教祖は、またいつ変るかもしれぬ。教祖の気持が変っても、おまえの意志で動かせる兵を、一万でも二万でも抱えよ」

「伯父上のお言葉として、心に刻みつけておきます」

信徒の軍の限界は、張衛も痛いほど感じていた。それに頼ってきた歳月が、いまとなっては惜しい。

「石岐との立合いは、手出しをすることはならん。言うことは、これだけだ。行くがいい、張衛。男は、未練を残してはならぬ。おまえがいて、私の人生にも彩りができた。夢を見ることができたのだからな」

「行きます」

それしか、張衛《ちょうえい》には言えなかった。鮮広《せんこう》が、静かにほほえんで頷いた。

庵《いおり》を出たが、南鄭《なんてい》の仮義舎《かりぎしゃ》に戻ろうという気にはなれなかった。

岩山へ行った。馬を繋《つな》ぎ、袍《ほう》を脱ぎ捨てて上半身裸になり、這《は》い登った。

風が、冷たい。全身に力を籠《こ》めた。この岩で、こうやって座り、天下にさえ手が届くと思ったのは、いつごろのことだったのか。なにもかもが、削り取られた。気づくと、軍をどうやって支え、どこと連合するかということしか、考えていない自分がいた。

そういう悔悟は、座っているうちにすぐに消えた。

鮮広が、死のうとしている。

それが、張衛の思念のすべてを占めた。さまざまなことを、思い出した。幼いころから、鮮広は常に張衛のそばにいたのだ。剣だけでなく、文字も、学問も鮮広に教えられた。

七十歳になっている。張衛は、四十四歳になった。七十ならば、長命と言っていいだろう。もう、充分に生きた、と思ったのか。

実の父なのかもしれない、と思ったことが何度もある。父とされている張衡《ちょうこう》については、よく知らない。兄の張魯《ちょうろ》が父に似ている、と思うぐらいだ。鮮広と母の間には、なにかあったに違いない、という思いはほとんど確信に近かった。母が、五斗米道《ごとべいどう》の教母であったがゆえに、鮮広はいつも一歩退《ひ》いていなければならなかった。漢中《かんちゅう》へ来て、劉焉《りゅうえん》の庇護《ひご》を受けるために、母が躰《からだ》を投げ出すのも、鮮広は黙って見ていた。鮮広が白髪になったのは、そのころのことだ。

実の父なのか、訊《き》くとしたらいましかないが、訊けなかった。鮮広が、語ろうとしないことなのだ。

いつの間にか、夜明けが近くなっていた。

張衛は岩山を降り、袍を着こむと、鮮広の庵の方へ馬を走らせた。庵のそばまでは、行かなかった。ずっと離れたところから、庵が見降ろせるところまで歩いた。うずくまり、ただ待った。庵には、灯《ひ》が見える。

やがて、薄明るくなり、庵の灯も滲《にじ》んだようになり、見えなくなった。庵から、鮮広と石岐《せきき》が出てきた。昨夜から、話をしていたのか。それとも、酒でも飲んでいたのか。斬り合うような気配はなかった。

しかし、庵の裏へ回ると、二人はいきなり剣を抜いた。殺気が、離れたところにいる張衛の肌を、痛いほど打った。

長い固着だった。同時に、二人が動いた。倒れたのは、竹が七、八本だった。二人の位置が、入れ替っている。

また、固着が続いた。張衛《ちょうえい》は、全身の肌から、冷たい汗を滲み出させていた。自分の息を、数えた。六つまでしか数えられず、また元に戻った。それを、何度もくり返した。

再び、二人の姿が交錯した。竹がまた、七、八本倒れた。そして、二人とも倒れていた。

叫び声をあげ、張衛は駈《か》けはじめた。

死んでいる。竹林に入る前に、張衛にはなぜかそれだけがはっきりわかった。もう一度叫び声をあげ、張衛は剣を抜き放った。竹林に飛びこみ、手当り次第に竹を斬り倒した。息があがるまで、張衛は剣を振っていた。

それから、鮮広《せんこう》の屍体《したい》のそばにしゃがみこんだ。泣くかもしれないと思ったが、涙は出てこなかった。開いたままの鮮広の眼を、指さきで閉じただけである。

冷静になってきた。

張衛は、竹の節《ふし》から節を切ったものを二本作り、それを打ちつけて音をたてた。山から山への連絡のために、五斗米道《ごとべいどう》軍はそういう音を使った。打ち方には細かいとり決めがあり、それも張衛が考えたことだった。

竹を打ち続けた。緊急事態を告げ、旗本《はたもと》の結集を命じる合図だった。

馬蹄《ばてい》の音が近づいてくる。

高豹《こうほう》が、七、八騎で駈けつけてきた。

「劉璋《りゅうしょう》の間者《かんじゃ》だ。伯父上と祭酒《さいしゅ》がひとり殺された。集まった旗本を率いて教祖の館《やかた》へ行き、杜《と》韋《い》という祭酒を捕えよ。殺すな、高豹。吐かせなければならないことがある」

「わかりました」

高豹が、馬に跳び乗った。

「杜韋ですね。殺さず、捕えておきます。それから、任成《じんせい》殿と白忠《はくちゅう》殿には、仮義舎《かりぎしゃ》で待機するように伝えます」

高豹が、駈け去っていった。

張衛は、石岐の屍体のそばに立った。仰《あお》むけで、眼を閉じて倒れている。

祭酒がひとり殺された、と張衛は自分に言い聞かせた。

2

曹操《そうそう》軍が、動いた。

樊城《はんじょう》から出撃した兵が、江陵《こうりょう》にむかって進んできたのだ。張飛《ちょうひ》は、戦《いくさ》をやろうという気になった。出撃してきたのは、楽進《がくしん》の率《ひき》いる二万ほどで、一万でたやすく蹴《け》散《ち》らせると思った。

孔明《こうめい》に、制止された。

曹操の探りだから、放《ほう》っておいた方がいいと言うのだ。龐統《ほうとう》も、同じ意見だった。軍師が二人とも放っておけと言うなら、放っておくしかなかった。

楽進は、江陵までは来なかった。樊城と江陵の中間地点で、あっさりと反転し、樊城へ引き揚げていった。

周瑜《しゅうゆ》が病死してから、はじめての曹操軍の動きだった。江陵には、周瑜の後任の魯粛《ろしゅく》が来て、夷陵《いりょう》と夷道《いどう》からの撤収を指揮している。江陵だけでは収容しきれないのか、毎日のように、輸送船隊が公安《こうあん》の前を下っていく。

周瑜が死ぬかもしれないと、孔明はどこかで予測していたようだ。劉備《りゅうび》軍に、動揺はなかった。江陵の揚州軍には、大きな衝撃が走ったようだ。ひっきりなしに、連絡の快速船が行き交っていた。魯粛が、後任としてやってきてから、いくらか落ち着きを取り戻している。

周瑜は、魯粛を後任にと、孫権《そんけん》に遺言のようなものを書いていたらしい。自分が死ぬということを、どこかで予感していたということなのか。

遺言などということを、張飛は考えたことがなかった。必要もない。死んだ時、自分の代りができる人間を、何人か育てておけばいいのだ。

長男の張苞《ちょうほう》は、いずれ趙雲《ちょううん》に預けるつもりだった。関羽《かんう》の長男の関興《かんこう》も、同じようにする。二人で、話し合って決めたことだった。趙雲なら、どこへ出しても恥しくない男に、育ててあげてくれるだろう。

魯粛が周瑜の後任に来てから、江陵との往来が頻繁《ひんぱん》になった。孔明も、しばしば出かけて行っているし、張飛も一度、一緒に行ったことがあった。魯粛の考えは、荊州《けいしゅう》を劉備軍に守らせようというもののようだ。といっても、樊城を中心とした北には曹操軍がいるので、長江《ちょうこう》を劉備軍に確保させておこうということだと張飛は思った。

周瑜は、病死だった。戦で死ぬことができなかったのが、心残りだっただろう。

しかも、これから飛躍するという戦場へむかう途中の死だったのだ。

気力があれば、死も押し返すことができる、と考えていた時期が張飛《ちょうひ》にはあった。気力が、槍《やり》や戟《げき》や剣を撥《は》ね返す。矢を叩《たた》き落とす。そんなことはないとわかっていても、戦場ではそういう気になる。自分にかぎらず、そうなった時の兵は強いのだ。

「武昌《ぶしょう》へ、周瑜《しゅうゆ》様の弔いに、孔明《こうめい》様が行かれたそうですね」

館《やかた》へ戻ると、董香《とうこう》がそう言った。武昌に孫権《そんけん》が来ている。孔明は孫権となにか話し合ってくるつもりなのだろう。

「この機に、曹操《そうそう》が攻めようとしてくるかもしれん。俺《おれ》も、しばらくはいままでのように館に戻れないぞ」

関羽《かんう》と張飛が、長江《ちょうこう》の北岸を守備するという話が出ていた。つまり、曹操軍と直接むかい合うということだ。

樊城《はんじょう》の、曹操軍の指揮官は、楽進《がくしん》だった。何度か、手合わせはしたことがある。攻めに強いが、守りに弱い。だから、守りに強い李典《りてん》と、よくひと組になっていた。李典は、一年以上も前に病死したという。李典の代りの将軍が来た、という話はなかった。

「あなた、お忙しくなる前に、一度牧場《まきば》へ行ってみませんか。あと何カ月かで、招《しょう》揺《よう》の子が生まれますよ。あなたは、まだ母親も見ておられないでしょう」

「そうだな」

公安《こうあん》の西五十里（約二十キロ）ほどの高台が続く地域に、劉備《りゅうび》軍は牧場をひとつ作っていた。二百頭ほどの雌馬《めすうま》と、十頭の種馬がいる。そこで、馬を増やそうとしているのだ。働いているのは農民だが、すべてを見ているのは成玄固《せいげんこ》が寄越《よこ》した、烏丸《うがん》族の三人である。いまは、半数が腹に子を宿しているという。

招揺の子を孕《はら》んだ馬は、成玄固自身が選んで送ってくれた。董香の馬の子も、いずれ生まれるようだ。

董香は、張苞《ちょうほう》や陳礼《ちんれい》を連れて、しばしば馬の世話に行っているようだった。半日もかからないので、二日割《さ》けば充分だった。

「よし、行こう。明日だ」

「そんな、気の早い」

「いや、思い立ったら、その時に行かなければ、また用事ができたりする。本営には使いを出せ。俺は、牧場だとな」

孫権との会見が終り、孔明が公安に戻ってくるまで、大きな動きはないはずだった。

孔明《こうめい》から預かった陳礼《ちんれい》は、館に一緒に住まわせていた。張飛《ちょうひ》の従者《じゅうしゃ》というわけでなく、やがては校尉《こうい》（将校）になる。だから、あまり兵の中で暮させない方がいいのだ。兵に死ねと命ずるのも、校尉の仕事だった。関羽《かんう》のそばにつき、趙雲《ちょううん》に鍛えられている。馬も槍も、なかなかのものだった。

陳礼が館にいることで、張飛はしばしば王安《おうあん》を思い出した。董香《とうこう》も同じだったらしいが、すぐに馴《な》れた。こんなことは、女の方が強いのかもしれない。

張飛は、決まった従者は持たなかった。直属の二十名ほどの兵が、交代で従者をつとめている。

翌朝、董香と張苞《ちょうほう》と陳礼で、牧場にむけて出発した。三人とも、よく招揺《しょうよう》についてきた。牧場に到着した時、まだ正午にはだいぶ間があった。突然張飛が現われたので、牧場の人間はびっくりしたようだが、ほかの三人の顔ぶれを見て、ようやく笑みがこぼれた。

「あなた、あれですわ。そこにいる、栗毛《くりげ》の馬」

ひときわ大きな馬体が、柵《さく》の中に見えた。董香を見つけて、駈《か》け寄ってくる。張苞や陳礼にも柵越しに顔を寄せたが、張飛が呼んでも近づいてこようとしなかった。張苞は、見事にふくれあがっている。

張飛は、牧舎を見て回り、それから高台のもうひとつの柵の方へ行った。そこは、牧草を食《は》ませるところではなく、思う存分に駈けさせるところのようだ。仔馬《こうま》が、十頭ほど母親と一緒に駈けていた。

「一頭の馬を育てるのに、ずいぶんと手間がかかるものだな、董香」

「それはもう、あなたが想像しておられる以上ですわ」

「百頭、二百頭と買ったりするが、そんなに気軽なものでもないのか」

「兄上様たちとはじめて仕事をしたのが、馬を運ぶことだったそうですね」

「そうだ。大兄貴は、さも大将然として、盗賊との闘いを指揮したりしていたが、戦のような闘いは、あれがはじめてだったのだ。昔から、狸《たぬき》だった」

「そのようなことは、直接大兄上様におっしゃいませ」

「父のような人でもあった。俺は、父を知らん。父とは、多分あんなものであろうと思い続けてきた。俺の心の隙間《すきま》にはいつも気づいて、それとなく見つめてくれていたものだ。いまは、おまえに見つめて貰《もら》えばいい、と思っているがな」

「見えておりますわよ、小さな穴がひとつ」

「いまか？」

「なぜ、あの馬に冷たくされたのか、気づいておられないのですね」

「あんな素っ気ない馬が、俺の招揺《しょうよう》の子を生むのか。ちょっとがっかりした」

「がっかりしたのではなく、傷ついたのでしょう。大きな躰《からだ》をしていて、そんなことには敏感ですものね」

「理由があるのか？」

「当たり前です。あの馬は、嫉妬《しっと》したのですよ。あなたが招揺に乗っておられるのを見たし、招揺は招揺で、あなたにしか気持がむいていないし。人間の女と同じです。あの馬は、招揺の子を孕《はら》んでいるのですよ」

「なるほど、そうか」

「あの柵に、招揺を放《はな》しておやりなさいませ。あなたのことを気にしていますが、招揺も行きたいのです。鞍《くら》も、轡《くつわ》もはずして、ひと晩一緒にいさせてやることです」

「まるで、人間だな」

閉口したようにそう言ったが、張飛は悪い気がしていなかった。両方とも優れた馬だから、そういう感情を持つのだ、と思った。そして董香《とうこう》は、それをよく見ている。

張飛《ちょうひ》は、もう一度柵のそばへ戻った。

「明日まで、おまえはこの中にいろ、招揺。帰る時に呼ぶ。それまで、俺のことなど忘れちまっていいからな」

招揺が、かすかに頭を動かした。

柵の中に入った招揺は、確かめるようにゆっくりと柵沿いに駈けた。すぐに、雌馬がそばについた。気遣《きづか》うように、招揺は駈けるのをやめ、歩きはじめた。

「けっ、勝手にしやがれ」

「ほら、今度は、あなたが嫉妬している。それも、子供みたいに」

張苞《ちょうほう》と陳礼《ちんれい》は、どこかの柵に行っているようだ。見たい馬でもあるのだろう。

「夕めしは、俺が作る」

「あなたが？」

「おまえに、野戦料理というやつを、食わせてやろう。なに、大して時はかからん。それまで、牧場の中を、自分の脚《あし》で歩いてみるか」

張飛は、董香と肩を並べて歩きはじめた。まだ規模は小さいと言っても、かなりの広さがある牧場だった。冬に食べさせる秣《まぐさ》は、石を積んで造った小屋に、大量に蓄《たくわ》えられている。蓄えている間にそれは熱を持ち、やわらかなものになるらしい。子を腹に持っている馬には多く、これから孕む予定の馬には少なく、普通の干草を混ぜて与えるらしい。それも、烏丸《うがん》族に教えられたやり方だった。

まだ陽《ひ》が高いうちに、張飛《ちょうひ》は牧場の者に命じて食事の材料を集めさせた。豚が一頭と、大量の野菜、にんにく、米。豚をひねり殺し、首を切って血を抜いた。それから、肛門《こうもん》を少し裂き、手を入れて内臓を全部抜く。心《しん》や肝や胃は、血と一緒に、別の鍋《なべ》で煮こむのだ。

切り開いた肛門から、野菜を少しずつ入れていく。大量の野菜が納まると、豚の腹はふくれあがった。最後に、笹《ささ》の葉で、にんにくと米を包みこんだものをいくつか作り、野菜の真中《まんなか》に突っこむ。そして、紐《ひも》で縛って肛門を閉じた。

それを担いでいくと、焚火《たきび》を熾《おこ》していた張苞《ちょうほう》と陳礼《ちんれい》が声をあげて喜んだ。董香《とうこう》は呆《あき》れたような顔で見ている。

まず、豚を丸ごと火の中に放りこんだ。まだ、炎が強い。ひとしきり炎に当てると、一度出した。豚の毛は、きれいに焼けている。

丸太を三本組み、後脚を縄で縛って、火の上に吊《つる》した。しばらくすると、豚の躰《からだ》から火の中に脂が滴って、じゅうじゅうという音がしはじめた。炎を、小さくした。充分に熾火《おきび》はできている。肉の焼ける、いい匂《にお》いがしてきた。表面に、岩塩をふりかけた。それで、脂が落ちるのが少し弱まる。

ようやく、陽が傾きかけようとしていた。

「あと少しで、浅く切りこみを入れられる。それで、熱の通りは早くなる。腹の中の野菜に充分に肉汁がしみこむまで、皮を切ることはできないのだ」

烏丸族の三人や、牧童たちもやってきていた。酒の瓶《かめ》が運ばれてくる。張飛のところにも、杯《さかずき》が回ってきた。

「生唾《なまつば》が出てきました、張飛様。匂いが、たまりません」

しばらく酒を飲み、張飛は豚の皮に切りこみを入れた。肉汁が火の中に滴って、またうまそうな匂いと音をたてた。

肛門を縛った紐を切った。そうしても、もう拡《ひろ》がることはなかった。刃物の先でこじ開けるようにし、そこから酒を少しずつ豚の腹の中に注ぎこむ。野菜にも、もう熱が通りはじめていた。もう一度、表面に岩塩をまぶす。

「苞《ほう》、陳礼とともに、休まず回すのだ」

火の上で、吊された豚はゆっくりと回されている。ところどころ、もう焦げて色が変りはじめていた。夕方の光を浴び、てらてらと輝いている豚は、なにか別のもののように見えた。

熱が通りはじめた野菜が縮み、はち切れそうだった豚の腹も、少しずつしぼんできた。

「よし、皿を寄越《よこ》せ」

張飛《ちょうひ》は、短刀で豚の皮を削《そ》いだ。それは硬く、噛《か》むとぽりぽりと音がした。皿に、皮と薄く削いだ肉をひと盛りにした。耳と舌は、小さな皿に移し、董香《とうこう》に渡した。

「よし、みんな食え」

声があがり、皿に箸《はし》がのびてきた。張飛は、また豚に軽く岩塩をふりかけた。薪《まき》を足し、炎をあげる。すぐに、表面が軽く焦げたようになった。肉を薄く削ぎ、次々に皿に移した。張苞《ちょうほう》も陳礼《ちんれい》も、貪《むさぼ》るようにして食っている。肉は、まだたっぷりと付いていた。

遠くで声があがり、牧童が子供をひとり引っ張ってきた。勝手に、牧場の中に入ってきたらしい。肉を焼く匂いに、ひかれたのだろう。

「腹が減っているのだ。構わん、食わせてやれ。子供ではないか」

「子供ではないようです、張飛将軍」

「なんだと」

背丈は五尺（約百十五センチ）ちょっとというところだろう。火のそばで眺めると、大人の顔をしていた。皺《しわ》だらけで、猿のような印象がある。

「なんだ、おまえは？」

「旅の者です。成都《せいと》から公安《こうあん》にむかう途中で、道に迷い、供の者ともはぐれました。腹は減るし、肉のいい匂いに耐えきれず」

貧相な男だが、眼《め》に不敵な光があった。ふっと、身構えたくなるような光だ。

「いい。食わせてやれ」

張飛は、また肉を削ぐことに集中した。表面が焼け、中はまだ完全には焼けていない。焼けたところだけを、薄く削いでいくのだ。肉屋の商売をしていた、兄たちに教えられた食い方だった。

「うまいな」

張苞が、しみじみとした口調で言っている。張飛は、薄く削いだ小さな肉を、董香と一緒に食った。

「ほんとうに、おいしい肉です。あなたの料理は、結婚してからはじめてですわ」

「まあ、待っていろ、董香」

「父上の躰《からだ》で、その肉ですか？」

張苞が、皿を覗《のぞ》きこんで、からかうような口調で言った。紛れこんできた小男は、あてがわれた肉にむしゃぶりついている。

「俺は、おまえらのように、食い意地は張っていないのだ」

言いながら、張飛《ちょうひ》はまた肉を削ぎ、大皿に盛った。口のまわりを脂で光らせた陳《ちん》礼《れい》が、また箸をのばしてくる。さらに、二度、表面の肉を削いだ。かなり肉は少なくなっている。

張飛は、豚をぶらさげた縄を引き、炎から離した。それでも、かなりの熱はあがっているはずだ。

酒を飲んだ。董香《とうこう》はつつましやかで、肉を貪り食う者たちを、ほほえみながら眺めている。このところ、董香は女らしくなった。

皿の肉がなくなると、張飛はぶらさげてあった豚を石の上に降ろし、腹につめた野菜を出した。あとは、骨を叩《たた》き折り、皿に盛る。若い者たちは、骨についた肉も貪り食っている。

野菜を少しと、笹《ささ》の葉に包んだ米を取り分け、董香に渡した。

「まあ」

笹を解き、米を口に入れた董香が、声をあげた。

「うまいか。肉と野菜の味がしみこんだ米だ。これを、おまえに食わせたかった」

「見直しましたわ、あなた。生肉でも平気で食べてしまう人だと思っていたのに、こんな料理が作れるなんて」

「戦の時は、食えるものはなんでも食う。今日のような時でなければ、俺は料理などはしないぞ」

いつまでも、董香はほほえみ続けていた。

肉も野菜もなくなった時、張苞《ちょうほう》や陳礼は、草の上に仰むけに倒れていた。

牧舎を、ひとつ借りてあった。倒れている者たちを立たせ、董香も牧舎に連れていかせた。

「おまえは、残れ。ちょっと話がある」

小男に言った。

「久しぶりに、うまいものを腹に入れました、張飛将軍」

「何者だ？」

「張松《ちょうしょう》、字《あざな》は永年《えいねん》。益州牧《えきしゅうぼく》（長官）、劉璋《りゅうしょう》に仕えております」

「ほう。なぜ、荊州《けい》にいる」

「公安《こうあん》に行って、劉備《りゅうび》様にお目にかかろうと思いましてね」

「殿にか」

「益州は、劉璋様では荷が重すぎます」

「戦のない土地ではないか」

「なかなか。漢中《かんちゅう》に五斗米道《ごとべいどう》軍がおります。これがまた、暴れ出す気配を見せておりまして」

「だからなんだ。叛乱《はんらん》は、鎮圧するしかあるまい」

「うまくいかないのです。五斗米道軍に、張衛《ちょうえい》と申す者がおりまして、そのひとり

に二十年近くもてこずっております」

張衛なら、知らない仲ではない。張衛が率《ひき》いる五斗米道軍と、ちょっとした手合

わせもした。荊州《けいしゅう》の北西の隅、西城《せいじょう》の城外でだ。

董香《とうこう》に会ったのも、その城郭《まち》だった。

「張飛《ちょうひ》将軍と知って、近づいたのではありません、肉を焼く匂いに耐え難く」

「俺は明日、公安《こうあん》へ戻る」

張飛は、それだけを言った。

3

公安に戻ると、孔明《こうめい》はすぐに本営に呼ばれた。

劉備《りゅうび》の居室には、張飛と龐統《ほうとう》がいるだけだった。

「張松永年《ちょうしょうえいねん》と申されましたな。なるほど」

孔明は頷《うなず》き、さらに劉備の話に耳を傾けた。張松は、公安にむかう途中で張飛と会い、連れてこられていた。この三人で、一応の訊問《じんもん》はしたらしい。

張松と法正孝直《ほうせいこうちょく》という二人は、劉璋《りゅうしょう》陣営での不満派だった。劉璋に直言がすぎるために、遠ざけられているという恰好《かっこう》だ。それは応累《おうるい》の調査で、劉備と龐統は知っている。

張松の申し入れは、端的だった。速《すみ》やかに劉備に益州《えき》を奪《と》れというのだ。このままでは、五斗米道が益州で跋扈《ばっこ》することになる、という危機感が強いようだった。

「戻ったばかりで大変だろうが、おまえを待っていた。張松の話は聞いたが、まだなんの返事もしていない」

劉備が言った。

「張松は、客人として張飛の館《やかた》に預けてある。本営に泊らせると、目立ち過ぎる」

「わかりました。明日、私と龐統が会ってみようと思います。本営ではなく、張飛殿の館に、食事に招かれるというのがいいかもしれません」

「俺《おれ》は一向に構わんが、こういう謀略《ちょうりゃく》は、軍師だけでやった方がいいのではないのか。一応、最初に会って連れてきたのが俺だから、ここに立会っているが、はずされても気にはしないぞ、孔明殿《こうめいどの》」

「張飛殿《ちょうひ》は、いてくれた方がいいな」

「がさつな話になるぜ」

「なんの。ほんとうにがさつなら、腹を減らして紛れこんできた小男を、わざわざ連れてきたりはされますまい」

張松《ちょうしょう》の方から持ちかけてきた話、ということになる。益州《えき》の情勢が、不意に緊迫してきたということか。ここ三年ほど、五斗米道《ごとべいどう》は漢中《かんちゅう》からあまり出てこようとはしていない。それがまた、勢力の伸長を計りはじめたのだろうか。

「ところで、武昌《ぶしょう》での孫権《そんけん》との話はどうだったのだ、孔明？」

「孫権は、堅実な男です。大きな冒険をやるより、内部をもう一度しっかり固めたい、という意向が強いと見ました。特に、合肥《がっぴ》の戦線が膠着《こうちゃく》を続けていることに、こだわりと心理的な重荷があるのでしょう」

「もともと、孫権にはそういう傾向はある」

「いずれ、建業《けんぎょう》と並んで、武昌あたりをもうひとつの拠点にするのではないか、と思います。江夏郡《こうか》は自分の戦《いくさ》で奪《と》った領土であり、手放しますまい」

「ということは、ほかのところは手放す、ということか」

「いまのところ、江陵《こうりょう》を拠点にして、長江《ちょうこう》北岸を保持しています。そして、北では樊城《はんじょう》の曹操《そうそう》軍と対峙《たいじ》する恰好《かっこう》です。これだと、合肥も含めると、長江北岸沿いに、実に長い戦線を抱えることになります。周瑜《しゅうゆ》は、益州を奪ることで、それが解消できると考えました。卓見と申すべきで、実際に周瑜が益州を奪っていたら、われらの立場は非常に窮屈なものになったでしょう」

「確かにな。いくら同盟を強化しても、孫《そん》家に従属するというかたちになっただろう」

「そうなったらどうやって脱け出すか、龐統《ほうとう》とずいぶん話し合ったものです。いい方法はなかなか見つかりませんでした。対曹操戦の中で、活路を開くしかないと思っていました」

「周瑜という男」

「まさしく、英傑《えいけつ》でありました、殿。その英傑が逝《い》ったあとの孫家の動揺は、私の想像以上のものでした。私が最も気にしたのは、周瑜なき後、孫家はまだ益州に野心を持っているかどうかということでしたが、孫権は江陵どころか、江夏郡まで撤退する気でいます。そして、益州を奪るのは、われらに任せると言いました。ただし、条件はあります」

「荊州《けい》だな」

「周瑜《しゅうゆ》の息のかかった強硬派を、納得させなければなりません。周瑜が奪《と》った長江《ちょうこう》北岸一帯を、益州《えき》を制するまでわれらが借りうける、という条件です。つまり、益州を奪ったら、北岸は返せということですな」

「虫がよいな。いま、曹操《そうそう》に益州を奪られたら、われらと同様に孫権《そんけん》も困ることになる。益州攻略をわれらにやらせて、安全になったら荊州の一部は返せか」

「われらが、荊州を防備しながら益州を奪ることなど、できるわけがないと考えているのでしょう。七万ですから。全軍で益州を攻め、荊州は空《から》っぽになると分析していると思います」

「益州攻略に、七万で足りるだろうか、とは私も考えざるを得ない」

「三万か、多くても四万。その兵力で、益州を攻略するしかありません」

「無理だろう。いかに孔明《こうめい》と龐統《ほうとう》という軍師がいて、将軍たちが揃《そろ》っているとしても」

張飛《ちょうひ》も龐統も、なにも言わずに聞いていた。

「謀略《ちょうりゃく》が、成功すれば」

「そこまでくると、私には読めなくなってくるぞ、孔明」

「張松《ちょうしょう》が、われらのもとへ来たというところから、逆に分析してみます、龐統と二人で。とにかく、一度張松と会わなければなりません」

「女房に、飯の用意をさせよう」

張飛が言った。

明日、ということで話は終った。

龐統と二人で、先に劉備《りゅうび》の居室を退出した。

劉備軍の主力は、まだ公安《こうあん》の近辺に展開している。総指揮は関羽《かんう》だが、めずらしく龐統とは呼吸が合っているようだ。自分とも、関羽は必ずしも呼吸が合っているわけではなかった。狷介《けんかい》なところがある。関羽と対する時は、常にそれを心しておかなければならなかった。関羽がほんとうに気持を開くのは、劉備と張飛に対してだけだろう、と孔明は思っていたのだ。

「張松は、使えると思うか、龐統？」

「どうであろう。なにか枷《かせ》は必要だという気はする。法正《ほうせい》や孟達《もうたつ》よりはましだと思うが」

「あまり時をかけると、五斗米道《ごとべいどう》の力が伸びすぎるかもしれんな」

「張松《ちようしよう》がなにを出してくるかによって、殿には決断していただこう」

荊州《けい》を確保したまま、益州《えき》を奪《と》る。その戦略の合意は、龐統《ほうとう》との間だけではできていた。それができれば、天下三分の形勢の中で、第二の位置に躍りあがれる。

「五斗米道《ごとべいどう》か」

「なぜ動きが活発になったのか、いま応累《おうるい》殿に探って貰《もら》っている。もしかすると、曹操《そうそう》の後押しが考えられないかな、孔明《こうめい》？」

「可能性のひとつとして、あり得る。ただ、いままでの五斗米道を見るかぎり、組むとしたら涼州《りよう》の馬超《ばちよう》だろう。曹操の天下奪りに加担するのなら、まず馬超の背後を襲う、と私は思う。いや、もっと早く、同盟しているだろう。服従という名の同盟だろうが」

「やはり、曹操はすごい男だな。弱小のころから、同盟を峻拒《しゆんきよ》してきた。たやすくできることではない、と私は思う」

「まったくだよ、龐統。われわれは、とてつもない怪物を相手にしている」

本営を出たところで、龐統とも別れた。孔明は家に帰る前に、ひとりで長江《ちようこう》が見渡せる丘に行った。いまもまだ、輸送船や快速船が行き交っている。益州攻略のために、周瑜《しゆうゆ》がどれほど厖大《ぼうだい》な準備を整えたのか、それを見てもよくわかる。誰《だれ》も信じられないほどの短期間で、益州を制圧しようと考えていたのかもしれない。

周瑜から、書簡を貰った。日付は、周瑜が江陵《こうりよう》を出発したあとだから、船上で認《したた》めたものだったのだろう。

とりたてて、用件が書いてあったわけではない。孔明が妻帯したことを知って、祝福を述べてあるだけだった。それから、孫策《そんさく》と周瑜が、二人で皖《かん》の大喬《だいきよう》と小喬《しようきよう》を攫《さら》ってきて、強引に妻にした話も書かれていた。

それだけだったが、心境の静かさが、痛いほどに行間から匂い立っていた。孔明はそこに、周瑜の諦念《ていねん》と死を感じ取った。

江陵を出陣するだいぶ前から、周瑜は意識しないまま、心の底のどこかに、死の予感のようなものを抱えていたのではないだろうか。それが、無邪気とも思えるほどの書簡を書かせた、というのは考え過ぎなのか。

はじめて出会った時、いつかはこの男と、自分の全存在を賭《か》けてむかい合うことになるだろう、と孔明はふるえるような思いの中で感じた。その周瑜が、死んだ。残されたものは、無邪気な書簡だけだ。

すでに、すべてが、周瑜がいないものとして動いていた。それが死だ、と孔明は思った。

気づくと、涙が頬《ほお》を流れていた。周瑜《しゅうゆ》が死んで、はじめて流す涙だった。

夕刻、家へ帰った。

陳倫《ちんりん》が、黙って迎えた。孔明《こうめい》が泣いたことさえ、感じ取ったかもしれない。そういう女だった。思いを言葉にしない。美徳と言ってもいい。黙って部屋に明りを入れ、手料理を出しただけだ。

「早く、子を生んでくれ、陳倫」

食卓につくと、孔明は陳倫を見つめて言った。死ですべてが消えてしまう。それが、血というもので、ひとすじ消えずに済むということがあるのか。わかりはしなかった。いまは、ただ血しか思い浮かばない。

「子供は、子供でございますよ、あなた」

「どういう意味だ？」

「父親と、顔が似ている。躰《からだ》つきが似ている。声が似ている。そういうことはあっても、子供は別な人間なのです。実際、あなたも亡くなられたお父様の息子ですが、あなたという人間にしかすぎませんわ」

「そうだな。言われてみると、そうだ」

「難しいことを考えるより、しっかり食べて、よく眠ることです」

「まったくだ」

孔明が笑うと、陳倫も安心したような表情を浮かべた。死が、すべての終り。そう思い切った方が、いっそ清々《すがすが》しいかもしれない。

周瑜公瑾《こうきん》という男がいた。それは、忘れられない。そういう男だったのだ。だから、自分の心から消えていくことはないだろう。つまり、人の心の中で生きることは、不可能ではないのだ。

それでも、自分という人間にとって、死はすべての終りだろう。

「こんな時に、余計なことを申しあげますが、伊籍《いせき》様の御容体が、あまりよろしくないようですわ。私がお見舞いに行くのも、逆にお気遣《きづか》いをさせてしまうと思ったので、あなたの名で届け物だけをしておきましたが」

「そうか、伊籍殿が。みんな、それを知っているのかな？」

「殿をはじめ、みなさんは御存知《ごぞんじ》ないと思います。きつく口止めされているとかで」

「おまえは、どうしてそれを知ったんだね、陳倫」

「伊籍様のお屋敷で働いている方と、同じ農家で野菜を買います。それで、市場の商人がどれぐらい儲《もう》けているか、わかりますから。実はこれ、伊籍様のお屋敷の方から教えられたことですの。ほんのちょっとした立話の時に。伊籍《いせき》様は、公安《こうあん》に入ってから、ずっとそれを調べて、なにかの役に立てようと考えられているのだと思います」

伊籍は、独身だった。ここからそれほど遠くないところに、小さな館を構えている。

病《やまい》を得たのは昨年の秋で、心配はないという報告は、何度か入っていた。だから、誰《だれ》も気にしていない。

徐庶《じょしょ》を通じての、友人だった。その徐庶は、曹操《そうそう》のもとで小さな役所の仕事をしているらしい。

「容体が悪いとは、どの程度なのだ？」

「ひどく、お痩《や》せになり、ものを召しあがらないのだそうです」

「わかった。あまり人には言うな」

「私も、耳にしたのが一昨日《おととい》ですわ」

孔明《こうめい》は頷《うなず》き、料理に箸《はし》をつけた。陳倫《ちんりん》の料理は、素朴なものが多い。それも、孔明は気に入っていた。

翌朝、孔明は本営に出仕する前に、伊籍の館に寄った。入ってきた孔明を見て、伊籍は寝台で上体を起こそうとした。

「たまたま、通りかかりましてね」

起きかける伊籍を制し、孔明は言った。

痩せている。それは驚くほどで、しかも顔の色がどす黒くなっていた。いやな色だ、と孔明は思った。伊籍の躰《からだ》は、確かに理不尽なものに蝕《むしば》まれている。

「孔明殿に、見つかってしまった。私は、もうすぐ死ぬでしょうが、これは劉備《りゅうび》様やほかの方々には、内密に。私のような者が、人を騒がせてはいけません」

「騒ぐなどと。そういう伊籍殿の気持を知ったら、殿はかえってお心を痛められます」

「そうでしょうね。そういう方です。言い直しましょう。ひっそりと、死なせてください」

「なぜ？」

「私は、もともと劉表《りゅうひょう》様の幕客《ばっかく》でした。いまは、劉備様に寄宿しているに過ぎません。そういう人間にふさわしい死に方をしたい、と思っています」

「それなのに、物の値段などを調べたりしておられる」

「孔明殿の奥方ですね。私はお目にかかったことがありませんが、よくできたお方だと想像していました。農家まで、野菜を買いにいかれるとは、大したお心がけです」

「ただ安いから、行っているだけでしょう」

「そうです。市場の物が、いまは高すぎます。つまり商人が儲《もう》け過ぎているのです。あらゆるものの値を私は調べて、出した結論がそれです。どれほど儲けているかも、克明に記録してあります。対処する方法は、二つでしょう。商人の税を高くするか、値の統制をするかです。時に応じて、使い分ければよいと思います。私の調べたことは、いずれ麋竺《びじく》殿に届けるつもりでした。あの方は、もともと徐州《じょ》下邳《かひ》の商人だったのですから」

こういうことまで調べる文官は、貴重な存在だった。大抵は、できるかぎり税を徴収しようとするだけで、そのための根拠は持っていない。

「誰にも、会おうという気はないのですか、伊籍《いせき》殿？」

「死を、ひとりで見つめていたい、という心境なのです。人は必ず死にますが、自分が死ぬことはあまり考えていません。私は、見つめていたい。なんのためというわけでなく、ただそうしたい」

「死、ですか？」

「笑いながら受け入れるという自信が、いまはあるのですが」

「人は、死にますね、伊籍殿。私も、しみじみとそう思います」

孔明《こうめい》を見つめる伊籍の眼《め》は、光を失っていなかった。光を失わないまま、この眼は閉じられるのだろう、と孔明は思った。

「周瑜《しゅうゆ》将軍の死ですか、孔明殿。ああいう方でも、死ぬ時は死ぬ、と思うほかはありませんね」

頷き、孔明は腰をあげた。伊籍と、もう一度会うことは、多分ないだろう。さらば。言葉には出さず、思いだけを孔明は籠《こ》めた。

「私の死後、劉備《りゅうび》様には私の気持をお伝えください。いまお会いすると、私は死ぬのが恐《こわ》くなりそうです。そういうお方です」

「わかりました」

一礼し、孔明は部屋を出た。

営舎を覗《のぞ》いて、関羽《かんう》としばらく話をし、それから本営に行った。仕事は山積している。江陵《こうりょう》から、魯粛《ろしゅく》が撤退した場合の兵の配置は、難しいものになる。隙《すき》がある、と曹操《そうそう》に思わせてはならないのだ。

農民を使った兵站《へいたん》部隊は、ほぼ編成を終えていた。号令をかければ、一万の農民が集まり、兵站《へいたん》を担当する。農民には、農耕を休む間の手当ては、きちんと払う。それでも、同じ規模の兵站部隊を持つより、ずっと安あがりだった。

龐統《ほうとう》と二人で張飛《ちょうひ》の館を訪《おとな》ったのは、陽《ひ》が落ちてからだった。

張松《ちょうしょう》は、言われた通り小柄で、張飛の半分ほどしかないように見えた。

「俺は、遠慮しておく。三人で喋《しゃべ》ってくれ。料理は、董香《とうこう》が用意している」

孔明《こうめい》は、軽く頷き、頭を下げた。

諜略《ちょうりゃく》の話などは、できるだけ小人数でする方がいい、と張飛にははっきりわかっているのだろう。細心な心配りができる男だった。

食卓につくと、張松はにこりと笑った。顔の皺《しわ》が、いっそう深くなった。

「ここの奥方の料理は、実にいい。質素だが心が籠《こも》っています。益州《えき》では、張飛将軍ほどになると、贅《ぜい》を尽したものを食しておりますな」

「わが主《あるじ》に、益州を奪《と》れと言われたとか？」

「龐統殿にはすでに申しあげたことですが、いまのままでは益州は潰《つぶ》れます。米賊《べいぞく》(五斗米道《ごとべいどう》)に潰されるか、曹操《そうそう》に踏みにじられるか」

「三万の軍で、それができますか、張松殿？」

「諸葛亮《しょかつりょう》殿は、また無理なことを言われる」

「劉備《りゅうび》軍が総力で攻めれば、相当の激戦になると思いますが、三万ならお互いに傷は少なくて済む、と私は思います」

「龐統殿も？」

「私は二万と言っているのですが、諸葛亮はどうしても三万と言い張っています」

「どう攻めるのです？」

「攻めません。三万の軍は、劉璋《りゅうしょう》殿に迎え入れられるのです」

「わかりませんな」

張松が、料理に箸《はし》をのばした。

わかっている、と孔明は思った。はじめから、そのつもりで来ているはずだ。まだ規模の小さい劉備軍だから、それができるということがある。

「ひとつ、お訊《き》きしておきます。張松殿。亡くなられた周瑜《しゅうゆ》将軍は、益州に進攻する直前でした。同じ話を、周瑜将軍にもなさいましたか？」

「いや、大軍でしたので、益州の内部もさすがに迎撃ということで一致しておりました」

「大軍だからですね。三万なら、できる。張松殿と私が考えているのは、同じことではありませんか？」

「さすがに、劉備《りゆうび》軍にその人ありと言われている軍師、諸葛亮孔明《しよかつりようこうめい》殿だ。話す前から、それがなにかおわかりになる」

「ところで、張松《ちようしよう》殿はどういう名目で益《えき》州を出られました？」

「周瑜《しゆうゆ》死去のあと、荊《けい》州がどうなるのか、見届けて殿に報告する、という名目です」

「結構。荊州は、劉備軍で統一されます。全軍で七万に過ぎませんが」

「諸葛亮殿は、わが主劉璋《あるじりゆうしよう》が、なぜ劉備軍の三万を迎え入れると考えられるのです？」

孔明は答えず、料理を口に入れた。龐統《ほうとう》は、杯を持っている。黙っていると、また張松が同じことを言った。孔明は箸を置いた。

「益州が求めているのは、五斗米道《ごとべいどう》と闘うための援軍でしょう。六万の五斗米道軍と闘うために、劉備軍三万の来援を乞《こ》う。それならば、張松殿も劉璋殿を説得できるのではありませんか？」

張松は黙っていた。

「劉備軍は、来援を乞うたところで、それほど危険はない規模です。これが曹操《そうそう》に来援を乞うと、またたく間に益州全部を奪《と》られかねない。それほど、曹操軍は強大でしょうから。違いますか、張松殿」

「まさに、まさにその通りです。諸葛亮殿」

「ならば、条件が整えば、劉備軍三万を出しましょう」

「条件？」

「わが主《あるじ》劉備の首は、曹操に対するよい土産《みやげ》でしょう。劉璋殿がそういうことをなされない、あるいはしようとしてもできない、という保証が必要なのです。張松殿。その保証をしっかりさせるのが、諸葛亮や私の役目だということは、張松殿にもおわかりでしょう」

しばらく黙って二人を交互に見、それから張松は声をあげて笑った。

「これは、劉備軍の軍師二人を相手にして、私はひどく分が悪い。ところで、来援されるとしたら、劉備様が直接？」

「そのつもりです。そして、龐統か私が、軍師として付きます。音に聞えた将軍は、張飛《ちょうひ》はもとより、関羽《かんう》も趙雲《ちょううん》も荊州に留《とど》まります。その方が、劉璋殿は安心なさるでしょうから。ゆえに、こちらが絶対と思える保証が必要なのですよ」

「少し、時をください。私が、その保証を持参します」

孔明は頷いた。龐統は、何杯目かの酒を飲んでいる。あとは、張松がどういう保証を持ってくるかだけだった。

「いや、ここの奥方の料理は、実にいい。こういう将軍が益州《えき》に二人か三人いれば、私もこういうことはしなくて済んだのに」

口調とは裏腹に、張松《ちょうしょう》の顔は皺《しわ》だらけになって笑っていた。

4

軍議を招集した。

馬超《ばちょう》が、長安《ちょうあん》を越え、さらに東に進攻してきたのだ。決戦の機と見たのかもしれない。

「獄《ごく》に落としてある、馬騰《ばとう》とその一族の首を、帝《みかど》の前で刎《は》ねよ」

「それは」

荀彧《じゅんいく》が、曹操《そうそう》を凝視して言った。

「なにも、帝の前で首を刎ねる必要はあるまい、と言いたいのだな、荀彧。馬騰は、帝にそそのかされたために死ぬのだ。それを帝にはっきりとわかっていただかなくてはならん」

それで、馬超は怒りに狂うだろう。一族のほとんどが、死ぬことになるのだ。さらに、東へ進んで来れば、曹操は迎撃がしやすいと読んでいた。

長安を挟むようにして馬超と対峙《たいじ》していたこちらの軍は、大部分が蹴散《けち》らされ、一部が長安に籠《こも》っていた。膠着《こうちゃく》の中で、動き出したのは、孫権《そんけん》でも劉備《りゅうび》でもなく、馬超だった。

「征西軍は十万。それに、馬超と対峙していた軍の五万を加えて、総勢で十五万。兵糧《ひょうろう》その他の準備は、すでに整っているはずだ」

孫権は、周瑜《しゅうゆ》が欠けた分の、戦線を縮小しようとしている。劉備は、公安《こうあん》に主力を集中させて、北にむけている。ともに隙《すき》はなかった。いま攻めるなら、漢中《かんちゅう》である。漢中を奪《と》れば、益《えき》州の劉璋《りゅうしょう》は屈するだろう。もともと、腰が強い男ではない。

しかし、そのまま漢中を攻めれば、馬超に背後を衝《つ》かれる。まず、馬超を討《う》ってしまうことだ。それで西からの脅威は、取るに足りないほど小さくなり、そのまま漢中の五斗米道《ごとべいどう》を攻め、益州を奪ることが可能になる。荊《けい》州と揚《よう》州は、それからじっくり考えればいい。

周瑜ひとりが死んだだけで、江南《こうなん》の情況は大きく動いた。特に揚州は、外にむかっていく意志を、まるで失ったように見える。周瑜の後任は魯粛《ろしゅく》で、これは劉備と

ろう。

曹丕《そうひ》は、副丞《じょうしょう》相にしてあった。後継というものを、決定づける位置ではない。しかし、曹植《そうしょく》よりも、二歩、三歩前に出たという印象は、すべての人間に与えるだ

「鄴《ぎょう》の留守は、丕《ひ》に任せよう」

の同盟強化派だった。

曹丕に鄴を任せるといっても、留守部隊の掌握《しょうあく》は夏侯惇《かこうとん》がしている。

「副将は、夏侯淵《かこうえん》」

張遼《ちょうりょう》を副将としたいところだが、合肥《がっぴ》の戦線に張りついている。

「曹洪《そうこう》、張郃《ちょうこう》、徐晃《じょこう》、于禁《うきん》、朱霊《しゅれい》」

曹操《そうそう》は、幕僚《ばくりょう》として伴う将軍たちの名を呼びあげた。

赤壁《せきへき》以来の大戦である。曹操の気持は、もう切り替っていた。西を討ち、益州《えき》を奪《と》り、じわじわと荊州《けい》を締めあげる。時は、かかる。しかし、それで勝てる。

とにかく、馬超《ばちょう》を討つことである。

関中《かんちゅう》十部軍という独立勢力の集まりは、馬超を欠くことで、その求心力を失う。涼《りょう》州の中心も、それで失われる。

留守の配置、出陣の日取りも決めた。

荀彧《じゅんいく》が居室にやってきたのは、軍議を散会してしばらくしてからだった。

「馬騰《ばとう》の首を刎《は》ねるな、とは申しません」

「帝に、見ていただかなくてはならん。自分のために、次々に人が死んでいく。それも、政事《まつりごと》を自分の手でなしたいという、愚かな野望のためにだ。馬騰は、堂々と死んでいくであろう。そういう男だ。せめてその死を、帝に対する諌《いさ》めに役立てたい」

「丞相は、ただ馬超を怒らせるために、馬騰一族の首を刎ねられるのでございましょう。ならば、帝にお見せする必要など」

「もともとの元凶は、帝にある。それは、わかっていただかねばならん」

「心労で、帝はやがて倒れられます。それでもなお、追いつめようと思われますか」

「あの帝が、私にどれほどのことをした。何度、私を殺そうとしたのだ、荀彧」

「帝は、帝です」

「帝たるべき資格は問われる、と私は最近思うようになった」

「絶やしてはならぬ血です。なにがあろうと、この血だけは守り続けていくべきなのです。いま許都《きよと》の帝に、実際にはどれほどの力がありますか？」

「揚《よう》州、荊《けい》州が、帝を担がぬともかぎらん。帝に力がなくとも、それを担ぐ者たちには力があるのだ。担ぐ者たちを討て、とおまえは言うだろう。そうしてきたが、いままた劉備《りゆうび》に親書を送っているぞ」

「帝が親書を送られるのは、いつものことです」

「長い間、帝という地位を支え、宮殿を造営し、帝を帝として守ってきた私を、反逆者として討てという親書か。私は、いつまでも寛容ではない」

「丞相《じようしよう》は、いずれ帝になろうというお気持を、抱《いだ》いてはおられませんか？」

帝は力を持たず、権威だけを持ち、覇者《はしや》は力を持って政事《まつりごと》をなす。荀彧《じゆんいく》の考えが、悪いわけではなかった。しかしそれは、帝による。政事に、一切の意志を抱かない。それが、曹操《そうそう》の許容し得る帝の限界だった。それ以上のことがあれば、それは帝ではない。政事の紊乱《びんらん》者である。

ならば、覇者が帝となった方が、ずっとすっきりする。新しい帝による、新しい政事。そのたびに、国は若く新しくならないか。

「荀彧と、国のありようについて語ることは、ずっと避けてきたような気がするな。私は、そうであった」

「私もです」

「これからも、お互いに受け入れ難いものは抱き続けるのだろう。触れないでいる方がいい、と私は思う」

「触れざるを得ないところまで、丞相は大きくなられました」

「大きくなったのは、おまえの力に拠《よ》るところが多い。だから触れるなと言っている。自分自身を傷つけることになってしまうからな。違うか、荀彧？」

「傷つくことを、恐れたことはありません」

頑固な男だった。老境に入ってくるにしたがって、ますます頑固になっている。

「おまえとは、ともに耐え、苦しみながら闘ってきた。一生そうありたい、とも願っているのだ」

「私も、そうでした。それだけでは虫が良すぎる、とも最近は思いはじめました」

「もうよい。馬騰《ばとう》の処刑は、許都《きよと》の執金吾《しつきんご》（警視総監）に命じてある。これ以上は、なにも言うな」

荀彧が、一度眼《め》を閉じた。いつもより深く拝礼して、ゆっくりと出ていった。その背に、老いが滲《にじ》み出している。

曹操は、すぐに戦《いくさ》のことに頭を切り替えた。

馬超《ばちょう》を討たなければ、この戦は成功とは言えない。涼州《りょう》に逃がしてしまうと、のちの漢中《かんちゆう》攻めから益《えき》州奪取という戦略に狂いが生じる。だから、できるだけ馬超を刺激して、決戦を挑ませる。そのために、馬騰《ばとう》という、老いた獅子《しし》の首も刎《は》ねるのだ。

馬超が決戦を回避し、長期戦にもつれこむのが、曹操《そうそう》としては一番避けたいことだった。そのためには、二十万を超える大軍ではまずい。勝機がある、と馬超が感じる兵力でなければならないのだ。

曹操は、長安《ちようあん》周辺の地図に眼をやった。

潼関《とうかん》。眼は、自然にそこにむいた。

河水《かすい》（黄河《こうが》）が、急流になって南へ流れ、潼関にぶつかると、そこで東に方向を変える。また、西からは渭水《いすい》が流れこみ、潼関で合流する。

潼関をどちらが奪《と》るかで、形勢は大きく変る。当然、馬超もそう思っているだろう。

西征に軍師として同行する賈詡《かく》が、書類を抱えて入ってきた。

「徐晃《じよこう》と朱霊《しゆれい》を先行させ、とにかく潼関を押さえさせる」

曹操は、考えたことを喋《しやべ》りはじめた。賈詡はただ聞くだけで、時々短い質問を入れる。その質問が、的外《まとはず》れのものだと、曹操の考えも錯綜《さくそう》する。鋭いものだと、曹操の方も次々に新しいことを思いつく。

賈詡の質問は、いつも鋭かった。おまけに、策の立案についても、非凡なものを持っている。

賈詡にむかって喋りながら、潼関は馬超に譲ろうと曹操は考えはじめた。潼関を奪れば、馬超はこの戦に勝てるかもしれない、と感じるだろう。決戦を避けるという考えは、馬超の頭からは消えるはずだ。

しかし、賭《か》けだった。小勢力の寄せ集めといっても、馬超が潼関を奪れば、さらに兵が集まり、曹操軍と兵力が拮抗《きっこう》しかねないのだ。馬超は、人を魅《ひ》きつけるなにかを持っている。

どこか臆病《おくびょう》になっている。曹操はそう自分をふり返った。昔なら、こんなことなど賭けとさえ思わなかったものだ。

「もうひとり、将軍を先行させてはいかがでしょうか、丞相《じょうしょう》？」

「必要ない」

「そうですか。潼関をまず馬超に渡し、決戦に誘いこみますか」

さすがに、賈詡は鋭かった。徐晃と朱霊では、潼関の確保は無理だと読んだだけでなく、その先の曹操の意図も見抜く。

「出兵の名目は、漢中《かんちゅう》の五斗米道《ごとべいどう》討伐ということにいたしませんか？」

関中《かんちゅう》十部軍の討伐という名目は、あまりに芸がなさすぎる、と賈詡《かく》は思っているのだろう。馬超《ばちょう》のような直情径行の男には、腹の立ちそうなことをいくらでもやってやることだった。

「韓遂《かんすい》が、涼《りょう》州で力をのばしたがっております」

「離間《りかん》は、そこか」

賈詡は、いわば小技《こわざ》にたけた軍師だった。関中十部軍は、心情的には馬超を盟主と仰いでいるが、馬騰《ばとう》の義兄弟である韓遂も、いままでの経緯では立てざるを得ない。特に、馬騰の首が刎《は》ねられているのだ。

そこにも、馬超の隙《すき》は見えた。韓遂との間に、離間の計をかけられる。

「馬超さえ討てば、漢中からはじめて、益《えき》州をすぐ奪《と》れる、と丞相《じょうしょう》は読んでおられますか。そのために、潼関《とうかん》を譲られる」

「涼州へ逃がすと、また面倒になる」

確実に馬超を討つ、という方法はなかった。剣の腕が立つ。五人や十人の刺客《しかく》では、とても倒せはしないだろう。脅《おど》しなどが、逆効果でしかないことも、わかっている。

「もうひとつ、なにか欲しいと思うのですが、思いつきません」

「よい。戦に確実ということはない」

「関中十部軍の諸将のことを、ここにまとめてあります。一応は、出陣の前に眼を通された方がよろしいかと」

「そこに、置いておけ」

賈詡が退出した。

曹操《そうそう》は、馬超のことから、漢中のことに頭を切り替えた。

石岐《せきき》が死んでいた。その報告は、五錮《ごこ》の者から受けた。鮮広《せんこう》という、張魯《ちょうろ》の伯父《おじ》のような男とともに、劉璋《りゅうしょう》の間者《かんじゃ》に殺されたという。それによって、五斗米道の内部から、かなりの人数の劉璋の間者が、摘発されていた。それで張魯が怒り、弟の張衛《ちょうえい》に劉璋攻めを命じたということになっていた。

どこかちょっと違う、という気がした。石岐は、多分、死を覚悟して鮮広という男と斬《き》り合ったのだ。

それからどう動いたのかはわからないが、とにかく五斗米道軍は再び戦闘的な集団に戻っていた。教祖の張魯を、普通の人間に戻す、と石岐は言っていた。不意の張魯の怒りは、普通の人間に戻っている証《あかし》のようでもある。

石岐《せきき》が死んだと聞いても、曹操《そうそう》の心はあまり動かなかった。すでに役に立たなくなっていたからではなく、最後まで石岐という男のことが理解できなかった、という思いが強いからだろう。領内には、浮屠《ふと》（仏教）の寺がかなりの数、建てられている。浮屠が、組織となって兵力を持つ、という気配はまったくない。ひとりひとりの信仰のようにしか、曹操には見えない。

それでも、石岐は浮屠の寺を建て、浮屠の信仰を守るために、曹操のもとで命をかけて闘ったのだ。五錮《ごこ》の者の中には、命を落とした者もかなりいるだろう。

宗教とはなんなのだ。曹操の思いは、やはり最後にはそこに行き着く。

出陣の日になった。

本隊は、すでに洛陽《らくよう》に集結している。長安《ちょうあん》に籠《こも》っていた部隊も、撤退させた。潼《とう》関《かん》は、洛陽と長安のほぼ中間地点である。馬超《ばちょう》は破られれば、長安方面に逃げるだろう。その時、馬超が長安に拠《よ》って籠城《ろうじょう》の策を取れば、勝ったも同然である。

いや、その前に馬超を討ってしまいたい。そしてそのまま、漢中《かんちゅう》攻撃に転じたい。腰を据《す》えるのは、益《えき》州を奪《と》ってからでいいのだ。

許褚《きょちょ》の騎馬隊三千を率《ひき》いて、鄴《ぎょう》を出発した。

久しぶりの、進軍だった。戦場にむかっていると、なにか無駄なものが躰《からだ》から剝《は》がれ落ちていく、という気分になる。

洛陽に入った。許褚の騎馬隊だけだったので、速い進軍だった。諸将は揃《そろ》ってい

る。兵は五万で、あとの十万は河水《かすい》沿いに展開していた。

「徐晃《じょこう》、朱霊《しゅれい》。先鋒《せんぽう》を命ずる。速《すみ》やかに、潼関を奪れ」

はじまった。

洛陽郊外の方々であがる土煙《つちけむり》を見ながら、曹操はそう思った。

5

父が、死んだ。弟たちも、その家族も、死んだ。一族二百名が、ことごとく許都《きょと》

で首を刎《は》ねられた。

帝《みかど》の名を利用して、曹操に反逆を企てたのだという。

反逆とは、唯一帝に対するものだけのはずだ。つまり曹操は、自分の理屈ですべ

てを押し通している、と馬超は思った。

心の中に、黒い怒りが渦巻いていた。ともすれば、それに衝《つ》き動かされそうにな

る。

しかし、父は父であり、自分は自分だ。

関中《かんちゅう》十部軍をまとめて、曹操《そうそう》と対峙《たいじ》を続けてきた。涼州《りょう》まで侵《おか》されてはいないが、関中で起きることは、いずれ涼州でも起きる。だからいま、関中で曹操を止めようとしているのだ。

馬超《ばちょう》は、自由の天地が欲しかった。気ままに生きられるなどということはないが、少なくとも上から押さえつけられたくはなかった。自分が生きる場所を、自分で確保し、守る。それだけができればいい。

復讐《ふくしゅう》は別のことだ、と馬超は自分に言い聞かせた。関中十部軍として集まった十三万の兵とは、無縁のことだ。

いつか、自分の剣で曹操の首を刎《は》ねることで、復讐は果せばいい。それは、ひとりきりでやることだ。

楡中《ゆちゅう》には、家族がいた。それが、いまは救いとなっている。

「曹操が、ついに洛陽《らくよう》を出ました、兄上」

馬岱《ばたい》が幕舎《ばくしゃ》に来て言った。馬岱は従弟《いとこ》だが、馬超を兄と呼んでいる。妻子のほかに、ただひとり生き残っている一族だった。

「許都《きよと》での馬騰《ばとう》様のことは、すでにみんな知っていて、兄上の怒りはすさまじいだろう、と噂《うわさ》し合っています」

「許都のことは、言うな。出撃の前に父上の首を刎ねた。これは、曹操が俺《おれ》を怒らせようとしているからだ」

「怒って当然だと思います。私は、怒っています」

「俺もだ。しかしこれは、十三万の関中十部軍には関係ない。曹操は、あらゆる手を使ってくるぞ、馬岱。それに乗せられていては、戦《いくさ》にならん」

「洛陽を発した曹操軍は、漢中《かんちゅう》討伐を名目として掲げています」

「それも、俺の性格を読んでのことだろう。とにかく、戦は戦だ。曹操の首を取るために闘うが、目的は、関中十部軍が、抑圧されることのない領地を得ることだ」

喋《しゃべ》りながら、馬超はむなしさに襲われていた。涼州からここまで出てきた時とは、心のありようはやはり変っている。

旗本《はたもと》が五百騎。ほかに涼州から率《ひき》いてきた兵が六万。これは、信用できる。あとの七万は、寄せ集めで、増えたり減ったりしている。しかし、馬超を盟主として仰いでいるのだ。

「韓遂《かんすい》殿は、本営に入ったのか？」

「いまだ、幕舎を動いてはいません。私は、あの男は信用できません。いかに伯父《おじ》上の義兄弟であったとしても」

馬超が動けば、韓遂も動かざるを得ない。関中十部軍も動くからだ。

「勝ちに乗れば、強い。こういう軍だからこそ、強い。中核には、涼《りょう》州軍がいる。だから、それで緒戦をものにする」

「出撃は、いつですか？」

「曹操《そうそう》の狙《ねら》いがはっきりしたら、即座に出撃する。涼州軍だけは、いつでも出撃できるようにしておけ」

「諸将は、軍議を待っています」

「わかっている。それも、曹操の狙いがはっきりしてからだ。諸将には、そう伝えろ。いま、間者《かんじゃ》を放《はな》ち、斥候《せっこう》も出している」

「兄上が、直接伝えられた方がよい、と私は思いますが。このところ、ずっと幕舎に籠《こも》っておられるではありませんか」

「ここぞという時に、出よう。錦馬超《きんばちょう》は、色褪《いろあ》せてはならん。みんなが、固唾《かたず》を呑《の》んで待つ時に、俺は躍り出てやる」

「わかりました」

馬岱《ばたい》が、幕舎を出ていった。呼び止め、許都《きょと》で死んだ一族の話をしたい、という思いに馬超は襲《おそ》われた。しかし、気にするなと馬岱に言ったばかりだった。颯爽《さつそう》と諸将の前に登場する、と口では言ったが、馬超はあまり人の前に出たくなかっただけだった。もともと、ひとりでいることは好きだった。山中に入り、木とむかい合い、斬《き》り倒す。剣の技も、ひとりでそうやって磨いてきた。

馬騰《ばとう》の息子だった。それが、人前では闊達《かったつ》でいなければならない、と思いこんでいたようなところもある。時々ひとりで消えて、よく弟の馬鉄《ばてつ》や従者《じゅうしゃ》が捜し回ったりもしたものだ。そういう時は、大抵、むかい合える樹木を見つけたり、砂漠でめずらしい小鳥を見つけたりしていたのだった。

剣の技は、磨きに磨いた。父の馬騰より強い男になりたい、という思いがどこかにあったのだろう。しかし、気づくと、父は老い、自分の腕ははるかに父を凌《しの》ぐものになっていた。それでも、剣の技は磨き続けた。両手で握れる、長い柄《つか》の剣をいつか遣《つか》うようになった。羌族《きょう》の鍛冶屋《かじや》が、砂漠の中でわずかだけ採れる砂鉄を、鍛えに鍛えて作った剣だ。太い樹木の幹を、両断できた。敵を、武器ごと両断するのも、難しくなかった。

若いころから、匈奴《きょうど》や羌族との戦の日々だった。中原《ちゅうげん》から来た官兵と闘ったこともある。砂漠でも目立つように、彩りの鮮やかな具足《ぐそく》をつけた。いつか、錦馬超と呼ばれるようになっていた。

それでも、馬超《ばちょう》はやはり、ひとりでいるのがほんとうは好きだった。砂漠に、一本だけ立っている木を見つけると、必ず語りかけた。いつか、木の声が聞え、言葉まで聞き分けられるようになった。ほんとうは、自分の呟《つぶや》きだったのかもしれない。匈奴《きょうど》も羌《きょう》族も、馬超に従う者が多くなった。約束したことを、決して破らない。馬超が自分で思い定めて、守り続けようとしてきたのは、ただそれだけだった。戦になれば、容赦はしなかった。

激しく生きた。その間に妻帯もし、子供も生まれた。しかし馬超は、時々家族に会うだけで、涼州《りょう》の荒野にいる方が好きだった。

この手で、何本の木を斬り倒しただろうか。砂漠や荒野で、一本だけで立っている木を見ると、語りかけ、そしてなぜか斬りたくなった。斬ろうと思って、斬れなかった木は、いままでにない。そして、何人の人間を斬り倒したかということは気にならないのに、木の数はいつも心にひっかかるのだった。

曹操《そうそう》が洛陽《らくよう》を発して、二日経《た》った。

間者《かんじゃ》や斥候《せっこう》からの報告が、かなりの量になった。

馬超は、全軍に出撃態勢を命じてから、軍議を招集した。韓遂《かんすい》は、遅れるという使者を寄越《よこ》した。ほかの諸将は集まっている。

「徐晃《じょこう》と朱霊《しゅれい》が、三万の軍で潼関《とうかん》の確保に動いている」

全員が、潼関と聞いてしんとした。洛陽への、大きな関所である。曹操がそれを奪《と》るのは、長安《ちょうあん》攻略の拠点確保を意味するが、関中《かんちゅう》十部軍が奪れば、洛陽を窺《うかが》うという構えになるのだ。

「私は、二万の騎馬隊で、徐晃と朱霊に当たり、まず潼関を奪ろうと思う」

曹操は、本気で潼関を奪ろうとはしていない、と馬超は思っていた。それでも、潼関を奪られれば、こちらの士気には関《かか》わる。まずは、こちらで奪り、次の展開に備えることだ。

「潼関を奪るとは、洛陽へ進むということか、馬超殿？」

ひとりが言った。

「曹操戦での、拠点にすぎぬ。曹操が、潼関近辺を戦場に選ぼうとしている。それは、われらにとっても望むところではないか」

潼関まで行けば、関中十部軍の諸将の領地はない。曹操を迎え撃っても、それほど変わらない。自領が戦場になることは、避けられるのだ。馬超にとっては、いまの位置で曹操を迎え撃っても、それほど変らない。ただ、このあたりを領地にしている者が、犠牲を強《し》いられることになる。

「とにかく、潼関《とうかん》を奪《と》る。そうすれば、曹操《そうそう》の本隊は、それに対応して動くだろう。それを見て、次を決める」

兵数こそ十三万だが、質がいいのは、涼州《りょう》から率いてきた六万だけだろう。曹操軍十五万は、精強である。

馬超《ばちょう》の潼関への出撃に、異議を唱える者はいなかった。二万で急行し、残りは曹操の本隊に備えて、潼関近辺に布陣する。

まずは、戦としては悪くない。潼関を奪れば、緒戦を制するということにもなる。

軍議を散会すると、馬超はすぐに旗本の五百騎を率いて駈《か》けはじめた。二万の騎馬も、それに続いてくる。

斥候《せっこう》の報告が、次々に入ってきた。

このまま駈ければ、潼関で敵とぶつかる。つまり最初は、潼関の関所の争奪戦ということだった。

「馬岱《ばたい》、五千騎を率いて、南から回りこめ。俺がぶつかるのを合図に、敵の側面を衝《つ》くのだ。逸《はや》る気持はあるだろうが、敵を見てもすぐには動くな」

馬岱が声をあげ、駈け去っていった。

潼関の手前十里（約四キロ）で、馬超は進軍を止めた。五千だけ、潼関のすぐそばまで進ませる。

敵は、陣形を組みはじめていた。潼関を奪るために動けば、そこを衝かれると考えているのだろう。かなり密集した、魚鱗《ぎょりん》の陣形を組んでいる。

馬超は、迷わず五千に攻めかけさせた。ただ、本気では攻めない。陣形の端を、突き崩すだけである。主将の徐晃《じょこう》にとっては、うるさい虫にたかられているようなものだろう。虫は、追い払いたくなる。

思った通り、徐晃は陣形を組んだまま、前進をはじめた。五千は、まだ蠅《はえ》のように三万にたかり、突き崩しては離れる、ということをくり返していた。ものともせず、徐晃は進んでくる。一万をなんとかしないかぎり、潼関の関所には入りにくいのだ。

魚鱗の陣形が少しずつ崩れ、徐晃は手際よく、前衛の一万を鶴翼《かくよく》に拡《ひろ》げ、後続の魚鱗をさらに密集させた。

「小さくかたまれ」

馬超は、そう指示を出した。それから、旗本の五百を率いて、進みはじめた。小さくかたまった一万も、それに続いてくる。

鶴翼のどこかを破るのは、難しくなかった。小さくかたまったものには、破られやすい陣形なのだ。ただ、翼《つばさ》が閉じてきて、両側から挟みこまれる可能性はあった。たとえ鶴翼《かくよく》を破っても、後続に魚鱗《ぎょりん》に構えた軍がいる。魚鱗は、正面からの敵には強い。一枚ずつ剝《は》がさなければ、総崩れにはできないからだ。

「駈けろ。突っこめ。ここで勝てば、潼関《とうかん》を奪《と》れるぞ」

先頭で駈けて、馬超《ばちょう》は敵とぶつかった。五人、六人と突き落としていく。小さくかたまった一万の圧力で、鶴翼はすぐに破れた。しかし、魚鱗が控えている。構わず、馬超はそこに突っこんだ。

さすがに、押し返してくる圧力がある。

馬超は、まとわりついてくる歩兵を、槍《やり》の穂先で薙《な》ぎ倒した。一枚一枚の魚鱗を剝がすのはたやすいが、剝がれた魚鱗は後方に回り、また新しい魚鱗を作る。

中央に小さくかたまった一団が見えた。『徐《じょ》』の旗。馬上で指揮を執《と》っているのが、徐晃《じょこう》なのだろう。さすがに、曹操《そうそう》直属の部将だった。前衛で剝がされた魚鱗を、後方で再生させる手際など、見事なものだ。鶴翼を突き破られた一万も、左右を挟みこむように五千ほどの方陣を組みつつある。

「押しまくれ」

頭上で槍を振り回しながら、馬超は叫んだ。

徐晃の眼《め》も、馬超の方をむいていた。こちらの攻撃が鈍るのを、じっと待っているのだろう、と馬超は感じた。その時、少なくとも二、三千の騎馬隊が、先頭にいる馬超ひとりにむかって、殺到してくるだろう。

不意に、徐晃の旗が揺れた。南から迂回《うかい》してきた馬岱《ばたい》が、先行していた五千も合わせて側面を衝《つ》いたのだ。馬超は、槍の穂先を徐晃にむけ、全軍を叱咤《しった》した。崩れながらも、徐晃の二、三千は、ひとつにまとまっていた。もうひとつ朱霊《しゅれい》の旗。これも退《さ》がりながら、散ってはいない。こちらは一千ほどか。

馬超は、一旦正面の一万を止めた。半里（約二百メートル）ほどの間隔を置き、一斉に疾駆《しっく》させた。ただ押し合うより、圧力は数倍になる。さすがに、徐晃も朱霊も算を乱した。

一万で、追い撃ちに討《う》った。残りの一万は、そのまま潼関の関所を攻めさせた。守兵は一千程度だろう。

陽《ひ》が落ちるころには、追撃も中止した。深入りすると、曹操の本隊とぶつかる。潼関に、二万を入れた。

夕刻から、後続の部隊が到着しはじめた。

陣立てを決めた。十万を五段に、前衛には、弓手を配した。

韓遂《かんすい》が現われたのは、夜になってからだった。当然のように、八千騎を率いて関所に入ってきた。それほどの兵力も持たず、それでも涼州《りようしゆう》の一方の雄《ゆう》として幅を利かせてきた男だ。さすがに厚顔だった。

「勝敗を見届けてから、あいつはここへ来たのですよ、兄上。追い出して、前衛の弓手の前に配しましょう」

「これが、韓遂のやり方だ。腹を立ててもはじまるまい。あの男がいると、いかにも勝った軍という感じがするではないか」

馬岱《ばたい》を宥《なだ》めながらも、韓遂というのは不思議な男だ、と馬超《ばちよう》は思った。諸将も、韓遂がいれば負けない、という気分になるだろう。武勇を恃《たの》んで、そう思われるわけではない。勝ち軍を見分ける眼。韓遂の持っているそれが、諸将を安心させる。

翌朝、曹操《そうそう》の本隊が接近してきている、という斥候《せつこう》の報告が入った。

まさか、潼関《とうかん》を攻めようという気はないだろう。関所に、三万弱。外に十万の軍がいるのだ。しかし、曹操はそばまで来る。そして、対峙《たいじ》の中で、いろいろなものを測る。兵糧《ひようろう》はどうなのか。関中《かんちゆう》十部軍の団結の強さは、どの程度なのか。

そういうものを見きわめた上で、次の動きを決める。

思った通り、曹操は潼関の東五里(約二キロ)の地点に本営を置き、堅陣を敷いた。さすがに、奇襲でもどこかを崩せるという陣ではなかった。むしろこちらが、奇襲と夜襲の警戒を怠れない。

馬超は、毎日潼関付近の地図を眺めて過した。

自分が曹操ならば、どうするか。

潼関をまともに攻めても、犠牲が大きくなるだけだ。馬超の軍の弱点は、寄せ集めの兵が半数以上を占めている、ということである。そこを衝《つ》く方法は、兵糧と離間《かん》。西からの糧道《りょうどう》を断ち、馬超と誰《だれ》かを離反させる。

そこまでは、見えた。

ならば、どう対処するのか。全軍を、もう一度長安《ちょうあん》まで退《さ》げるか。それは、諸将が承知するまい。潼関を放棄するのは、緒戦の勝利を無にすることだ、と感じるに違いない。それに長安に拠《よ》ったところで、それから先の展望はない。兵糧はあるにしても、曹操の離間の計には晒《さら》され続けるのだ。

勝負をするならば、ここだろう。

曹操は、まず糧道を断とうとするはずだ。兵糧が不足している軍には、離間の計はかけやすい。ならば曹操は、河水《かすい》を渡る。

曹操の渡渉《としょう》の時が、馬超が見つけ得る唯一の勝機だった。

潼関《とうかん》に入って八日目。間者《かんじゃ》からの報告を持って、馬岱《ばたい》が居室に飛びこんできた。

「昨夜、ひそかに徐晃《じょこう》と朱霊《しゅれい》が、四千ほどの兵を率いて、河水《かすい》を渡ったそうです」

「わかった」

「追撃させるべきではありませんか、兄上」

「いや、待とう。間者の報告は、諸将には伏せておけ」

「なにを、待つのです？」

「曹操《そうそう》自身が、動くのをだ」

「しかし」

「四千は、北上するぞ。蒲阪《ほはん》あたりで、もう一度渡渉する。そのあたりでなければ、渡渉は無理であろう」

河水は南下して潼関につき当たり、真横に、つまり東に流れの方向を変える。南下してくる流れは、潼関に近いほど急流である。船が溯上《そじょう》するのは、ほとんど不可能だった。八十里（約三十二キロ）ほど上流へ行けば、渡渉可能な地点はいくつかある。

「蒲阪あたりで渡渉し、河水沿いに南下してくる」

西から東にむけて渭水《いすい》が走り、その流れは潼関で河水とひとつになる。渭水の渡渉は難しくなく、川幅も狭い。

「四千ぐらいが背後に回ったところで」

「曹操軍の半数は、それを追うだろう。徐晃と朱霊は、緒戦の敗退の責めを負った、先駈《さきが》けのようなものだ」

「残りの半数は、どうするのです」

「われらが動けば、野戦を挑むだろう。動かなければ、その軍も河水を渡る。つまり曹操は、前、中、後と分け、北から迂回《うかい》して背後に回ろうとしているのだ」

「背後に回られ、糧道を断たれたら？」

「まず、韓遂《かんすい》あたりが、最初に逃げ出すだろう」

「どうするのです、兄上？」

「焦《あせ》るな、馬岱《ばたい》。曹操が河水を渡ろうとする時が、唯一の機会だと俺は見ている」

「どういう機会ですか？」

「曹操の首を取る」

馬岱が、息を呑《の》んで絶句した。

「こういう軍で、曹操と長く対峙《たいじ》することはできん。必ず離間の計にかけられて、内側から崩れる。それを防ごうと思えば、早く曹操の首を取るしか方法がない。そこで失敗すれば、講和の道を探る。まだ、関中《かんちゅう》十部軍が団結を保っている間にな」

馬岱《ばたい》は、地図を見つめていた。

自分は、曹操《そうそう》の思い描いた通りに、動こうとしているのではないか、と馬超《ばちょう》は思った。それならそれでいい。曹操が思い描いた以上の闘い方をすれば、勝つ機はあるのだ。

「兄上の申される通りに、いたします」

ここと思った瞬間の、思い切り。つまりは、その瞬間にすべてを投げ出せるかどうかなのだ。

「俺の旗本《はたもと》五百。ほかに涼州《りょう》から率いてきた兵のうち、二千騎。それを選別しておけ、馬岱」

「諸将の兵も、加えざるを得ないと思いますが」

「わかっている。千五百騎を出させろ。四千騎の遊撃隊の編成、という通達でよい」

「四千騎で、足りますか？」

「それを、全軍が支援するというかたちになる。曹操は、最後に渡渉すると思う」

「なぜ？」

「俺の首を、狙《ねら》っているからさ。自分の身を晒《さら》して、俺をおびき寄せようとするだろう」

「ならば、曹操にも備えがあるのではありませんか？」

「どういう備えか、愉《たの》しみにしていよう」

「兄上、それは」

「馬岱、これが戦だ。臆病《おくびょう》になった方が、負けるのだ」

馬超は笑ったが、馬岱の表情は強張《こわば》ったままだった。

6

徐晃《じょこう》と朱霊《しゅれい》が、河水《かすい》を渡り、蒲阪《ほはん》にむかって進んでいた。

いまのところ、馬超の陣営に動きはない。気づいていないのか、気づいても無視しているのか、曹操にはわからなかった。

徐晃と朱霊は、やはり緒戦で負けたが、曹操が予想したよりはよく闘っていた。ぶつかったら蹴散《けち》らされた、というような負け方ではなかったのだ。一応は、かなりの押し合いをやっている。

朱霊《しゅれい》が、よく徐晃《じょこう》を補佐していた。

かつて、劉備《りゅうび》が自分から離れて徐州《じょ》で独立しようとした時、下邳《かひ》の指揮官だった車冑《しゃちゅう》という者を、かたちでは見捨てたという恰好《かっこう》で、許都《きょと》へ戻ってきてしまったのが朱霊だった。あの時は、曹操《そうそう》は袁紹《えんしょう》と官渡《かんと》で対峙《たいじ》していて、その背後を北上する袁術《えんじゅつ》軍が衝《つ》きそうな気配だった。袁術討伐を命じた劉備が造反したのは、北上中の袁術が病死して、戦《いくさ》の必要がなくなったからだった。袁術と交戦するということになれば、劉備もすぐには造反しなかっただろう。

劉備の造反を見抜けず戻ってきた朱霊から、曹操は兵を取りあげ、二年間于禁《うきん》の下で兵卒として働かせた。

あの二年が、朱霊をかなりしたたかな男にしたようだ。鶴翼《かくよく》と魚鱗《ぎょりん》の組み合わせの陣形でぶつかるように、徐晃に進言したのは朱霊だったという。それで、馬超の騎馬隊の突撃を、ひと時であろうと支えられたのだ。

徐晃と朱霊では、馬超を相手に潼関《とうかん》を奪《と》るのは、荷が重すぎるとはわかっていた。それでも、負けて戻ってきた二人を叱責《しっせき》し、渡渉の先鋒《せんぽう》を命じたのだった。

「気づいておりませんな、これは。大部隊ではないと、無視しているとも思えません」

「明日早朝から、夏侯淵《かこうえん》に率《ひき》いさせた十万を渡渉《としょう》させてみよ」

「その準備は、すでに整っております」

賈詡《かく》は、幕舎《ばくしゃ》にいる時は、軍袍《ぐんぽう》姿だが、具足《ぐそく》は解いている。軍師で従軍している、ということを忘れないためにそうしているのだろう。

曹操は、潼関の城塔を毎朝見つめていた。馬超が、いつもそこからこちらの陣を窺《うかが》っている、と聞いたからだ。ひとりだという。側近だったのは弟たちで、特に末弟の馬鉄《ばてつ》は、片腕のようなものだったらしい。その弟たちも、馬騰《ばとう》と一緒に許都《きょと》へやってきて、曹操はそれを捕えた。首を刎《は》ねるまで獄に落としておいたが、馬超との取引に使おうという気がどこかにあったからだ。

取引に乗る気配を、馬超はまったく見せなかった。父親の馬騰も、取引で自分の命が救われることなど考えていなかっただろう。

馬《ば》一族の扱いを間違えた、とは思っていなかった。馬騰とは、帝《みかど》に対する考え方が、根本から違っていたのだ。

馬超の中には、父親をはじめとする一族を殺された恨みが、それこそ業火《ごうか》のように燃え盛っているだろう。

曹操自身にも、経験がある。父の曹嵩《そうすう》が徐州で殺された時、曹操は鬼になって徐州を攻めた。とにかく、徐《じょ》州の兵を皆殺しにしてやろうと思ったのだ。山河が、血に染まった。鶏犬すら尽きた、と言われたほどだ。

いまでは、あの時の怒りは思い出せない。なにも見えず、ただ殺すことを考えていた、と思うだけだ。後悔はしていない。感情とは別に、もっと戦略的な動きを考えるべきだった、という反省はあるが、感情に衝《つ》き動かされるのもまた人間なのだ。

いまのところ、馬超《ばちょう》は自分の感情をしっかりと抑制している、というように見える。どこまで、抑えていられるのか。曹操《そうそう》は、若いころの自分を見るように、馬超を見ていた。自分の相手は、戦では問題にならない、徐州の陶謙《とうけん》だった。しかし馬超の相手は、この自分なのである。

翌朝、夏侯淵《かこうえん》の指揮で、十万の兵の渡渉が開始された。さすがに、馬超軍は河岸にまで出てきたが、雨のように矢を射かけるだけで、本格的な攻撃はかけてこなかった。

十万の渡渉に、大きな犠牲は出ていない。

「潼関《とうかん》を死守しようという気が、馬超にはないのかもしれません」

賈詡《かく》は、そう読んでいた。十万の渡渉を許したということは、潼関の背後に回られることを意味する。

「明日は、残りを渡す」

「丞相《じようしよう》、それは」

「無駄なこと、いやそれ以上に、危険なことだと言うのだろう、賈詡」

「今度は、五万です。陣形を組んで、守りを堅くするべきです」

「そうかな」

「本気でございますか？」

「若い者を相手にする時は、慎重になりすぎないことだ。理詰めで考えていると、とんでもない真似《まね》をしてきて、対処できずに犠牲を払ったりするのだ」

「丞相は、なにか感じておられるのですな？」

「感じている」

というより、馬超との肚《はら》の読み合いだ、と曹操は思っていた。度胸の決め方でもある。だから、軍師とは関係ないところでの闘いでもあった。

夜、許褚《きよちよ》を呼んだ。

「私は、明日渡渉する。おまえは、私をむこう岸に連れていけ、虎痴《こち》」

「かしこまりました」

あえて、それを言う。あえて言われたということが、許褚にもわかったはずだ。

赤壁《せきへき》の時に、これぐらいの度胸が決められていたら、と曹操《そうそう》は思った。しかし、終ってしまったことだ。

その夜は深く眠り、夜明け前に眼醒《めざ》めた。

従者《じゅうしゃ》を呼び、具足をつける。

晴れた日だった。曹操の気持は昂《たか》ぶっていた。自分で剣を佩《は》いて、幕舎を出た。

「賈詡《かく》は、曹洪《そうこう》の第一陣とともに渡れ。対岸での陣形の指揮をせよ」

船の数は、二百艘《そう》というところだった。一艘に五十人乗って、一万人を渡せる。

許褚《きょちょ》の三千騎は、すでに揃《そろ》っていた。

「行け」

短く、曹操は命じた。兵が動いた。すぐに、船が出はじめる。喊声《かんせい》が聞えてきた。

馬超《ばちょう》の陣の方だ。馬止めの柵《さく》を前に出し、歩兵が押し寄せてくる。しかし、あるところから前へは、出てこない。

「次々に乗れ。乗るのに、手間をかけるな」

待っていた。船が戻ってきて、第二陣を乗せた。

「丞相《じょうしょう》は、いつ乗られます？」

曹仁《そうじん》がそばへ来て言った。

「最後だ。私の乗るべき船を、一艘、許褚に確保させてある」

「しかし」

「心配するな、曹仁。最後といっても、五千騎はこちらへ残す。ひとり残って河岸に立つような真似《まね》はせぬ」

「それでも、危険です」

「危険だから、いいのだ。私のことは気にしなくていい。おまえも、早く渡れ」

喊声が続いている。騎馬隊が五千、敵の歩兵に突っこむ態勢をとっている。喊声があがるだけで、敵に動きはない。

兵が、少なくなっていった。馬超には、船がない。だから、こちらの岸で攻めてくるはずだ。曹操は待っていた。誘いと知っても、馬超は来るはずだ。どこかで、自分の姿をはっきり捉《とら》えているだろう、と曹操は思った。自分が動くその一瞬を、馬超は狙《ねら》っている。

許褚の隊が、乗船を開始した。その船が出ても、許褚はそばに立っていた。五千騎のほかに、残っているのは四、五千の兵だ。その四、五千を乗せる船も、戻ってきた。

「行こうか、虎痴《こち》」

「はい。先導いたします」

曹操《そうそう》は馬に乗った。河岸までおよそ一里（約四百メートル）ほどある。喊声《かんせい》が大きくなった。敵の歩兵が押し出してきている。あと半里、不意に、背後から大きな衝撃《しょうげき》を感じた。来た。馬超だ。先頭を駈《か》け、槍《やり》を低く構えている。敵の歩兵とむかい合っていた張部《ちょうこう》の騎馬隊が、素速く反転した。馬超の騎馬隊も、四、五千騎だろう。ぶつかり合った。先頭の七、八百騎は、張部の騎馬隊を突き抜けて駈けてくる。すぐ背後だった。前方の船。間に合うのか。許褚《きょちょ》は、馬を返そうとしない。間に合うということだ。

しかし、迫ってきた。船が、眼の前だった。曹操は馬を跳び降り、船へ駈けた。一騎《ばちよう》、突出してきている。馬超。はっきりと顔も見える。若いころの馬騰《ばとう》によく似ている。曹操は、なぜかそんなことを考えた。

馬超の槍。穂先が、大きく見えた。許褚の叫び声が聞えた。鞍《くら》の上に立ち、大薙《おおなぎ》刀《なた》を振りかざしている。馬超の槍と大薙刀が、一瞬触れ合って、火花を散らした。

曹操は、船に引っ張りあげられていた。次の瞬間、許褚も乗りこんできた。船が岸を離れる。谷間の方から、五千騎が飛び出してきた。昨夜から、埋伏《まいふく》してあった兵だ。馬超の騎馬隊が、挟み撃たれる恰好《かっこう》になった。それでも、馬超ひとりは、水の中に馬を乗り入れてきた。その馬超を、背後から張部の槍が襲った。槍と槍が交錯する。

「討《う》て。首を取れ」

立ちあがって叫んだ曹操を、許褚の大きな躰《からだ》が押さえこむ。それでも、曹操は首だけあげて、馬超を見ていた。二度目のぶつかり合いで、馬超の槍が折れた。勝った。そう思ったが、馬超は剣を抜き放ち、張部の槍の柄《え》を叩《たた》き切っていた。剣を抜こうとした張部が、馬から払い落とされた。馬超には七、八騎が襲いかかっている。水の中に立ちあがった張部が、馬超にむかって両手を振っていた。さらに四、五十騎が、馬超を取り巻くように迫った。

「首を取れよ。ここで、取れよ」

曹操は、声に出して呟《つぶや》いた。

馬超が、河岸に駈けあがった。その間に、馬超にとりついていた騎馬のうち、二十名ほどは斬《き》って落とされていた。

「そこだ」

曹操は叫び声をあげた。

馬超とぶつかった者が、触れてはならないものにでも触れたように、次々と馬から落ちていく。曹操《そうそう》は息を吞《の》んだ。呂布《りょふ》以来だ、と唸《うな》るような気分で思った。呂布の方天戟《ほうてんげき》の前に出た者は、なにか別のものに弾《はじ》かれたように、馬上から姿が消えたものだった。

「殿、もう少しお顔を下げてください。それほどの危険はありませんが、矢はまだ届いております」

矢が、雨のように降り注いでいた。許褚《きょちょ》は、右手に鞍《くら》を、左手に楯《たて》を持って、その矢が曹操に届くのを遮《さえぎ》っていた。許褚の具足には、何本か矢が突き立っている。

張郃《ちょうこう》は、すでに退却しはじめていた。総勢で一万騎である。馬超《ばちょう》の全軍に押されたら、まず勝ち目はなかった。

数千の騎馬が、河岸でこちらを眺めていた。馬超の、彩り鮮《あざ》やかな具足だけは、曹操からも識別できた。

惜しいところだった。同じことを、馬超も考えているだろう。お互いに、考えていたのは、相手の首を取るということだけだった。

「虎痴《こち》」

曹操は声をかけた。矢は、もう届かなくなっている。

「おまえは、あの男に勝てるか、馬超に？」

「槍だけの勝負なら、勝てます。あの男が剣を執《と》ったら、わかりません」

「それほどに強いか、馬超は。あれほどの武将は呂布以来だな」

「いそうもない男が、いるものです」

許褚が言い、曹操は声をあげて笑った。

やり合うだけ、やり合った。お互いに、ぎりぎりのところで、勝負した。そして、結着はつかなかった。これからの勝負は、自分のものだ、と曹操は思った。若造《わかぞう》とは、くぐってきた修羅《しゆら》場《ば》が違う。

「命が縮みました、丞相《じようしよう》」

対岸では、賈詡《かく》が濡《ぬ》れ鼠《ねずみ》で待っていた。思わず、水の中に駈けこんだようだ。

「いいのだ、これで」

船を降り、曹操は言った。赤壁《せきへき》以来、心の中にわだかまっていた屈託が、きれいに消えていた。激しい戦というわけではなかった。しかし、思う存分闘った、という充足感が曹操にはあった。

7

渭水《いすい》の北岸で、対峙《たいじ》することになった。

互いに、堅陣を組んだ。長期戦にも耐え得る、という態勢である。ただ曹操《そうそう》は、馬超《ばちょう》が腰を据《す》える気はない、と見ていた。曹操にも、腰を据える気はなかった。

馬超は、原野戦を得意としている。だから原野での対峙は、必ずしも不利とは言えない。ただ、潼関《とうかん》の堅塁《けんるい》からは引き剝《は》がされた恰好《かっこう》だった。いくらか不利になった、と見ている者もいるかもしれない。曹操軍も、原野戦ではひけをとらず、騎馬の数では勝っていた。兵站《へいたん》線も、馬超は一応確保している。

小競《こぜ》り合いを挑んできたが、四、五日、曹操はまったく相手にしなかった。前衛に陣形をとらせ、突っこんできたら、囲みこめるようにしただけである。無謀《むぼう》に突っこんでくる愚は、さすがに冒さなかった。

曹操軍、十万増援、と流言を飛ばさせた。現実味のない数ではない。半数の五万の増援があったとしても、まったく不思議はない。曹操自身が、出馬してきているのだ。

「丞相《じようしよう》、どうかこの陣では、先日のようなことはおやめくださいますよう」

夏侯淵《かこうえん》が来て言った。渡渉《としよう》の際に馬超に襲《おそ》われたことを聞いて、夏侯淵は胆《きも》を冷やしたらしい。確かに、あわやというところだった。それははじめから覚悟していたことで、過ぎてしまえばなんでもないものなのだ。

戦場は、あわやの連続だった。見えるものもあれば、見えないものもある。戦《いくさ》を長く続けてきて、そんなことはわかっているつもりだった。しかし、大軍を擁《よう》するようになった時から、あわやなどあり得ないと、どこかで考えるようになっていた。

天下を奪《と》ったわけではないのだ。自分を討《う》てば天下を狙《ねら》えると思っている者が、この国には無数にいるだろう。そういう人間を相手に、安全な戦をしようというのは大きな間違いだった。

「流言が、いくらか効果を見せはじめています。十万が来援したら、二十五万の大軍になると、怯《おび》えている者がいるそうです」

曹操の力から言えば、二十五万は無理ではない。それは、戦線をここひとつと限ればだ。いまは合肥《がつぴ》で、揚《よう》州との戦線があり、荊《けい》州にも備えなければならない。馬超や韓遂《かんすい》なら、それぐらいの分析はしているはずだ。だが、関中《かんちゆう》十部軍には、一万にも満たない軍がいくつかある。そういう軍を率《ひき》いている者は、自分の名を耳にしただけで、大軍を思い浮かべるはずだ、と曹操《そうそう》は思った。

「離間《りかん》の計の方も、着々と進んでおります。馬超《ばちょう》を除く諸将のうち、腰の弱そうなもの六名に、書簡を届けました。韓遂《かんすい》には特に念入りに三度」

流言も離間の計も、賈詡《かく》に担当させている。できるかぎり細かいことに気を配った方がいいからだ。たとえば、中原《ちゅうげん》に旅に出ていた商人が、急ぎ戻ってきて、十万の進軍を見たと言う方が、信憑性《しんぴょうせい》がある。そういうものを積み重ねて、流言は作られていくのだ。

関中《かんちゅう》十部軍から使者が来たのは、対峙《たいじ》して九日目だった。講和の使者である。甘いし、まだ若い、と曹操は思った。ここで講和なら、もう少し別のやり方があった。降伏だとしても、馬超をはじめ、諸将の首は必要である。

使者と対したのは、夏侯淵《かこうえん》と賈詡だった。

「領地の保証を求めております。それさえ与えられれば、兵を退《ひ》き、叛乱《はんらん》は慎むと言うのです。それだけでは足りないので、年貢の一部を鄴《ぎょう》に納めるように、と申し伝えました。使者は、ちょっとびっくりしたようでありましたが」

「戻って話し合ってくる、という答えか、賈詡」

「はい。まだ、事態を軽く見ているようであります。河水《かすい》（黄河《こうが》）の渡渉で、あわやというところまで丞相《じょうしょう》を追いこみ、さらにその前には緒戦の勝利もある、と思っているのでしょう」

「年貢が、最低条件ということで、二、三度押し合え。それから、私が韓遂に会いたがっている、と伝えればよかろう」

「韓遂が先でございますね」

離間の計の、仕あげがそれだった。

三日の間に、やり取りが何度か行われた。すべて、むこうから使者が来るというやり取りである。講和には積極的だが、年貢を出すことは断る、という態度は崩していない。

韓遂と曹操が会う、という話だけがまとまった。供は五名。両軍の陣の中間地点。それも詰められた。

曹操は、許褚《きょちょ》のほか四名を連れて、陣を出た。韓遂がやってくるのも見えた。ゆっくりと馬を近づけていく。韓遂の、強張《こわば》った表情が見えてきた。

「久しぶりだな、韓遂」

対董卓《とうたく》戦などでは、韓遂も、首を刎《は》ねた馬騰《ばとう》も一緒だった。いま戦の相手だとしても、まずはそんな言葉が出てくる。

韓遂《かんすい》は、合った眼《め》をすぐにそらした。

「こんな会い方は、わしは困るのだ。曹操《そうそう》殿。ただでさえ、諸将に寝返りを疑われたりしている」

「両方の陣営から、兵たちが見ている。寝返りもくそもあるまい」

「見てはいるが、喋《しゃべ》っている言葉は聞えん。つまらぬことで、疑われたくない」

「男が、そんなことは気にするな。それより、昔を思い出して、しばらく駈《か》けるか」

「駈ける？」

「なに、河岸までよ。虎痴《こち》、ここを動くでないぞ」

曹操が駈けはじめると、韓遂もついてきた。河岸までは、ひと駈けだった。渭水《いすい》にむかって馬を並べ、しばらく川面《かわも》を眺めていた。水の流れだけは、のどかである。鳥が、餌《えさ》を狙《ねら》っているのか、水面《みなも》に近づいては舞いあがっていく。

「私は、このあたりに来ると、いつも思い出す。董卓《とうたく》が、洛陽《らくよう》から長安《ちょうあん》に強引に遷都した。私ひとりが逸《はや》ってそれを追い、散々に打ち破られた。若かったのだな。数十万の軍勢を、五千の兵で追ったのだ」

「なにを言いたいのだ、曹操殿。私は、講和の話し合いに来たのだが」

「講和はせぬ。たとえ年貢を出すと言ってもだ。心配するな韓遂。古い馴染《なじ》みのおまえを殺したりはせぬよ。戦になったら、禍《わざわい》は避けておれ。私がこの戦をやめるのは、ただひとつ、馬超《ばちよう》が降伏し、わが幕下に加わる時だけだ」

「そんな、曹操殿。馬騰《ばとう》を殺したのは、おぬしではないか」

「馬騰は馬騰。馬超がわが幕下に加わるなら、それなりの迎え方をしよう。そう、馬超に伝えてくれ」

「本気で、馬超が幕下に加わると、思っているのか。父も弟も一族も首を刎《は》ねられた馬超が」

「私にとって、人とは服従するものか、敵かだ」

韓遂は、しばらくなにも言わなかった。

曹操は、馬を返した。駈けなかった。韓遂が轡《くつわ》を並べてくる。

「馬騰とは、いい友だった。義兄弟だった。いがみ合い、殺し合いになったこともあるが、やはり、いい友だった。わしは、馬騰の妻子を、つまり馬超の母と兄弟を、その殺し合いの中で死なせている。それでも、馬騰は最後にはわしを弟と呼んだし、馬超は伯父《おじ》と呼んでくれる」

「人の恨みなど、そうやって消えることもあるのだ」

「おぬしが言ったこと、馬超《ばちよう》に一応は伝えよう」

韓遂《かんすい》が、陣にむかって駈けはじめた。供の五人も、慌《あわ》てたように駈けていく。舞いあがった土煙《つちけむり》だけが、しばらく残っていた。

自陣へ戻ると、曹操《そうそう》はそのまま幕舎《ばくしや》に入った。夏侯淵《かこうえん》と賈詡《かく》が、駈けこんでくる。

「河岸に誘われて、二人きりになられたのは、よかったと思います、丞相《じようしよう》。これで、馬超は疑心暗鬼に駈られます」

賈詡が言う。

「使者を出せ。明日は、馬超と同じかたちで会いたい。供は、二名のみ」

「それは、危ないと思います。丞相。馬超の剣の腕は、右に出る者がおりません。たとえ、許褚《きよちよ》がおそばにいたとしても、なにが起きるかわかりません」

「話し合いの場で、私に斬《き》りかかるような男ではなかろう、夏侯淵」

「しかし」

「もうよい。決めたのだ」

曹操は、従者を呼んで、具足《ぐそく》を解いた。

幕舎の外が、騒がしくなった。

「敵陣からの、使者です」

連れてこられた使者は、明日、同じ場所で同じ時刻、と口上で伝えてきた。韓遂との会見が、馬超にはよほど気になったのだろう。供は二名で、承知した、と曹操は言った。

「丞相、やはり馬超と会われるのは」

賈詡の口調も、心配そうだった。

「虎痴《こち》を連れていくが、もうひとりはおまえだ、賈詡。ひと言だけ、言葉を挟むことを許そう。なんと言うか、今夜よく考えろ」

二人が、退出した。

誰《だれ》にも会わない、と曹操は従者に言い、寝台に横たわった。疲れているわけではない。考えごとをしたいわけでもなかった。ただ、ぼんやりしていたかった。

どういう情況でしかけるか、どうやって追うか、いろいろな場合を想定して、すべて考え尽してあるのだ。

馬騰《ばとう》に似ていたな。馬超の風貌《ふうぼう》が浮かび、曹操はふとそう思った。

それから、反董卓《とうたく》連合軍のことを、しばらく考えた。あれだけの武将が揃《そろ》っていても、董卓を討つことはできなかった。野合《やごう》だったからだ。なにをやっても、疑心暗鬼が生まれ、結局は、董卓に洛陽《らくよう》から長安《ちょうあん》への、強引な遷都《せんと》をさせただけに終った。

あの時の武将は、みんな死んだ。孫権《そんけん》は孫堅《そんけん》の次男だし、劉備《りゅうび》は公孫瓚《こうそんさん》の客将で、二百名を率《ひき》いている校尉《こうい》（将校）のようなものだった。あれから、実に二十年以上が過ぎている。戦に生きた日々だった。

なにを得て、なにを失ったのか。いま自分が手をかけている天下は、若いころの天下と同じものなのか。闘って死ぬことを、厭《いと》いたくはなかった。自分がそれを厭うには、あまりに多くの命が失われすぎている。

詩を詠《よ》みかかった。出てこようとする言葉を、曹操《そうそう》は必死で抑えこんだ。詩を詠むことで、自分の心から流れ出してしまうものがある。忘れてはならないものまで、流れ出していく。

おまえが詩を詠むことが許されるのは、負けた時だけではないのか。自問した。そうしている間に、出かかった言葉は消えた。

眼の前にいる敵のことを、曹操は考えた。

馬超《ばちょう》は、なかなかやる。河水《かすい》の渡渉で、どちらも首を取ることはできなかった。どちらも、相手をよく読んだ。度胸も据えた。まともなぶつかり合いの戦でも勝てるが、賭《か》けのような戦を、曹操はしてみたかったのだ。若い者に、まだ負けない。それを、確かめたかった。

そして、負けはしなかった。

これからは、策も使う。心も揺さぶってやる。戦の日々が自分に与えたものを、すべて馬超に見せてやる。

いつの間にか、眠っていた。眼醒《めざ》めたのは、深夜だった。

寝台に上体だけ起こし、しばらくじっとしていた。風の音。旗の鳴る音。幕舎《ばくしゃ》の外の兵士たちの気配。

自分の世界だ、と曹操は思った。

夜が明けるとすぐに、曹操は従者《じゅうしゃ》を呼び、具足をつけた。幕舎を出る。許褚《きょちょ》が、ぴたりとついてきた。

「馬だ、虎痴《こち》」

「鞍《くら》は、載せてあります」

曹操が具足をつける気配を、許褚は感じとったのだろう。

「陣営を、巡回するぞ。供は、おまえだけでよい」

馬に乗った。十五万の軍。陣営は大きく拡《ひろ》がっている。歩哨《ほしょう》は、きちんと立っていた。夜襲に備える部隊は、まだ戦闘態勢を解いていなかった。昔はよく、夜明けに陣内をこうして見て回ったものだ。いつのころからか、夏侯惇《かこうとん》をはじめとする、部将たちにそれを任せるようになった。

曹操《そうそう》に気づいた兵が、直立する。すでに、兵はみんな起きていた。

幕舎に戻ると、具足をつけた賈詡《かく》が待っていた。しばらく、夏侯淵《かこうえん》も交えて話をした。馬超《ばちょう》と会って、どんな話をするか、ということではない。陣営内の飲み水の蓄《たくわ》え場所がよくない。ごみを捨てる穴が浅すぎる。そういう話ばかりをした。

「丞相《じょうしょう》、刻限でございます」

賈詡が腰をあげた。笑って、曹操も立ちあがった。

「絶対に、馬超と正対なさいませぬよう。必ず、許褚《きょちょ》を前に置いてください」

「すぐに攻められる準備をして、待っていろ、夏侯淵」

言い捨てて、曹操は幕舎を出た。三頭の馬のそばに、許褚が立っている。さすがに、身を挺《てい》して丞相を守れなどと、許褚に言う者はいなかった。許褚はいつもそうしているし、しつこく言い続ければ、斬り捨てられかねないことも、みんな知っている。

陣営は、しんとしていた。

曹操は、黙って馬に乗った。陣を駈け出していく。敵の陣からも、三騎出てくるのが見えた。馬超の、彩り豊かな具足は、遠くからでもはっきりわかる。

近づいてきた。三仞《じん》（約四・五メートル）ほどのところで、馬を止めた。馬超は、殺気立った表情をしている。

「降伏する者の眼ではないな、馬超」

「俺《おれ》が、降伏だと。確かに、講和の話し合いはしたいと思っている。しかし、死すとも降伏はせぬ」

「では、死ぬがいい」

「われらは、ただ父祖からの領地を守りたいだけだ。年貢が必要というなら、その額によっては納めてもいい」

「甘えるな。年貢は領主が納めるもので、その領主は、丞相たる私が決める」

「韓遂《かんすい》と、どういう取引をした？」

「度量が狭いのう、馬超。韓遂とは旧友であるがゆえに、昔の話はいくらでもある。馬騰《ばとう》の話などをしたよ。それより、降伏しないのならば去《い》ね。こんなところに、いつまでも滞陣していても、意味はない。さっさと結着をつけようではないか」

馬超のこめかみに、青虫のように血管が浮き出した。そういうところも、馬騰に似ている。こういう男をこそ、麾下《きか》に欲しい、と曹操は本気で思った。これほどの若い将軍は、自分の麾下にはいない。

「馬超《ばちょう》、逆らわずに、わが軍門に降《くだ》れ」

「なにを馬鹿な」

「屈服はできぬか。ここで私を斬るか。それもよい」

「この馬超孟起《もうき》、講和の話し合いで相手を斬るほど、落ちぶれてはおらん。今度会った時に、その躰《からだ》を両断してやろう」

「潼関《とうかん》で、私を斬り損ねた。二度、同じことができるとは思うな」

憤然とした馬超が、手綱《たづな》を引いて馬首を返そうとした。

「馬超殿」

賈詡《かく》の声。馬超が、曹操の脇《わき》に眼をくれた。

「なぜ、涼州《りょう》でなければならないのです。雍《よう》州ではなぜいけないのです」

「なんだと」

馬超が、賈詡を睨《にら》みつけた。

「丞相《じょうしょう》の軍師で、賈詡と申す」

「涼州は、俺の天地だ、賈詡殿」

言って、馬超が駈け去っていく。

曹操も、自陣へ駈け戻った。

賈詡が言ったことの意味は、よくわかった。つまり、韓遂《かんすい》が涼州を欲しがっている、と馬超に思わせたのだ。

「夏侯淵《かこうえん》、全軍で正面から攻めよ。韓遂のいる右翼には、兵をむけるな」

こういう時、曹操の部将たちは、決して理由を訊《き》かない。命じられた通りに、素速く動くだけだ。

夏侯淵の指示の声が飛んだ。太鼓が打たれる。

騎馬隊が、三段に分かれ、畳みかけるように中央にぶつかった。馬超が出てくる。夏侯淵は、すぐに前衛を歩兵と入れ替えた。馬止めの柵《さく》を、二重にする。そして突っこんでくる馬超軍に矢を射かける。後方の騎馬隊が、側面に回る。

韓遂が、戦線から離れた。馬超軍に動揺が走るのが、見ていてはっきりわかった。左翼の一万ほども、戦線を離れ、逃げはじめる。闘っているのは、馬超が率いる四、五万だけに見えた。

「馬超の首を取れ、虎痴《こち》」

許褚《きょちょ》が、叫び声をあげ、三千騎で突っこんでいった。左右からも、一万の騎馬隊が揉《も》みあげる。正面は、五万の歩兵の矢だった。

後退をはじめた馬超の軍は、それでもなんとか踏み留《とど》まる場所を捜しているように見えた。しかし、半分は潰走《かいそう》をはじめた。

許褚《きょちょ》の軍が、斜めに切りこむように突っこむ。馬超は、それを避けるように、右手の騎馬隊を破ろうとした。馬超の動きだけが、際立っていた。馬超が進むと、馬上から人の姿が消える。そんなふうに見えた。その馬超軍の中核を、許褚が後方から崩していく。

さすがに耐えきれず、馬超も敗走をはじめた。

「全軍で追え。追い撃ちに討て。馬超の首だけは、必ず取れ」

追撃がはじまった。

長安《ちょうあん》に飛びこみ、そこに拠《よ》ってもう一度挑んでこい。そう念じながら、曹操《そうそう》は駈けた。屍体《したい》が、野の石くれのように転がっていた。それでも、馬超を討ったという報告は入らない。翌日まで、追い続けた。馬超は、長安には眼もくれず、西へ駈けた。

さらに二日、追った。

安定《あんてい》という城郭《まち》で、曹操は全軍を止めた。このままでは、馬が潰《つぶ》れる。

長い、追撃戦だった。馬超の首は、ついに取れなかった。不思議に、口惜《くや》しさはない。この戦をはじめる時、馬超の首を取らないかぎり、勝ちではないと思った。

だから勝ち戦ではないはずだが、どこかに充足感があった。

馬超と韓遂《かんすい》は、涼州《りょう》のどこかに消えたが、関中《かんちゅう》十部軍の諸将のうち、数人の首は取り、帰順させたものもいた。

「許褚は丞相《じょうしょう》のおそばでありますし、張遼《ちょうりょう》殿の軽騎兵がいたら、難なく馬超に追いつけたところだったのですが」

賈詡《かく》は、馬超を討てなかったことの意味を、よく知っていた。馬超は、涼州へ戻れば、ある程度力を盛り返すだろう。そうなれば、やはり漢中《かんちゅう》から益州《えき》を攻略するという戦略に、支障が生じる。

「とりあえず、安定に一万ほど残す。長安に返すぞ、賈詡」

「ここは、そうするしかありませんな」

賈詡は口惜しそうな表情をしていたが、曹操は別に気にしていなかった。戦が思い通りに進む方が、おかしいのだ。

「もう、寒い季節になったな」

安定の空も、晴れていた。ゆっくりと空を眺めるのは久しぶりだ、と曹操は思った。

曇天の虹

1

五千の兵を、増強した。

少ないが、いままでの張魯《ちょうろ》の対応を考えると、驚くべき変化だ、と張衛《ちょうえい》は思った。鮮広《せんこう》と石岐《せきき》の死が、かなりの衝撃を張魯に与えたようだ。いままでなにかあると、避けるように孤独な黙想の中に入りこんでいた張魯が、劉璋《りゅうしょう》の動きをひどく気にするようになったのだ。

鮮広と石岐は、劉璋の間者《かんじゃ》に殺されたということになった。杜韋《とい》という祭酒《さいしゅ》（信徒の頭《かしら》）を捕らえ、三日間の拷問《ごうもん》にかけた。その間、南鄭《なんてい》郊外の山全体は、外敵を防ぐという理由で、兵を配置し、人の出入りを断った。

杜韋の拷問は、高豹《こうほう》がやった。手が汚れたと思わざるを得ないいやな仕事で、自分でやろうとした張衛を高豹が止めたのだ。一度目の拷問で、杜韋はすべて吐いた。あとの拷問は、それが正しいかどうかを、確認するために行ったようなものだ。

自白にもとづいて、祭酒を三人、信徒を十六人捕縛した。さらに調べていくと、それらの間者以外に、張魯の暗殺を命じられた部隊が、二十人近く潜入していたようだった。

張魯の様子がおかしくなったのは、暗殺部隊が身辺にいた、と知った時だ。張衛はやがて、明らかに張魯が死ぬことをこわがっているのだ、と知った。劉璋を討《う》て、ということまで言い出したのだ。

漢中《かんちゅう》から、何度も兵を出した。もとの精強さを、兵は取り戻していた。劉璋の騎馬隊とぶつかり、数百人の死者を出した時も、張魯が自ら弔った。

その気になれば、そして自分が思う通りに事をなすことが認められれば、劉璋の軍を追い散らすのは、それほど難しいことではなかった。ただし、原野戦である。城郭《まち》を攻めるとなると、やはり兵力は足りない。

一度は、巴西《はせい》郡の中央まで攻めて行ったことがある。その時は、さすがに劉璋も危機感を募らせ、十万の援兵を送ってきた。闘わずに張衛は兵を退《ひ》き、山を守って大軍が去るのを待った。

劉璋《りゆうしよう》は、五斗米道《ごとべいどう》に対して、根本的な討伐《とうばつ》を試みるための、決断力に欠けているようだった。そのあたりは、実は兄の張魯《ちようろ》とも似ているのだ、と張衛《ちようえい》は感じていた。

劉璋軍には、脅威《きようい》を感じるような将軍もいなかった。五斗米道を相手にしていただけで、長く外敵とは闘っていないから、育ちようもなかったのだ。張衛も、ほとんど劉璋軍としか闘ったことがなかったが、一度だけ、劉備《りゆうび》軍の張飛《ちようひ》と矛《ほこ》を交え、散々に打ち破られたことがあった。それからは、漢中《かんちゆう》を雪が閉ざす季節には、諸国を旅して、できるかぎり戦《いくさ》を見るようにしてきた。

このまま行けば、二年で劉璋を倒せる。張衛は、そう思うようになっていた。益《えき》州全域を制すれば、五斗米道の信徒以外の兵も、編成することができる。

また、岩山の頂《いただき》でひとり、座りこんで考える日が多くなった。

長安《ちようあん》近辺で、曹操《そうそう》軍と対峙《たいじ》していた馬超《ばちよう》が、涼《りよう》州へ敗走したという報告が入った時も、張衛は岩の上にいた。

曹操自身が、大軍を率《ひき》いて出馬していた。緒戦は馬超が優勢で、潼関《とうかん》も奪《と》ったと聞いていた。もうひと息で、曹操の首が取れるというところまで、追いつめたらしい。しかし、兵力差で盛り返された。韓遂《かんすい》の裏切りもあったという。

涼州に逃げこめば、馬超は安全だろう。そしてすぐに、力を取り戻す。

連合はならなかったが、馬超の存在は五斗米道軍には大きかった。

曹操が鄴《ぎょう》を出陣する時に掲げていた戦の名目は、漢中討伐だった。それについて、張魯はひどく神経質になっていたが、心配ないと張衛は言い続けた。

どう考えても、長安近辺にいる馬超軍と、ぶつからざるを得なかったからだ。思った通りの展開だった。ここで曹操の側面が衝《つ》ければと、張魯を説得したが、劉璋を討ってからにしろと言い出す始末だった。

馬超が涼州にいるかぎり、曹操はまず漢中を攻めてはこない。たえず、背後を衝かれる脅威に晒《さら》されるからだ。

「孟起《もうき》が負けたというのは、ほんとうなのですか、張衛殿？」

南鄭《なんてい》の仮義舎《かりぎしゃ》に戻ると、馬綝《ばりん》が駈《か》けてきて言った。馬綝は、馬超を孟起と字《あざな》でしか呼ばない。それがなぜかは、わからなかった。

「負けたと言っても、涼州に引き揚げただけだ」

「負けたから、逃げたのでしょう？」

「涼州まで曹操に奪られたら、それは負けだ。しかし曹操は、涼州のずっと手前で引き返している」

「そうですか」

「心配か、馬綝《ばりん》？」

馬綝が、小さく頷《うなず》いた。馬綝は、十二歳になっている。時々、はっとするような色香を見せるが、決して下品ではなかった。

「放《ほう》っておかれている、とも思っているな？」

馬綝が、また頷く。

「しばらくは、馬超《ばちょう》も大変だろう。察してやれ。決しておまえのことを、忘れたわけではないのだ。やらなければならないことが、多過ぎる」

「戦があるから、漢中《かんちゅう》へ行けと言われたのですよ。漢中は平和だと。でも、漢中でもこのところ、戦ばかりではありませんか」

「どこもかしこも、戦だ。乱世だからな。しかし、漢中はまだましなのだ。山に守られている。ここが戦場になることは、まずないのだから」

それでも、馬綝は納得はしていないようだった。

子供らしくないところがある。外を跳び回って遊ぶなどということは、まずやらない。館《やかた》の部屋に、ひとりでいることが多い。なにをやっているのか気にして覗《のぞ》くと、咎《とが》めるような眼《め》をする。だから、張衛《ちょうえい》も最近では覗くことをしない。

「馬超に届ける書簡に、おまえのことを書いておこう」

「ほんとうに？」

「元気でいる、と書いた方がいいのか。それとも、孟起《もうき》を恋しがって、泣いていると書くか」

「元気でいる、と書いてください」

ほとんど間を置かずに、馬綝は言った。

「元気で待っているから、早く私が孟起のそばに帰れるようにして欲しいと」

どこか、男の心をくすぐる。それを、本能的に持っている。それが、女というものなのかもしれない。張衛は、祭酒《さいしゅ》たちにあてがわれた女を、若いころからそばに置いていただけだった。その女たちは、子を孕《はら》むと館を出ていく。南鄭《なんてい》に、自分の子が何人いるのか、張衛は気にしたこともなかった。

成都《せいと》の劉璋《りゅうしょう》の動きが、いくらか慌《あわただ》しくなっていた。益《えき》州各地の城郭《まち》を守る将軍を、次々に入れ替えたのだ。

本格的に、漢中を攻める気なのかもしれない、という気がした。劉焉《りゅうえん》はどこか果断なところがあったが、劉璋にはそれがない。それがようやく漢中総攻撃を決断したのなら、それはそれでいい。主力を山に引きこんで破ってしまえば、成都はずっと攻めやすくなるのだ。

山の張魯《ちようろ》の館に行った。

顔を出すのは、三日に一度ぐらいである。石岐《せきき》という、話相手を失った。鮮広《せんこう》という、伯父《おじ》のような存在も失った。祭酒《さいしゆ》の中には、劉璋《りゆうしよう》の間者《かんじや》がいた。

血の繋《つな》がりしか信用できない。最近の張魯は、そう思いはじめたようで、館に来るように張衛《ちようえい》にうるさいほど言ってくる。

館には、妻子と側室が三人いたが、いまは側室でさえ遠ざけている。

「おう、張衛か。戦もよいが、ここには毎日顔を出すようにせよ」

張魯は、日に日に、教祖らしさを失っていくようだった。ただ、巫術《ふじゆつ》をなす。母から受け継いだ技で、それは張衛をさえ驚かせた。信徒は、まだその巫術にひれ伏しているのである。

「兄上、どうも成都《せいと》が騒がしいのです。劉璋に、大きな動きがあるかもしれません」

「劉璋だと。それは、おまえがなんとかしてくれるのであろう？」

「兄上、南鄭《なんてい》の仮義舎《かりぎしや》に移られませんか？」

「ここが安全だ。漢中《かんちゆう》では、この山が安全であると、母上が言われた」

「そうですか」

劉璋軍が近くまで攻めてきた時も、張魯はここを動こうとしなかった。生死に恬《てん》淡《たん》としているのだと以前は思っていたが、この山上が最も安全だと信じきっているのだ。ただ、それが母に言われたからだとは、いままで知らなかった。

「母上が、そう言われましたか」

「そうだ。この頂上に館を作り、周囲を義舎で守れとな」

この山は、南鄭防衛のために砦《とりで》を築けば、大いに役に立つ。地形からいって、非常に攻めにくいところなのだ。母は、そういう要害であることを、見抜いて言ったのかもしれない。戦のことは、わかっていた。誰《だれ》の庇護《ひご》を受ければいいかも冷静に判断し、自らの肉の海で劉焉《りゅうえん》を溺《おぼ》れさせた。劉璋が、五斗米道《ごとべいどう》に本能的な嫌悪を示すのは、劉焉と母のけだもののような交情を見ていたからだろう。母が劉焉の寝室に行った夜は、ひと晩じゅう劉焉の叫び声が聞えていたというのだ。

「兵が足りなければ、増やせ。信徒はいくらでもいる」

これがかつての兄か、というような言い方が、最近は多くなった。確かに、兄の心の中のなにかが、崩れている。石岐がそうした、と鮮広は言っていた。

漢中の民は、みんな五斗米道の信徒だった。だから、全員を兵にすることもできる。しかしそれでは、太平道《たいへいどう》と同じだった。

信徒を兵にするから、六万五千も抱えていられる。通常なら、三万強が漢中《かんちゅう》の適正兵力だった。兵を増やしたいとばかり張衛《ちょうえい》は思い続けてきたが、いざ兄が増兵を言いはじめると、全体を見渡して躊躇《ちゅうちょ》してしまう。

「増兵よりも、馬超《ばちょう》との連合でありましたろう。しかし馬超も、いまは涼州《りょう》に戻っております。とにかく、成都《せいと》の動きは、すぐに報告が入ります。兄上は、なによりも身辺に気をつけられることです」

臆病《おくびょう》な兄は、いまは脅《おど》しておけば済む。この臆病さを衝《つ》いて、いずれ信徒以外の兵の編成も認めさせることができるだろう。

張魯《ちょうろ》の周囲には、張衛が信頼する者を、祭酒《さいしゅ》として三名置いてある。おかしな動きがあれば、すぐに報告が入るはずだった。

しばらく話をして、兄を落ち着かせた。

劉璋《りゅうしょう》の間者《かんじゃ》として入りこんでいた者は、全員首を刎《は》ねた。罪を犯しても、たとえば義舎《ぎしゃ》や道の建設などで償《つぐな》えるのが、五斗《ごと》米道《べいどう》だった。それも、崩れはじめたと言っていいだろう。教祖への反逆は死、という不文律はできあがったのだ。

成都から、衝撃的な報告が入ったのは、冬のはじめだった。

劉璋が、五斗米道討伐のための援兵を、荊州《けい》の劉備《りゅうび》に依頼するというのだ。

報告を受けた瞬間、張衛が思い浮かべたのは、張飛《ちょうひ》の大きな姿だった。かつて、数倍の兵力でぶつかり、たやすく蹴《け》散《ち》らされた。

「間違いないのだな？」

「はい。進言したのは張松《ちょうしょう》と申す者で、使者に立ったのは、法正《ほうせい》です。反対もあり、法正も最初は使者の任をいやがったという話ですが、すでに出発しております」

曹操《そうそう》は、いま長安《ちょうあん》だった。劉備と孫権《そんけん》は、婚姻により同盟を強化している。曹操とてたやすくは動けない。それなら、劉備が兵を出すことも考えられた。

劉璋ではなく、劉備が戦の相手になる。それを考えただけで、張衛は恐怖感に似たものに襲われた。あの張飛の、主君なのである。戦陣の中で、人生を送ってきた男なのだ。

「そうか。もう使者は出発したのか」

報告してくるのは、信徒で作った、間者の組織だった。鮮広《せんこう》から、張衛はそれをそのまま受け継いでいた。

赤壁《せきへき》の戦で、情勢が一変した。劉備が力をつけ、揚《よう》州軍を率いて周瑜《しゅうゆ》が益《えき》州を攻める、という雲行きになった。周瑜の益州攻略はあくまで劉璋を狙《ねら》ったもので、五斗米道は周瑜との連合によって生き残れる、と張衛は判断していた。その周瑜も、死んだ。

周瑜《しゅうゆ》が死んだ分、劉備《りゅうび》の力が大きくなったということなのか。

大変な事態になってきた、という思いがあるだけで、とっさにどういう判断をすればいいかわからなかった。

まず、張魯《ちょうろ》にはこれを伏せておくことにした。益州《えき》攻略ならともかく、五斗米道《ごとべいどう》討伐が出兵の名目になるのだ。

こんな時にこそ、鮮広《せんこう》がいてくれたら、と痛切に思った。

とりあえず、任成《じんせい》と白忠《はくちゅう》を呼び、山中の防備を強化させることにした。落石、落木の仕かけ、罠《わな》、迷路、穴。防塁《ぼうるい》も強化した。山全体が砦《とりで》である。あとは、張魯がいる山を砦にできればと思ったが、それは無理だろう。

「兵力の半分を割《さ》け。残りの軍の主力は、定軍山《ていぐんざん》。南からの人の出入りは、厳しく監視せよ」

それ以上なにをやればいいか、張衛《ちょうえい》には見当がつかなかった。岩山の頂《いただき》に座る日が多くなった。それ以外の時は、山の防備を見て回る。

「張衛殿は、逃げ出したい時に、あの岩山に登るのですか？」

馬綝《ばりん》だった。南鄭《なんてい》の仮義舎に戻ると、馬綝は必ず張衛のところへ一度はやってくる。

「逃げ出したい時か」

呟《つぶや》いた。当たっているかもしれない、と張衛は思った。

2

法正《ほうせい》の船が、到着した。

船が出たことは、すでに応累《おうるい》の手の者から報告されていた。

公式な使者である。劉備は、館《やかた》の大広間で、幕僚《ばくりょう》を並べて、法正を引見した。端正な顔立ちをしているが、眼《め》が暗かった。

能力がありながら、益州で不遇を託《かこ》っている者は多い。その中で、孔明《こうめい》が眼をつけていたのが、張松《ちょうしょう》とこの法正である。あとひとり、孟達《もうたつ》という男もいた。

「五斗米道討伐の援兵か」

それが、幕僚の会議で決定されたことであっても、劉備は行く気がなかった。反逆の証《あかし》になにを持ってきたかによって、孔明《こうめい》と龐統《ほうとう》は決めようと言った。誓書のようなものでも、駄目である。

「劉備《りゅうび》様とわが主《あるじ》は、同姓の劉《りゅう》一族。漢《かん》王室に連《つ》らなる血でございます。益《えき》州の苦難に、必ずや救いの手を差しのべてくださると、君臣一同、お待ちいたしております」

反対は、かなりあった。それも、応累《おうるい》の手の者から報告されている。劉璋《りゅうしょう》は、反対に耳を貸さず、逆に遠ざけてしまう傾向があるようだった。

「かつて、黄巾《こうきん》の叛乱《はんらん》があったが、五斗米道《ごとべいどう》はそれほどか？」

「漢中《かんちゅう》に留《とど》まっている間はまだしも、最近ではしばしば巴西《はせい》にも兵を出してきます」

「よく考えて、明日返事をしよう」

劉璋からの親書を受け取って、会見は終りだった。

「虫のいいやつだ。叛乱鎮定のために兵を出せだと」

法正《ほうせい》が退出すると、関羽《かんう》が吐き出すように言った。

散会したあと、劉備は改めて、関羽、張飛《ちょうひ》、趙雲《ちょううん》の三将軍と、孫乾《そんけん》、麋竺《びじく》の二人の文官を呼んだ。すでに、部屋には孔明《こうめい》と龐統《ほうとう》がいた。

「ひそかに、集まって貰《もら》ったのは、法正の持ってきた話についてだ」

劉備が言い、これまでの経緯を龐統が手短に説明した。

新参の将軍や文官には、すべてが決定してから話せばいい。

「私は、益州を奪《と》らなければならん。曹操《そうそう》が益州を奪れば、天下は決しかねない。しかし私が益州を奪れば、天下は三分されることになる。それから、天下を取ることを考えようと思う」

全員が、しばらく黙っていた。

「五斗米道討伐の名目で益州に兵を入れ、劉璋を討《う》つということですか？」

関羽が言った。

「そういうことだが、法正はこちらに内応してきている者だ。ほかにもいるが、それは事が成った時にわかるだろう」

「信用できるのですか？」

「それは、今夜わかるのだ、関羽。内応の証になるものを、法正は持参しているはずだ。それによって、私と孔明と龐統の三人で、事を決定する。いいな？」

「益州へ行くとなれば、私が先鋒《せんぽう》をつとめましょう」

「いや、おまえたちは、三人とも残るのだ。音に聞えた将軍たちが、揃《そろ》って荊《けい》州に残っている。それによって劉璋は安心するだろうし、曹操は手を出しにくい」

「なるほど」

「とにかく、これだけを、事を決する前におまえたちに伝えておきたかった。孔明《こうめい》も龐統《ほうとう》も、反対したのだがな」

「わかりました」

関羽《かんう》が言った。事前に打ち明けられたことで、関羽の自尊心は傷つかずに済んだらしい。

「殿のおっしゃる通りにいたしましょう。益州《えき》へ行くのが、黄忠《こうちゅう》と魏延《ぎえん》だというのが、いささか気になりますが、荆州《けい》も守らざるを得ませんから」

「文官の働き所は、あるのですか？」

麋竺《びじく》が言い、孫乾《そんけん》が頷《うなず》いた。

「大いにある。これは、制圧戦に似ていると思え。制圧した地域の民政を整えることは、第一になさねばならぬことだ」

全員が納得したようだった。

夜になると、館の一室で、劉備《りゅうび》は孔明や龐統とともに、再度法正《ほうせい》と会った。

「これを、御覧いただけますか」

法正は、包みをひとつ抱えてきていた。それを、そのまま劉備に差し出した。

「これは」

中身を見て、劉備は思わず声を出した。

「益州の地図。城郭《まち》の防備。どこにどれだけの兵力があるか。産業はどうなっているか。益州のすべてが、それに書かれています。益州から、中原《ちゅうげん》や荊州に出る道も」

「確かに、これさえあれば、益州攻略は難しいことではない」

劉備は、孔明と龐統に、包みの中身を渡した。二人は立ちあがり、明りの下で食い入るようにそれを見ていた。龐統が二度、唸《うな》るような声をあげた。

地図は詳細なもので、間道《かんどう》まで書きこんである。こういうものが外部に洩《も》れるというのは、劉璋《りゅうしょう》の陣営がすでに腐りはじめているということだ。

「ただひとつ申しあげておかなければならないことがあります。成都《せいと》近辺の城郭は、かなり堅い守りで、配置もしばしば変ります。これは、わが主《あるじ》の用心深さからきています。ほんとうに用心深いのなら、外側をしっかり守りそうなものですが、精強な軍はすべて成都近辺に集められています。臆病《おくびょう》と申しあげてもよろしいでしょう」

「雒《らく》、綿竹《めんちく》、涪《ふ》と、兵力が大きいようだな」

「長い間、われらの敵は漢中《かんちゅう》の五斗米道《ごとべいどう》だけでしたので」

ひとつひとつについて、法正《ほうせい》に問い質《ただ》す必要はなかった。

「証《あかし》は、確かに受け取った。張松《ちょうしょう》には、そう伝えてくれ」

「これは張松と私、そして孟達《もうたつ》と申す者で集めたものです」

「よくわかった。ただ、五斗米道《ごとべいどう》に対するものが、なにもないが？」

「それは、益州《えき》に入ってからお訊《き》きください。劉璋《りゅうしょう》様が、説明されるでしょう。

そして、孟達か私を、二千か三千の兵とともにつけられると思います。それは、劉《りゅう》備《び》様の兵として扱われればよろしいのです」

「私が調べたところでは、五斗米道軍は六万五千という話だ。武装も充実し、山岳戦にはたけているという」

「それだけ御存知《ごぞんじ》なら、充分でしょう。本気で闘わなければならない相手は、ほかにいるのですから」

「わかった。出兵の時期は、いつごろがいいのだ？」

「ひと月後」

「兵力は三万。指揮は私が執《と》り、この龐統《ほうとう》が軍師、部将として黄忠《こうちゅう》と魏延《ぎえん》を伴う」

「それは、よい御配慮でございます。軍師の諸葛亮《しょかつりょう》殿、そして三将軍。反対意見では、この方々に対する警戒心が、実は最も強かったのです」

「明日、幕僚の前で、救援の決定を伝えよう。再び黄巾《こうきん》の乱の悲劇を生んではならん。私がそう言ったと、劉璋殿には伝えてくれ。おまえと、張松、孟達についての処遇は、益州に入った時には決めておく」

「明日、幕僚会議が終ったら、その足で私は成都《せいと》へ戻ります」

法正が退出していった。

しばらく、三人でなにも言葉は交わさず、手に入ったばかりの地図に眼をやっていた。ここに、間違いなく益州がある。周瑜《しゅうゆ》が夢見、劉備と孔明《こうめい》が、ここから出発するしかない、と思い続けてきた益州である。

「さて、張松、法正、孟達の三人の処遇ですが」

孔明が口を開いた。

「益州を奪《と》ったのちに、三名を処断という方法もありますが、これからはそういうものは下策になっていくでありましょう。領土が大きくなれば、諜略戦《ちょうりゃくせん》の重要性は増してきます。今後も、こういう内応者は必要になってくる、ということです」

「私も、そう思います」

龐統が言う。劉備は、かすかに頷《うなず》いた。内応者を、いままで快く思ったことはない。しかし、孔明が言うこともよくわかる。

「益州《えき》に入るまでに、龐統《ほうとう》に考えておいて貰《もら》おう。世間から見て恥しくはなく、ある程度財もなせるが、力そのものはあまりない。そういう処遇が好ましい」

「考えておきます。いまの三人は、三人とも不遇でしょう。張松《ちょうしょう》の兄など、劉璋《りゅうしょう》のそばで大きな力を持っておりますが、弟の方が器量は上という話です」

「よし、黄忠《こうちゅう》と魏延《ぎえん》を、いまここに呼ぼう。あの二人には、話しておいた方がいい」

龐統が気軽に立ちあがり、劉備《りゅうび》の従者《じゅうしゃ》にそれを伝えに行った。従者も、部屋ひとつ隔てたところに遠ざけてあった。

黄忠と魏延は、一緒に入ってきた。

孔明《こうめい》が、簡単にいまの状態を説明した。益州と聞くと、老いた黄忠の眼が光った。魏延は、じっと眼を伏せて聞き入っている。

「関羽《かんう》殿をはじめとする三将軍は、なぜ行かれないのです、孔明殿」

黄忠が言った。

「荆州《けい》の守備がある。曹操《そうそう》の動きに備えなければならない。しかし、理由はそれだけではない。益州攻略で、新たに加わられた二将軍に対して、功名の機会を与えようという、殿のお気持もある。したがって、軍師も新参の龐統である」

「益州を奪《と》れば、殿は曹操《そうそう》、孫権《そんけん》と並ばれますな。つまり、劉備軍は天下を目指すということですか？」

魏延が、眼をあげて言った。

「いま、目指すと決めたのではない、魏延殿。殿は、出発の時から、天下を目指しておられた。この国の平和を回復し、漢《かん》王室を戴《いただ》いて新しい民のための政事《まつりごと》をなしたいと、ずっと志《こころざ》してこられた。荊州南部を手中にし、いま益州が目前にあるのは、殿が天の秋《とき》を得られたからだ」

「生きていてよかった。この黄忠に、もうひと花咲かせる機会が来るとは」

黄忠が昂《たか》ぶった表情で言った。

「総指揮は、龐統殿ですか？」

魏延の声は、いつもと変らない。この男は、軍師が嫌いなのだろう、と劉備は思った。叩《たた》きあげの将軍なのだ。関羽も張飛《ちょうひ》も、はじめは孔明を必ずしも認めていなかった。

「殿御自身で、出馬される」

「殿が」

「これは、劉備軍の命運を賭《か》けた戦《いくさ》なのだ、魏延殿」

「死力を、尽します」

はじめて、魏延《ぎえん》の顔に朱がさした。

翌日の幕僚会議では、劉備《りゅうび》は法正《ほうせい》に、米賊《べいぞく》（五斗米道《ごとべいどう》）討伐《とうばつ》に兵を出す、と表面上の返事をした。法正は恭《うやうや》しくそれを受け、退出していった。

会議が終った瞬間から、出兵の準備がはじまった。劉備の留守中の防備は、しっかりと固めておかなければならない。

江陵《こうりょう》を撤退しようとしている魯粛《ろしゅく》には、すぐにそこに入れるように、孔明《こうめい》が話しに行った。同時に、魯粛を通して、同盟者である孫権《そんけん》に、出兵を伝えることになる。

長江《ちょうこう》以北は、孫権から借りたということになっているが、樊城《はんじょう》までは曹操《そうそう》が制していて、あまり広くはない。しかし、長江は絶対に死守しなければならない、兵站《へいたん》線だった。江陵を本拠にして、関羽《かんう》と張飛《ちょうひ》が江北《こうほく》を守る。江南《こうなん》は趙雲《ちょううん》で、孔明は公安《こうあん》にいる。

そういう、およそのかたちはできあがっていた。

黄忠《こうちゅう》と魏延は、龐統《ほうとう》と話し合いながら、遠征軍の編成に余念がない。兵站の輸送船も必要だった。劉備軍には、船がない。それは、江陵で孔明が魯粛と話し合い、十艘《そう》でも二十艘でも譲《ゆず》って貰《もら》うことになっている。周瑜《しゅうゆ》に遠慮して、劉備軍は水軍を持たなかったのだ。

やがて、孔明が江陵から戻ってきた。

「劉備軍が江北に入ることを、認めるそうです。撤退の時、曹操に襲《おそ》われかねないと、魯粛は相当気を揉《も》んでいたようです」

「船は？」

「輸送船、およそ百二十艘。これは、譲ってくれるそうです。夷道《いどう》や夷陵《いりょう》の、無人になった砦《とりで》も自由に使うようにと言ってくれました。馬などは、何日も船に乗せておくと、走らなくなります。一旦《いったん》夷陵の牧場《まきば》に運び、毎日駈《か》けさせておいた方がいいでしょう」

「で、江陵の様子は？」

「物資のほとんどは、江夏《こうか》に移し終えています。一万の兵が、所在なげにしているだけです」

孫権《そんけん》は、江夏郡は手放さなかった。それ以上、西に長く領地がのびると、曹操につけこまれると考えたのだろう。益州《えきしゅう》をすぐに攻める気がないなら、賢明な策だった。

「魯粛は、今度の出兵が、五斗米道の討伐ではない、と見抜いているようです」

「であろうな。周瑜公瑾《しゅうゆこうきん》の壮大なる夢でもあった。口惜《くや》しさもあるであろう」

「顔には出しません。人の命の話はしておりましたが」

「とにかく、輸送船は手に入る」

「最初の段階では、劉璋《りゅうしょう》から兵糧《ひょうろう》の補給は受けられます。それまでに、できるかぎり夷陵《いりょう》に蓄《たくわ》えておきましょう」

物資の輸送は、明日からでもはじめたいところだった。

「ところで、奥方様が里帰りをなさるというお話ですが」

「私が益州《えき》に行けば、公安《こうあん》ではなにもやることがない、という理由だ」

「孫権《そんけん》も、すぐに同盟を解消しようとは考えていないと思います」

「しかし、あれはもう公安には戻るまい」

嫁いできた時、懸命に女の喜びを躰《からだ》に仕こんだ。それこそ、必死だったと言ってもいい。どうしても、自分の方に気持を向けさせなければならなかったからだ。そして、劉備《りゅうび》に気持をむけるようになった。

あらゆる方法で、抱いたのだ。しかし、愛情は注いでこなかった。そしてこの一年は、あまり抱くこともしなくなった。劉備にむけた気持が、少しずつ憎悪に変っていったとしても、無理はなかった。

「孫権は、当面、合肥《がっぴ》をなんとかしようとするでしょう。そこが、曹操《そうそう》との勝負どころだと思っているはずです」

「周瑜が死んだ動揺からは立ち直ったか」

「立ち直らざるを得ません。兄の孫策《そんさく》を失った経験も持っています。人間は多分、同じような経験なら二度目が、立ち直りは早いのではないでしょうか」

孫権が、合肥の奪取に活発に動いてくれれば、それだけ曹操は荆州《けい》に力を注げなくなる。こちらとしては、好都合なのだ。

「とにかく、明日から少しずつ、兵を江陵に入れます」

もう、戦ははじまっていた。

そして、実際にぶつかる前の戦の方が、勝敗を大きく左右するものだ。

一礼して、孔明《こうめい》が部屋から出ていった。

3

夏侯淵《かこうえん》に、十万の兵をつけて長安《ちょうあん》に残した。

馬超《ばちょう》が生きているのなら、それは仕方のない備えだった。涼州《りょう》で兵を集めて再度出てきても、充分に打ち払える兵力である。関中《かんちゅう》十部軍は、事実上消えてしまっている。韓遂《かんすい》とは二度と組めぬだろうし、純粋に馬超《ばちょう》軍だけが来ることになるのだ。

同時に、涼《りょう》州への謀略《ちょうりゃく》を開始するために、老齢の程昱《ていいく》を呼び寄せてある。

曹操《そうそう》は、年が明けてから、鄴《ぎょう》に戻った。

暮には、とんでもない情報が飛びこんできた。劉備《りゅうび》が、益《えき》州に兵を出しているというのだ。それも進攻したのではなく、五斗米道《ごとべいどう》討伐のための援兵だという。

報告を聞いた時、曹操は持っていた筆を叩《たた》きつけた。

五斗米道軍に、長い間なにもできなかった劉璋《りゅうしょう》は、やはり暗愚きわまりない男だ。よりによって劉備に援兵を依頼するとは、盗賊を館《やかた》に案内するようなものではないか。

怒りは、すぐに収まった。なにか裏がある。そう思えたのだ。つまり、劉璋の側から、誰《だれ》かが寝返っている。もしかすると劉備と諸葛亮《しょかつりょう》は、周瑜《しゅうゆ》が死ぬ前から謀略戦をはじめていたのではないのか。

劉備が益州を攻めるには、まだ力が不足している。そう思ったのが、油断だった。馬超さえ潰《つぶ》せば、漢中《かんちゅう》を攻め、やがて益州全域も奪える、と安易に考えていた。周瑜が死んで、どこかほっとしてしまったのではないか。曹操は、そう思った。

幕僚《ばくりょう》たちからも、劉備の危険性については耳にしていない。

そんなものだろう、と曹操は思った。

劉備軍が流浪《るろう》している時の方が、むしろ気になった。荊《けい》州の南で、六、七万の勢力として落ち着いてしまうと、かえってどうでもいい存在に思えたのだ。こちらと劉備の間を、周瑜という存在が遮《さえぎ》っていたこともある。

覇業の最後の障害が、あの男になるかもしれない、と曹操は思った。だとすれば、因縁《いんねん》と言うしかない。

黄巾討伐《こうきんとうばつ》戦の時に、義勇兵だったあの男と出会ったのだ。わずかな兵を、巧みに使いこなしていた。あの時から、関羽《かんう》と張飛《ちょうひ》という二人の将軍はいた。みんな、若かった。野心はただ野心で、実現する道がどれなのかさえ、見えてはいなかった。

あのころが、懐かしいような気がする。

いまより、ずっと潔《いさぎよ》く死ねただろう。死んで残すほどの、思いもなかった。劉備も、そうだったに違いない。

劉備には、帝《みかど》という心の支えがあった。自分は、それが甘いと思った。この男は必ず服従させてやる。そうも思った。しかし、帝という支えだけで、劉備はこの戦乱の世を生き抜き、いま荊州の南に加えて、益州まで手にしようとしている。

殺せ、と幕僚たちは何度も勧めてきた。殺さなかったのは、いつか天下を賭《か》けて雌雄《しゆう》を決する時が来る、という予感があったのかもしれない。

鄴《ぎょう》に戻ると、曹操《そうそう》はすべての戦線を、もう一度再検討した。

西の脅威《きょうい》は、夏侯淵《かこうえん》が踏ん張り、程昱《ていいく》の諜略《ちょうりゃく》が成るのを待つしかない。漢中《かんちゅう》から益州《えきしゅう》を奪《と》っていくのは、その脅威が消えてからだ。

荊州《けいしゅう》は、関羽《かんう》が江北《こうほく》にまで出て、こちらの動きに備えている。荊州に残留している劉備《りゅうび》軍は、関羽、張飛《ちょうひ》、趙雲《ちょううん》だった。おまけに、諸葛亮《しょかつりょう》がいる。兵力四万と言っても、これを相手にするには、合肥《がっぴ》の戦線から兵を割《さ》かなければならない。孫権《そんけん》が、狂喜して合肥に攻めこんでくるだろう。

つまり、動きやすいのは、合肥の戦線だった。荊州からの救援は、まず出せない。荊州防衛で、精一杯のはずだ。ならば、対孫権に全力を注いだ方がいい。周瑜《しゅうゆ》を欠いた揚《よう》州軍が、どの程度なのかまだわからない。それを測る、いい機会でもあった。

「合肥だ、夏侯惇《かこうとん》。すぐに準備に入れ」

「関中《かんちゅう》から御帰還なされたら、すぐにまた戦《いくさ》でございますか。丞相《じょうしょう》も、因果な性分をしておられますな」

「こうなったら、全部を相手にしてやろう、という気分だ」

「まあ、合肥であろうとは、私も予想しておりました。それにしても、劉備はうまく益州に入りこんだものです。あの男にも、ようやく運が向いてきた、というところでございますな」

「益州のことは、しばらく頭の隅に追いやっておこう」

「その方が、丞相も落ち着かれましょう。いずれは闘わなければならない相手、と思っているだけでよいと思います」

「よし、合肥だ、夏侯惇」

「いずれ、合肥でございますな」

夏侯惇の言い方に、曹操は庭にむけていた眼《め》を戻した。

「軍が整わぬのか？」

「明日にでも、兵は送れます。しかし、御帰還された丞相が、すぐにまた出撃ということになれば、滞るものも多いのです」

事務については、あまり問題はないだろう。曹操がいなければならないとは、後継の問題を指して言っているのかもしれない。

曹丕《そうひ》を、副丞相《じょうしょう》にしてあった。それは後継には近いが、はっきりと決定したものではない。事実、曹植《そうしょく》は、まだ後継を狙《ねら》った運動を続けている。曹丕《そうひ》は静観だが、水面下でどういう動きをしているかは、わからない。

「曹丕と曹植ならば、もうしばらく競《きそ》わせておけばいい。私が戦場で死んだ場合は、副丞相《じょうしょう》が丞相の任に就《つ》くことになる」

「それだけではありません。たまには、家中をじっくり眺めてみられるのもよろしいかと。許都《きょと》にも、行かれた方が」

「ほう。宮中でなにかあったか？」

「私は、軍の中のことはわかりますが」

自分の眼で確かめろ、とでも夏侯惇《かこうとん》は言っているのか。

「それに、丞相はずいぶんと若い戦を、馬超《ばちょう》となさいました。まるで、西園《せいえん》八校尉《こうい》（近衛《このえ》師団長）であられたころのような」

「そうだな。若い戦をして、若返ったというところがある」

「それは、いい事でもあり、悪いことでもあります。現実に、丞相は齢《よわい》を重ねておられるのですから」

要するに、頭を冷やせとも、夏侯惇は言っているのだった。夏侯惇の言うことだから、聞いてもいいという気分に、曹操《そうそう》はなった。

「夏侯惇は、いくつになった？」

「私も、五十を超えました」

「そうか。もうそんなにか」

「丞相が、馬超との戦で、なにかを取り戻そうとされたことは、私にもよくわかります。しかし、一度だけにしてください」

かすかに、曹操は頷《うなず》いた。馬超との戦は、よく考えれば負けなのである。馬超の首を取れなかったら負けと同様、と闘う前に決めていた。

あの戦も、じっくりと腰を据《す》えれば、別の展開になっていたかもしれない。賈詡《かく》の離間《りかん》の計は、見事に嵌《はま》ったのだ。同じところで、馬超と読み合いをやった。そして、それに関してだけは負けなかった。

夏侯惇が退出すると、曹操はまたひとりで庭に眼をやった。

許都へむかったのは、それから数日後だった。

剣履上殿《けんりじょうでん》が、許された。つまり朝廷内において、公式の場でも小走りをせず、履物《はきもの》を履き、剣を佩《は》いていることも許される。皇家と同じ身分になった、ということだった。

曹操は、喜ぶより、それを許した帝の心底を疑った。どこか阿《おもね》ってきている。なにか下心があるのではないか、とこれまでの帝との関係では考えてしまう。

許都《きよと》の館で、祝宴を開いた。

荀彧《じゆんいく》ひとりが、憂鬱《ゆううつ》そうな表情をしていた。当然ながら、剣履上殿は荀彧の眼には不敬に映っただろう。帝の方から許してきたと言っても、辞退するのが臣下の礼と言い返してくるに違いない。

「冀《き》州十郡をして、魏《ぎ》国とする。そして、私は魏公に昇る。いつかは、そんなふうになりたいものだと思う」

つまり、新しい国家を作る。はじめは冀州十郡だけでも、いずれ漢《かん》という国と入れ替ることもできる。

覇者《はしや》は、帝になるべきだった。しかし、いまはまだ覇道の途上である。魏国も、いつになるかわからない。それでも、曹操《そうそう》は口に出して言ってみた。

一瞬静まり返った宴席から、声があがり、どよめきになった。荀彧ひとりが、顔色を変えている。

その夜、許都の館の居室を、荀彧が訪《おとな》ってきた。

「まさか、本気で言われたわけではありますまいな、丞相《じようしよう》？」

「なんの話だ。魏国の話か？」

「王室になることに、なんの意味があるのですか？」

「なんの意味もない。帝にならぬかぎりは」

ここまで荀彧にはっきり言うのは、はじめてのことだった。

「私は、丞相が天下を治められることは望みます。心底から、望みます。そのために、微力ながら、働いてもきました。しかし、天下を治められるとしても、それは丞相としてです。それで、充分ではありませんか。戦乱を統一し、天下を治める。これに、なんの不満をお持ちなのです？」

「腐った血が、この国の中心としてあっていいわけがない。腐った血を新しい血に入れ替えないかぎり、禍《わざわい》は常に起きるだろう」

「帝の血が、腐っているわけではありません。まわりの者たちの血が、腐っているのです」

「帝の血が腐っていない時は、まわりにも名臣、賢臣がいる。帝の血が腐ってくると、腐った血を持った者たちが、まわりに集まるのだ。いいか、荀彧。その腐った帝の血を、秩序の中心とすることが、国にとってどれほどの意味があるのだ」

「秩序の中心であり続ければ、血は高貴なものとなります」

「何百年も先のことだ。しかも、おまえが高貴になると思っているだけで、実は腐り続けていくかもしれん。その時の民の不幸を、誰《だれ》が負いきれる」

「人が、それほど愚かだと思われますか、丞相《じようしよう》？」

「思いたくないが、思うこともある」

「私は、自分が人なるがゆえに、人を信じたいと思うのです」

「もうよい。これに関しては、どちらが正しいかは誰にも言えぬ。信じたことが正しい、と言うしかないのだ」

荀彧《じゆんいく》とは、いつかはこの問題でぶつかるはずだった。ぶつかり方というものもある。齢甲斐《としがい》もないぶつかり方をした、と曹操《そうそう》は思った。

「鄴《ぎよう》へ戻ったら、私は合肥《がつぴ》へ兵を出さなければならん。久しぶりに、供をせよ」

「はい」

「私の覇道は、終りを迎えているわけではないのだ。これからさらに険しくなる。そんな気もしている」

「丞相は、よくここまで耐えて闘われたと思います」

「おまえがいてくれたから、闘えた。しみじみと、そう思う」

荀彧は、深々と一礼して退出していった。

服従するか、敵か。すべての人間を、その二つに分けてきた。荀彧だけが、どちらでもなかった、という気もする。

鄴《ぎょう》に戻る途中で、益州《えき》の詳しい情勢が五錮《ごこ》の者から伝えられはじめた。

劉備《りゅうび》軍は三万。軍師は龐統《ほうとう》。黄忠《こうちゅう》、魏延《ぎえん》の二将軍が、現場の指揮を執《と》っている。江陵《こうりょう》から軍を進め、白帝城《はくていじょう》に小さな兵站《へいたん》基地を作り、ゆっくりと西に進んで、涪《ふ》に到《いた》った。

そこに劉璋《りゅうしょう》が迎えに出、両者は会見している。法正《ほうせい》、孟達《もうたつ》という二人に、数千の兵をつけて劉備に預けたようだ。劉璋はその後、成都《せいと》へ戻り、劉備は葭萌《かぼう》にまで進んだ。

葭萌は、漢中《かんちゅう》ののど首と言ってもいい。一応は、五斗米道《ごとべいどう》を討《う》つ構えはできている。

劉璋は、劉備軍が五斗米道と闘うと、まだ信じているだろう。益州の懐《ふところ》深くまで、易々《やすやす》と劉備を入れてしまった。これから、劉備は五斗米道と小競合《こぜりあ》いでも演じてみせるのか。それとも、即座に鉾《ほこ》を成都にむけ、進攻をはじめるのか。

どちらにしろ、曹操は見ているしかなかった。馬超《ばちょう》を逃がしてさえいなければ、こんなことにはならなかった。長安《ちょうあん》の十万が、いまはいかにも痛い。

合肥の戦線は張遼《ちょうりょう》が担当していて、八万がつけてある。孫権《そんけん》が、局地戦の認識で、あまり大兵を投入しなかった。というより、周瑜《しゅうゆ》の益《えき》州攻略と、二面作戦だったのだ。しかし、孫権《そんけん》は益州攻略に当てられるべきだった軍を、すべて撤退させた。大兵を投入できる状態になっているのだ。

荊《けい》州に兵を出せば、合肥《がっぴ》の張遼《ちょうりょう》が大軍に押し潰《つぶ》される可能性がある。だから曹操《そうそう》は、合肥しか攻められない。劉備《りゅうび》は、これ以上ないという機会に、これ以上はないというかたちで、益州に入った。諸葛亮《しょかつりょう》の工作なのか、劉備の運なのか。

「夏侯惇《かこうとん》、まず寿春《じゅしゅん》に兵を集めよ。十二万。水上で闘いたくはないが、水軍は必要だ」

「合肥では、決戦になりますか？」

「なるまい。放《ほう》っておけば、合肥が奪《と》られるというだけのことだ」

「わかりました。しかし、孫権は水軍を出してくるでありましょうな」

「周瑜の水軍を、どれほど自分のものにしているかも、この戦でわかる」

鄴《ぎょう》が、動きはじめた。

銅雀台《どうじゃくだい》の居室で、曹操はそれを感じとっていた。鄴にいる時の曹操の多忙は、並みの言葉では言い尽せない。領土全域から、あらゆる報告が入っている。五錮《ごこ》の者も、頻繁《ひんぱん》に姿を現わす。おまけに、各戦線からの注進が入る。どうするべきかは、その場で決める。荀彧《じゅんいく》に判断させるもの、夏侯惇に回すもの。しかし、半分は曹操自身が決める。

涼州《りょう》で、馬超《ばちょう》が暴れはじめていた。しかし、程昱《ていいく》の謀略《ちょうりゃく》も進んでいる。やがて馬超は、涼州の中でもひとつずつ足場を失っていくことになるだろう。そして、夏侯《かこう》淵《えん》とぶつかる。それが、馬超の最期《さいご》だ。

それまで、どれほどの時がかかるのか。合肥の結着はつくのか。劉備は、益州を完全に自分のものにしてしまっているか。

少し暖かくなってから、曹操は許褚《きょちょ》の三千騎だけを連れて、寿春にむかった。かつて袁術《えんじゅつ》が拠《よ》っていた城郭《まち》で、そのころは洛陽《らくよう》を模《も》したきらびやかさがあったようだが、いまは大兵站《へいたん》基地である。

荀彧《じゅんいく》も、先乗りしていた。

兵はすでに寿春を出て、合肥との間で展開している。張遼の軍も合わせて、二十万の大軍である。

くどくなったな。曹操はひとりの時、小さく声に出して呟《つぶや》いた。

この陣容に、夏侯淵の十万を動かせたら、まず荊州はたやすく奪れる。そして揚《よう》州も攻め、益州だけを孤立させられる。

終ったことを、くどくふり返る。

そういうことが、多くなったような気がした。

4

葭萌《かぼう》の城から、劉備《りゅうび》はじっくりと益《えき》州を見回していた。近隣には兵を派遣《はけん》し、農村の慰撫《いぶ》につとめた。あらゆることは、人である。まず、そこからはじまる。農民のひとりであろうと、味方にしておけば、命を救われることもある。

劉璋《りゅうしょう》軍の前線基地は、白水関《はくすいかん》だった。五斗米道《ごとべいどう》の前線である定軍山《ていぐんざん》とは、四百里（約百六十キロ）ほどは離れている。楊懐《ようかい》と高沛《こうはい》という二将が守っていた。兵力は一万。二将はともに、劉備への救援依頼に強く反対していた。益州の中では、強硬派に入る。

法正《ほうせい》を派遣して、軍議のようなことはやらせた。ただ、五斗米道軍が出てくる気配は、いまのところない。したがって、軍議と言っても、切迫したものではなかった。

劉備が動かないのに業《ごう》を煮やしたのか、白水関から強硬に出陣の要請が来たのは、滞陣してひと月以上経《た》ってからだ。速《すみ》やかに、漢中《かんちゅう》に攻め入るよう求めている。

「この劉備、中原《ちゅうげん》から江北《こうほく》を駈《か》け回り、二十年以上も戦《いくさ》を続けてきた。山は危険だと、その経験が教えている。五斗米道軍が漢中を出てくれば、どのようにしても打ち破ってみせよう。しかし、山に攻め入るのは、死にに行くようなものだ。戻って、そう伝えるがよい。楊懐殿か高沛殿が、道案内の先導をしてくださるというのなら別だが」

使者には、そう言った。それから、やり取りをきちんと書いて、成都《せいと》に送ることにした。山がどれほど危険か、劉璋が当然知っていることも、書き加えた。

劉璋との書簡のやり取りで、さらにひと月が過ぎた。山から五斗米道を誘い出す方法を考えているということで、劉璋はいまのところ納得しているようだ。

兵の調練《ちょうれん》と、人民の慰撫は、怠らなかった。あとは、どこで反転するかである。その時は、白水関の二将を、まず討《う》つ必要がある。成都にむかう時に、背後を衝《つ》かれるからだ。

「いや、劉璋というのは、大した男ではありませんな。とても、一州を統治できる能力があるとは思えません」

龐統《ほうとう》が部屋へ来て言った。葭萌《かぼう》の城は粗末で、劉備《りゅうび》は館《やかた》などは持たず、かつて役所があった場所を本営として、そこに居室も作った。

龐統は、劉璋《りゅうしょう》軍の将軍について、詳しく調べていた。

「手強《てごわ》い者を遠ざけ、軟弱な者をまわりに集める。これでは外敵と闘えないどころか、五斗米道《ごとべいどう》にも勝てはしません。平和に浸りすぎたのでしょう」

「そろそろ、反転するか」

「もう少し、待ちましょう。合肥《がっぴ》が、大変なことになっているようです」

「曹操《そうそう》軍、二十万という報告だが」

「曹操は、合肥を攻めるしかないのです。涼《りょう》州で馬超《ばちょう》が活発に動いています。だから漢中《かんちゅう》は攻められません。荊《けい》州を攻めれば、ここぞとばかりに、孫権《そんけん》に合肥を奪《と》られるでしょう。だから合肥に兵力を投入するしかなく、あわよくば孫権を討とうというのでしょう」

「しかし、二十万だ」

「限界の兵力ですな。関羽《かんう》殿が率《ひき》いる劉備軍とは、十万を超える兵力がなければ、闘おうとしないでしょう。やはり、合肥を孫権に奪られます。周瑜《しゅうゆ》軍が戻り、孫権の兵力は大幅に増えていますから」

「張松《ちょうしょう》が成都《せいと》にいる。それも心配だ」

張松は、成都の城内で、内応の勢力を作っているはずである。こういうことは、できるかぎり時間が短い方がいい。時が経てば経つほど、発覚する危険は大きくなる。

「私は、孫権から援兵の依頼が来ると思うのです。同盟があるのですから。それが届けば、軍を返す理由ができます」

張松とは、音信を断っている。連絡の途中が、発覚する危険が一番大きいからだ。張松は別として、劉備には間者《かんじゃ》がはり付いている気配もあった。

さらに、ひと月以上が過ぎた。

孫権から関羽のもとに援兵の依頼があり、それが劉備のもとへ届けられた。

「合肥の戦線は、濡須口《じゅしゅこう》での押し合いのようですな」

「待った甲斐《かい》があったかな。孫権の危機を救うために、一旦《いったん》兵を荊州に返す、と劉璋に書簡を書こう」

「いい顔はしないでしょうが、断ることもできないでしょう。白水関《はくすいかん》にも、一度荊州に帰ることを伝えましょう」

「白水関に、時はかけられぬぞ、龐統」

「手を汚すしかありませんな。私にお任せください」

龐統《ほうとう》がなにを考えているのか、劉備《りゆうび》には見当がついた。なにも言わなかった。これから、益州《えき》を奪《と》ろうというのだ。徳の将軍の顔ばかりはしていられない。

数日後、白水関《はくすいかん》から楊懐《ようかい》と高沛《こうはい》が挨拶《あいさつ》にやってきた。葭萌《かぼう》の城郭《まち》に入ったところで、龐統が問答無用で捕え、首を刎《は》ねた。

別れの宴《うたげ》へ二人を招待したようだが、それも劉備は訊《き》かなかった。黄忠《こうちゆう》と魏延《ぎえん》を呼び、全軍出動を命じただけである。

白水関まで、駈《か》けに駈けた。到着したのは、翌日の午《ひる》である。楊懐と高沛の首を示すと、兵たちはすぐに降伏した。一千を守備に残し、九千は軍に加えた。

益州は広いが、葭萌から成都《せいと》に到《いた》る線が、軍事の要《かなめ》だった。その線に沿って、進軍していく。そこを打ち破っていけば、すなわち益州そのものを打ち破るに等しい。

応累《おうるい》自身が、馬で駈けつけてきたのは、進軍をはじめてすぐだった。

「なに、張松《ちようしよう》が」

「どうも、書簡が発見されたようです。一度益州に入りながら、なにゆえ荊州《けい》に軍を戻すのか、という内容だったようです。続いて捕縛された者が、五人ほどいます」

その五人は、成都攻めの時に、城内から呼応しようとしていた者たちだろう。

「それで、張松は？」

「私が出ようとしていた時、首を刎ねられたという報が入りました。書簡を見つけ、届け出たのは、張松の兄だったという話も」

「なぜ、張松は書簡などを書いたのだ」

「本気にしてしまったのですな、殿が荊州へお帰りになるという話を。頭は切れても、どこか純真なところがあり、それがあの男の弱点でもあったのです」

龐統が言った。

「劉璋《りゅうしょう》は、成都周辺の全軍に、動員をかけております」

「それはいい。まとまって出て来てくれれば、手間が省ける」

龐統が、また言う。

「われらは、四万ほどだぞ。戦で頼りになるのは、その中の三万だ」

かすかに、劉備は龐統に対する腹立ちを感じた。張松のことを気にした時も、まだ待てと言ったのだ。

「とにかく、進もう。応累は、また成都へ戻ってくれ。危険な真似《まね》はするなよ。諜略戦《ちょうりゃくせん》はもういい。これからは、まともな戦をして進んで行く」

龐統《ほうとう》に腹を立てても、仕方のないことだった。自分も、了承したことなのだ、と劉備《りゅうび》は思った。斥候《せっこう》を出しながら、一日進んだ。

前方に三万という報告が入ったのは、翌朝の出発の時だった。どういう旗があがっているかを、龐統はまた斥候を出して調べさせていた。

「難敵ではございません。命令を受けて、漫然と出てきたのでしょうが、野戦の経験は持っていません」

龐統が、数カ月かけて調べたものの中に、敵将の名はあるようだった。

「黄忠《こうちゅう》、小さくかたまって、敵の右翼を衝《つ》け。鶴翼《かくよく》だという。右から崩していく」

「やっと、戦ですな」

黄忠が笑った。魏延《ぎえん》には、一千騎と歩兵一万を率いさせた。正面からの牽制《けんせい》である。

敵が見えてきた。あまり覇気は感じられない軍だ。

「鉦《かね》を打つまで、攻撃はやめるな。殺し尽す戦ではない。崩して、追い散らすだけでいい。いずれは、わが軍に加わってくる者たちだ」

黄忠が頷《うなず》き、駈けていった。

敵の右翼に、黄忠の騎馬隊が襲いかかる。魏延は、同時に正面から牽制《けんせい》をはじめた。全体の動きを封じる、うまい牽制だった。

右翼が崩れはじめる。劉備は、手元に引きつけていた二万の歩兵を、一斉に放《はな》した。

ただ放しても、きちんと三段に分かれて攻撃している。一段目がぶつかり、後方に回ると、二段目が崩す。三段目が畳みかける。攻撃が終ると後方に回り、際限なく攻め続けられるのだ。調練を積んだ兵とは、こんなものだった。攻撃が一巡する間に、敵はもう崩れていた。追い撃ちに討たせる。劉備軍はこわい、と思わせておくことは必要だった。

武器を放り出して、降伏する者の数が多かった。

「解き放ちましょう、殿。こわさは、充分に身に沁《し》みたはずです」

劉備が鉦《かね》を打たせると、龐統が言った。劉備は頷いた。黄忠と魏延は、すでに兵をまとめて進軍できる態勢にしている。

「今後も、こういう戦が続くのかな、龐統?」

「野戦では、劉備軍の敵ではありません。問題は、城に籠《こも》って抵抗した時です」

「兵力が足りないな」

攻城戦は、三倍の兵力が要《い》る、と言われている。しかも、城内では弱兵も臆病者《おくびょうもの》も、原野戦ほどにはそれを晒《さら》さない。

「考えこんでも、仕方がありません。ここは敵地なのです。勝ち進むか、死か。道は二つだけです。劉璋《りゅうしょう》は、わが軍を止めろと命令しているでしょう。籠城《ろうじょう》していれば、やり過ごすことにいたしましょう」

「そうだな。とにかく、進むことだ」

「凄惨《せいさん》な戦は、できるかぎり避けましょう。この土地にわれらも拠《よ》って立つのですから」

「わかっている」

「次々に、敵が現われますぞ。白水関《はくすいかん》から成都《せいと》に到る線に、劉璋は兵力を集中させているのですから。一日に二度は、敵に遭遇すると考えていた方がいいと思います」

龐統《ほうとう》が言い終らないうちに、斥候が駈け戻ってきた。六千の兵。龐統は、伏兵の有無を確認させた。それから、そのまま進んだ。六千は方陣を組んでいたが、劉備《りゅうび》軍が近づくと、闘わずして算を乱しはじめた。そのまま、進んだ。ぶつかることはなかった。

「なぜ、三万と六千が連合していない？」

「命令系統が、しっかりしていないのでしょう。また、こういう時の調練《ちょうれん》も積んでいません」

「こんな敵ばかりか、龐統？」

「気は緩められないことです。涪《ふ》、綿竹《めんちく》、雒《らく》と、次第に手強《てごわ》くなります。益州《えき》にも、勇猛《ゆうもう》な武将がいないわけではないのです。劉璋のまわりに、軟弱な者が揃《そろ》っているということです」

「わかった。あまり兵に無理をさせるな」

「一日百里（約四十キロ）を進もうと思いますが」

単純な計算では、六日で成都に着いてしまう。手強い敵と野戦になったとして、十四、五日。対峙《たいじ》して睨《にら》み合うことになれば、ひと月というところだろう。

「よかろう。劉璋さえ降伏《こうふく》させれば、この戦は終る、と私は思っている」

「そう、うまく行けばいいのですが」

「戦の経験だけを取れば、私の方がおまえよりはるかに多く積んでいる。その私が断言してやろう。そううまく行くはずはない。しかし、うまく行くと思って進むのだ。うまく行かないものは、うまく行かなくなった時に考える。それでよいのだ」

「なるほど。そういうものですか」

「戦だから、無論のこと命を賭《か》ける。しかし、それを大袈裟《おおげさ》に考えすぎると、兵は萎縮《いしゆく》する。なんとかなる、と思っておくことだ。そうすれば、兵も恐怖感など抱かずに、闘うことになる」

「ひとつ、学びました」

「兵は、人間だ、龐統《ほうとう》。幕舎《ばくしや》の奥にいる者は、しばしばそれを忘れる。こうして、ともに進軍するのがいい機会だ。兵は人間だということを、しっかりと感じ取れるようになるがいい」

「わかりました。そう心がけます」

進軍した。

益州《えき》は広い、と劉備《りゆうび》は改めて思った。地平から陽《ひ》が昇り、地平に没する。もっとも、晴れているのはひと時で、ほとんど、空は雲が覆《おお》っている。

地平を目指して駈け続ければ、やがて山に突き当たる。四方ともだ。この広大な平地が、すべて山で守られている。中原《ちゆうげん》の激しい戦の外に、いつもこの国があったのがよくわかる。

「前方五十里（約二十キロ）に、五万」

斥候からの注進が入った。すでに、陣形を組んで待ち構えているらしい。涪《ふ》の近辺まで進んできている。二十里（約八キロ）ほど進んでから、劉備は魏延《ぎえん》を呼んだ。

龐統が、迂回《うかい》作戦を進言してきたのだ。

「二百騎を率いて、敵の背後に回りこめ。突っこんでは退《ひ》くことを、くり返せ。決して深入りはするな」

騎馬は、三千騎揃えている。二百騎というのが、魏延の腑《ふ》に落ちないようだった。

「おまえは、陽動なのだ。騎馬全軍が後方に迂回したと思わせるためには、実数より多く見える、派手で多彩な動きが必要だ。眩惑《げんわく》を第一としてくれ」

「なるほど。それで敵の騎馬は、後方に回ってくるかもしれませんな」

「二百であることを、気取《けど》られるな。細かいやり方は、任せる」

二千八百の騎馬は、十里（約四キロ）手前で魏延が駈け去ってすぐに、その場に埋伏《まいふく》させた。劉備の周囲に、百騎ほどがいるだけである。

「馬をよく乗りこなすようになったものだ、龐統。しかし、今度はぶつかる前に反転する。落馬して、ひとりだけ敵の前に取り残されるなよ」

明らかに緊張しはじめている龐統に、劉備は言った。敵の五万は、方陣を三つ横に並べたような恰好《かっこう》になっている。

魏延は相当大きく回りこんだようで、もう土煙《つちけむり》も見えない。

「そろそろ、敵が見えてくるぞ、龐統《ほうとう》」

「大丈夫です」

「いかに関羽《かんう》に仕こまれたからといって、剣を遣《つか》おうと思うなよ」

龐統が頷いた。敵が見えてきた。かなりの堅陣である。

劉備《りゅうび》は、百騎の騎馬を前面に出し、横一列に並べた。その方が、敵からはいくらか多く見える。作戦そのものは龐統のものだが、いざ実戦となると、劉備の経験がものを言う。

二里（約八百メートル）まで近づいたところで、劉備は陣も組まず、百騎で突っかけた。矢が届くところで、馬を反転させた。二度、それをくり返す。敵の騎馬は三千。斥候の報告通りだ。こちらの騎馬が異常に少ないことも、敵の指揮官は気づいただろう。馬止めの柵《さく》を、すぐに取り除いた。ずっと後方で、土煙があがった。敵の騎馬が、素速くそちらへ回っていく。土煙は大きく、四、五千騎のもののように見えた。

歩兵を前進させた。敵も、歩兵と歩兵のぶつかり合いになる、と読んでいるようだ。矢が届くか届かないか、という距離になった。敵は、すでに矢を放ちはじめている。前衛に楯《たて》を出して、それを防がせた。

太鼓。歩兵が、少しだけ前進する。さらに射られてくる矢が多くなった。劉備軍は、まだ一本も射てはいない。

さらに太鼓。歩兵が、きれいに二つに分かれ、中央をあけた。それから前進し、矢を射はじめる。馬蹄《ばてい》。二つに割れた歩兵の間を、後方に埋伏《まいふく》してあった騎馬が疾《しっ》駆《く》していく。

矢を避けようとだけしていた敵は、騎馬に対する備えがまったくなかった。断ち割るように、騎馬隊が方陣の中に突っこむ。

太鼓を、続けざまに打たせた。歩兵が全軍で突っこんだ。

騎馬隊に方陣を崩されていた敵は、もちこたえることができず、あっという間に潰走《かいそう》をはじめた。騎馬隊を先頭に、追撃がはじまる。

「勝った」

龐統が呟《つぶや》いている。

「野戦では、われらの敵ではない。そう言ったのは、おまえだぞ、龐統」

「しかし、敵は五万でした」

「五万と三万では、大した違いではないのだ。五万規模までの兵なら、私は指揮に自信がある。ずっと寡兵《かへい》で闘ってきたのだ。五万を超えれば、やはり曹操《そうそう》だろうな」

「それにしても、私は頭だけで考えてしまい、戦場ではなにも有効なことを申しあげられません」

「これこそ、馴《な》れだ。三度か四度実戦を経験すれば、大抵の判断はできるようになる。しかし、大事なところで、なにかが抜ける。十年、実戦を重ねるまでは、関羽《かんう》や張飛《ちょうひ》という、戦歴の長い将軍の言うことは、決して無視してはならん」

「心しておきます」

進軍しながら、追撃するという恰好《かっこう》になった。

綿竹《めんちく》でも、六万規模の軍にぶつかった。正面から騎馬隊をぶっつけた。ぶつかってみると、敵が側面や背後を気にしているのが、よくわかった。そういう時は、正面攻撃が効果的なのだ。それほど時をかけず、蹴《け》散《ち》らした。

蹴散らされた敵は、それぞれに自分たちの大将の下で、形勢観望に入る。益《えき》州軍としてのまとまりはなく、豪族が劉璋《りゅうしょう》に命じられていやいや兵を出している、という感じだった。激しい戦に晒《さら》されていない分だけ、古い体質も残っている。

連戦連勝だった。どこかで、手間取るということもなかった。三万だった劉備《りゅうび》軍も、いつの間にか六万を超えている。帰順してきた兵の編成と統率は、孟達《もうたつ》と法正《ほうせい》に任せた。野戦では、あまり役に立たない。いずれ、調練をして、と劉備は考えた。

5

八万の兵で、隴西《ろうせい》に入った。

城を、ひとつずつ叩《たた》き潰《つぶ》していく。関中《かんちゅう》十部軍ではなく、自分の兵なのだ。思う通りに動いた。調練《ちょうれん》を積んだ兵も、五万はいる。

しかし、どこか浮いた軍だ。馬超《ばちょう》は、そう感じていた。敵を、下から押しあげて崩すという感じではない。勢いに乗って上から叩く、という闘い方だ。

腰を据《す》えた戦《いくさ》をしようと思っても、ぶつかり合うとそうなる。

こういう軍を崩すのは難しくない。自分で指揮しながら、馬超はそう思った。

いまは、この軍で闘うしかないのだ。涼《りょう》州にも、曹操《そうそう》の諜略《ちょうりゃく》の手がのびてきて、いままで自分に従うと信じて疑っていなかった者が、城を閉じて出兵を拒否してきたりした。どういう諜略かは、よくわからない。官位で釣ったのか、領地を餌《えさ》にしたのか。

夏侯淵《かこうえん》の軍が十万、長安《ちょうあん》にいる。それを中心にして、雍《よう》州各地で、馬超に対する迎撃態勢はできていた。わずかの間にこれほど変ってしまうのかと思うほど、雍州は変っていた。自分が率《ひき》いている八万以外に、信用できる兵はいない。

やはり、曹操《そうそう》の首を取る機会は、一度だけしかなかった。それを逃がしたからには、涼州《りょう》で再び兵を養いたいところだが、その余裕もなかった。とにかく、謀略で落とされる者が多かったのだ。八万を、かき集めたという感じで、涼州の城をいくつか落とし、雍《よう》州に駈《か》けこんできた。雍州から夏侯淵《かこうえん》を追い払わないかぎり、謀略で落とされる者はあとを絶たないだろう。

謀略がどういうものか、馬超《ばちょう》はよく知らない。軍さえしっかりしていれば、謀略などで崩されることはない、と思っていたのだ。

すべては、潼関《とうかん》で曹操に完敗したためだった。あそこで、もう少しましな闘いをしていれば、謀略で落とされる者も、これほど多くはなかっただろう。

韓遂《かんすい》の裏切りに対する怒りはなかった。あれもまた、曹操の謀略だったのだということが、いまならばよくわかる。

自分が、どこか甘かった。曹操の心の底まで読み切れる、という思いこみがあった。事実、緒戦では読み切れたと思った。しかし、渭水《いすい》の北で全軍でむかい合うと、もう読みきれはしなかった。翻弄《ほんろう》された、と言っていいだろう。

所詮《しょせん》は、荒野の戦しか知らない、ただの荒武者だったのかもしれない。そして、父や弟や一族が殺されたという怒りも、やはり抑えきれていなかったのだ。

長安《ちょうあん》を、攻めるにはどうすればいいか。

夜になると、馬超はいつも幕舎《ばくしゃ》でそればかりを考えていた。このまま遮二無二《しゃにむに》攻め進んでも、周囲は敵ばかりである。そしてこういう軍は、一度負けると浮足立つ。長安をすぐに攻めず、どこかで腰を据《す》え、夏侯淵との対峙《たいじ》に持ちこむ。そういう闘い方に、切り替えた方がいいのかもしれない。雍州の戦がうまく運ばなければ、また涼州に戻り、じっくりと態勢を立て直してもいいのだ。楡中《ゆちゅう》には、妻子もいる。それでも追いつめられれば、敦煌《とんこう》に拠《よ》ればいい。敦煌から西の砂漠の戦なら、曹操軍をいくらでも翻弄してやれる。砂漠の戦で、自分と伍《ご》せる人間などいないはずだ。

そういうことを深く考えるのは、深夜のひと時にかぎられていた。あとは、漠然と明日の戦のことなどを考えている。

倦《う》みはじめていた。いや、倦むというほど、戦を長く続けてはいない。こうして闘うことが、どこかむなしくなっていた。

ひとりだけで、曹操を斬《き》り殺すことができないものか。錦馬超《きんばちょう》という名を捨て、一族の仇《あだ》を討《う》つためだけに、生きることはできないのか。

もともと、ひとりでいるのが好きだった。父を超えようと思って、戦を続けてきか。いまこうして戦を続けているのも、それを引き摺《ず》っているからだけではないのか。

いままで、戦が好きとか嫌いとか、考えたことはなかった。当たり前のこととして、戦はそこにあった。匈奴《きょうど》とも闘った。羌族《きょう》とも闘った。闘わなければ、こちらが殺されたのだ。戦に勝つという快感は、確かにあっただろう。しかし、勝ち続けて領土を拡《ひろ》げ、天下を取ろうなどと考えたことは、一度もない。雍《よう》州の小豪族も、服従させるのではなく、一緒に闘う仲間なのだとだけ思ってきた。錦馬超《きんばちょう》。そう呼ばれることに、喜びを感じたこともない。

「兄上、お話が」

馬岱《ばたい》が幕舎に入ってきた。幕舎も、粗末なものである。その方が軽い。動きやすい。雨露さえしのげれば、それでいいと馬超は思っている。

「冀城《きじょう》を落とせるという者が、ひとりいます」

「どういうことだ？」

「あの城には、抜け穴があるそうです。それはまだ、埋められていないはずだ、と言っています」

「なるほど」

罠《わな》ではないか、と一瞬思った。そう思う自分の心根が、いやしいとも思った。雍州の兵で、馬超に従って涼州に逃げてきた者も少なくないのだ。

冀城を落とせば、腰を据《す》えるのに絶好の場所を得ることになる。長安《ちょうあん》と冀城が、雍州を二分した場合の東西の中心になるのだ。

「詳しく聞こう。連れてこい」

「外に、控えさせてあります」

馬岱が一度外に出て、兵をひとり連れてきた。破れかかった具足《ぐそく》をつけている。しかし、不敵ないい眼《め》をしていた。

「話してみろ」

馬超が言うと、男はしっかりした声で喋《しゃべ》りはじめた。

抜け穴は、南から北にむけて掘られ、城外の丘陵《きゅうりょう》に通じている。ひとりが這《は》って進めるほどの小さな穴で、城内の穀物倉の裏手で石で塞《ふさ》がれているという。その石さえ持ちあげられれば、数十名から百名の侵入は可能だというのだ。

「どうして、おまえはそれを知っている？」

「私が、それを掘る指揮をいたしました」

「ほう、校尉《こうい》（将校）だったのか。誰《だれ》の軍にいた？」

「申しあげなければなりませんか？」

「言いたくなければ、言うな。名を言うこともない」

「私に、潜入させていただけませんか。うまく城門を開き、馬超《ばちょう》様を城内に導けた時、名乗らせていただきます」

「おまえが、ひとりで？」

「はい」

「それはまた、胆《きも》の太い話だ。しかし、ひとりで城門を開けるのか。見つかれば、なぶり殺しだぞ」

「やってみます」

「ひとりでやらせるというわけにはいかん。せめて、十人はつけてやろう。馬岱《ばたい》、石を持ちあげる力を持った兵を、九人選び出せ。躰《からだ》は小さく、力はある方がいい。城門も開けなければならんからな」

「九人、ですか？」

「十人目は、俺《おれ》だ」

「兄上」

「面白い話ではないか。この馬超が、冀城《きじょう》の門を開く。夏侯淵《かこうえん》も、聞いたら驚くであろう。やつらの諜略《ちょうりゃく》には、そんなことで腹癒《はらい》せをしてやりたい」

「総大将です、兄上は」

「俺が死んだら、おまえがやれ。兵は涼州《りょう》に戻し、敦煌《とんこう》に拠《よ》るのだ。あそこなら、敵を砂漠に引きこめるし、西域長史府《せいいきちょうしふ》の力も借りられる。兵は少しずつ、故郷へ帰してやれ」

「負ける、ということですか？」

「俺が死んだらだ。死にはせん」

「まったく、とんでもないことを、兄上は考えられるものだ。こんな男を、連れてくるのではなかった」

「馬超様」

男が言った。

「十人の兵をお貸しいただけるだけで、充分です。どうか、馬超様は城門から突入する兵の指揮をなさってください。抜け穴とて、途中が崩れているかもしれず、必ず行き着けるという保証はありません」

「穴を掘る指揮をした者が、大丈夫だと思っている。だから、馬岱にそう言ったのであろう。途中が崩れていて通れなかったら、おまえの指揮に問題があり、そして私に運がなかった、ということになる」

「そうやって、躰《からだ》を投げ出すようにして、運を試されるのがお好きなのですか？」

「好きというのではない。やってみたい、とふと思っただけだ」

馬超《ばちよう》が笑うと、男も強張《こわば》った笑みを浮かべた。

冀城《きじよう》まで、二日の地点にいた。冀城から長安《ちようあん》までは、真東に八百里（約三百二十キロ）である。夏侯淵《かこうえん》とむかい合うには、絶好の位置だった。

「よし、俺は今夜出発する。その九人も加え、騎馬隊二千だ。おまえは明日、陽《ひ》が高くなってから、全軍を率いて来い、馬岱《ばたい》」

「どういうことです？」

「なにもかも俺に訊《き》かず、自分で考えろ」

「わかりません」

「おまえは？」

男にむかって言った。男は、眼を伏せている。しかし、わかったようだ。

「構わぬ。言ってみろ」

「門を閉じた城は二万でも落とせませんが、開いていれば二千でも落とせます。馬超軍本隊の位置を、敵は摑《つか》んでいるでしょう。つまり馬岱様がゆっくり来られれば、まだ馬超軍は遠いと思いこみ、敵には気の緩《ゆる》みが出ます」

この男は何者なのか、と馬超は改めて思った。しかし、名は訊かなかった。城を落としたら名乗る、と言ったのだ。

「早く九人選べ、馬岱。俺は出発の準備をするぞ」

幕舎を出た。馬岱が慌《あわ》てて追ってくる。

「馬は？」

男にふりむいて、馬超は言った。

「歩兵です」

「俺の馬が二頭ある。一頭を使え」

「歩兵ですから、駈けます」

「それでは、遅れすぎる。別に、おまえを騎兵にしてやる、と言っているのではない。俺に遅れるな、と言っているだけだ」

馬超は、旗本《はたもと》の二百騎を呼んだ。曹操《そうそう》に負ける前は、五百騎の旗本だった。二百は討たれ、百は各部隊の隊長にしてある。

二千騎の準備は、すぐにできた。なにも言わず、馬超は馬に乗り、駈けはじめた。二千騎がついてくる。男も、見事に馬を乗りこなしていた。癖《くせ》のある馬だが、速い。

それが気に入っているのだが、男は馬の癖さえ感じさせなかった。

ひと晩、駈け通し、夜明けに林の中に入って休息した。なぜ、こんなことをやっているのか、とはあまり考えなかった。いまは雑兵《ぞうひょう》でしかないひとりに、命を託してみる。その程度の命。それでも、自分の命だ。危険に晒《さら》されれば、ふやけたものはみんなこぼれ落ちるだろう。

次の夜も、駈け通した。

夜明けには、冀城《きじょう》の前に到着していた。ここにいるのは、韋康《いこう》である。夏侯淵《かこうえん》が軍事を担当し、韋康が民政を担当する、というのが曹操《そうそう》の涼州《りょう》制圧、並びに統治の人事方針なのだろう。冀城をまともに攻めれば、当然夏侯淵の援兵が急行してくる。

騎馬隊を、林に潜《ひそ》ませた。

ためらうことなく、男は馬超以下十名を、小さな丘に連れていった。横穴の入口が、すぐに見つかった。途中まで登り、それから下がっていくという。雨の水が入らないために、そんなことをしたらしい。

「当然、中に明りはありません。火を燃やすと空気が濁り、人がいられない状態になりますから。少し息苦しくても、耐えてください。這ってやっと通れるほどの穴です」

「行け」

馬超《ばちょう》は言った。余計なことは、聞きたくなかった。具足も解き、剣だけを佩《は》いていた。男が頷《うなず》き、穴に潜《もぐ》りこんでいった。次に馬超。後ろからの九人が、ちゃんと入ってきたかどうかは、確かめられなかった。這い登る。

「ここから、下がります」

声だけが聞えた。下がりはじめると、完全な闇《やみ》になった。手で触れたかぎりでは、石の壁が作られ、穴はしっかりしていた。地の中へ、下り続ける。ふっと、快感に似たものに馬超は包まれた。俺には、闇が一番馴染《なじ》みやすい。それも、一切の光が感じられない、完全な闇が。そう思った。地の底。なにを見ることもない、地の底。下りていく。どこまでも下りていきたい、という衝動に似たものがある。

後ろから、荒くなった息遣《いきづか》いが聞えてくるようになった。闇の恐怖に、耐え続けているのだろう。声はかけなかった。

やがて穴は平坦《へいたん》になり、しばらく進み続けると、登りになった。丘から城までの距離は、およそ五里（約二キロ）というところだろう。

時の感覚が、消えていた。

「ここです」

男の声が、闇の中で大きく響いた。そこは少し広くなっているようで、五人が立つことができた。頭上の石は、かなり重たそうだ。

「入れ替れ。後ろの連中に、持ちあげて貰《もら》おう」

闇の中で、ぶつかり合いながら入れ替った。

「いつ、外へ出ますか?」

「すぐに」

「夜でなくてもいいのですね」

男の声は、別のもののように闇の中で響き続けている。

「堂々と行こう。持ちあげろ」

五人が、頭上の石に手をかける気配があった。唸《うな》り声が闇に響いた。光。わずかに射しこんでくる。まるで板のような光だった。

「眼を、馴《な》らしてください。いきなり出ると、なにも見えなくなります」

石の隙間《すきま》が、少し拡《ひろ》げられた。光が溢《あふ》れて、闇がどこかに追いやられた。しばらくして、人が這い出せるほどの隙間ができた。

「誰も、いません」

ひとりが、穴から首だけ出して言う。それから這い出していった。

全員が揃《そろ》っていた。確かに、城内だ。男がしゃがみこみ、指で地面に線を引いた。穴の位置。正門の位置。ここから一里はある。閉めさせなければいいのだ。城壁に登って、昼間なら、城門は開いているだろう。閉めさせなければいいのだ。

合図を出す者がひとり、あとは城門を閉めようとする者を遮《さえぎ》ればいい。

「うまくいきそうだな」

「ここまでは」

男が言った。槍《やり》や戟《げき》はない。具足もない。それぞれが、剣を佩《は》いているだけだ。

馬超《ばちよう》が歩きはじめると、男が付いてきた。残りの九人も、覚悟を決めているようだ。

正門の大通りに出た。軍袍《ぐんぽう》姿のまま、堂々と歩いた。眼をむけてくる者がいるが、ちょっと首を傾《かし》げるだけだった。正門が近づいてきた。守兵は、三十名というところか。城壁の楼台《ろうだい》には、二人いる。みんな外を気にして、内側は見ていなかった。

「合図の布を出してこい」

ひとりが、城壁に駈け登っていく。合図の白い布が城壁から垂れたら、二千騎が突っこんでくることになっていた。

その二千騎を、守兵が敵と気づくまで、しばらく時があるだろう。

馬超は、ただ立っていた。布を垂らした者が、城壁から降りてきた。まだ、誰も布には気づいていないようだ。

「騎馬隊」

楼台から、声があがった。

「夏侯淵《かこうえん》殿の軍か？」

「わかりませんが、急いでいるようです」

「馬超《ばちよう》ではあるまいな、まさか」

「橋を上げて、門を閉じよ。どこの軍かわかるまで、城内に入れてはならん」

馬超は、ちょっと顎《あご》をしゃくった。橋を上げようと駈け出した兵に、九人が襲いかかった。怒声や悲鳴が飛び交った。

「なんだ、どうした？」

隊長らしい男が出てきて、門の方を見た。剣の柄《つか》に手をかける。

「おい」

馬超が言うと、その男はふり返ったが、その時は兜《かぶと》ごと頭蓋《ずがい》が二つになっていた。

「叛乱《はんらん》だ」

楼台から声があがり、激しく鉦《かね》が打ち鳴らされた。馬超は、門のところまでゆっくり歩いた。外には、九人がいる。鉦の音に引き寄せられるように、方々から兵が駈けてきた。四、五十人はいる。戟《げき》で突きかかってきた二人を、馬超は剣を一閃《せん》させただけで斬《き》り倒した。さらに四人。三人を馬超が斬り、一人を男が斬った。おや、と思うほど、男は剣を遣《つか》える。

「なんのための叛乱だ」

「叛乱ではない」

二人。斬りあげ、斬り下ろした。騎馬が、二十騎ほど駈けてきた。そのまま突きかかってくる。馬超は跳躍し、指揮をしていた男の頭を両断した。四人。両手で握った剣を、横に薙《な》ぎ、撥《は》ねあげ、振り降ろした。四人が血を噴《ふ》いて倒れたのは、しばらく経ってからだった。襲おうとしていた者たちが、気を呑《の》まれたように立ち竦《すく》んだ。

馬蹄《ばてい》の響き。すぐ背後まで迫った。

「殿、馬です」

旗本の声。馬超は、そばを駈け抜けようとした馬に、跳び乗った。騎馬が、三十騎ほど駈けてきた。ぶつかる。三人を払い落としていた。その時は、三十騎の中を駈け抜けていた。

役所の建物の前で、馬を止めた。衛兵の二人を斬り倒し、駈けこんだ。部屋に飛びこむと、二人が唖然《あぜん》として馬超《ばちょう》に眼をやった。

「韋康《いこう》はどっちだ？」

「なにをやってる、おまえは」

「俺が、わからんか。馬超孟起《もうき》。この城を貰《もら》いに来た」

立ち竦《すく》んだ二人の首が、宙に舞った。男が入ってきた。首を見降ろしている。

「どっちが韋康か、俺にはわからん」

「こっちです」

「なら、その首を役所の前に置いておけ」

言い捨て、馬超は外へ出た。兵営から駈り出された兵が、城外にむかって逃げている。

「馬超だ、馬超が来たぞ」

叫び声が交錯していた。馬超は、役所の前の道に立っていた。旗本が、すぐに周囲をかためてくる。旗も掲げられていた。

韋康の兵は、大部分が外に追い出されたようだ。降伏した者も、かなりいる。

男が、韋康の首のそばに立っていた。

「城を落としたぞ。そろそろ名乗れ」

「牛志《ぎゅうし》と申します」

「どこにいた？」

「幼いころは烏鼠山《うそざん》で育ち、のちに李堪《りかん》の校尉《こうい》となりました」

李堪は、関中《かんちゅう》十部軍の諸将のひとりだった。六、七年前、一時冀城《きじょう》を本拠とした
ことがある。抜け穴は、その時に掘られたものだろう。

「別に、隠すほどのことではないと思うがな。この間の曹操《そうそう》戦で斬られた李堪の校
尉なら、俺も雑兵《ぞうひょう》にはしておかなかったと思う」

「はい」

「もういい。俺のそばにいろ、牛志」

牛志は、返事をしなかった。馬超は、韋康が使っていた部屋に入った。床に流れ
た血は、まだ洗われていない。牛志は、その血の中で直立していた。

「ここにはいま、俺しかいない。李堪の校尉になれて、なぜ俺の校尉になれん」

「校尉の資格がありません」

「それはなぜだ。李堪を死なせて、自分だけが生き残っているからか？」

「私は、あの戦には加わらず、城を守っておりました。校尉の資格がないとは、ず
っと前から考えていたことです」

「理由を聞かせろ。納得ができたら、おまえをただの雑兵にしておいてやる」

「恥ずべき家系です。父は、牛輔《ぎゅうほ》と申します」

「なんだと？」

名前は、馬超《ばちょう》も聞いたことがあった。董卓《とうたく》の娘を娶《めと》った男だ。とすれば、眼の前にいる男は、董卓の孫ということになる。

「董卓の孫が、なぜ恥ずべきことなのだ。俺は、馬騰《ばとう》の息子だぞ。許都《きょと》で首を刎《は》ねられた、馬騰の息子だ」

「馬騰様と董卓は、違います」

「俺と、馬騰も違う。おまえと、董卓も違う。俺は俺で、おまえはおまえだ」

「しかし」

「俺には、納得できん。だから、おまえを校尉にする。それがいやなら、俺のもとを去れ」

それだけ言い、馬超は牛志《ぎゅうし》に背をむけた。

馬岱《ばたい》が、全軍を率いてやってきたのは、翌日の夕方だった。捕えてあった楊阜《ようふ》という文官を、職に戻した。兵糧《ひょうろう》は大量にあった。武器もかなりある。そういうものを管理するのは、文官の仕事だった。

「これからは、夏侯淵《かこうえん》との戦だ、馬岱。夏侯淵を追いつめれば、必ず曹操《そうそう》が出てくる」

「荊州《けいしゅう》の劉備《りゅうび》や、揚州《ようしゅう》の孫権《そんけん》と、同盟を結んだ方がいいのではありませんか、兄上？」

「同盟も、戦の時だけの連合も、俺から申し出る気はない。そうしたい者が、俺に申し入れればいいだけだ」

「冀城《きじょう》に入ったからといって、雍州《ようしゅう》の半分を奪《と》ったわけではありません。まわりは、敵だらけです」

馬超は、答えなかった。

まともな軍になっていくために、どれほどの時がかかるのだ、ということを考えていた。

6

劉璋《りゅうしょう》が、直属の将軍を出してきた。

綿竹《めんちく》から雒《らく》へむかう途中である。雒さえ落とせば、成都《せいと》に手が届く。しかし、雒の方が成都《せいと》より堅固だ、というのが龐統《ほうとう》の意見だった。

だから、雒城《らくじょう》に籠《こも》らせず、成都にむかって潰走《かいそう》させる。そういう戦《いくさ》が、最上ということになる。

「雒が、それほど堅いとは、私には思えぬがな、龐統」

「法正《ほうせい》が届けてきた城の見取図から考えるかぎり、雒城の方がよくできております。おまけに、成都よりずっと民が少ないのです」

兵糧《ひょうろう》では、攻めにくい。内応者も作りにくい。龐統は、そう言っているのだった。言われてみればそうだ、と劉備《りゅうび》も思わざるを得ない。劉璋《りゅうしょう》としても、成都を攻囲されるより、雒城を囲まれた方が、ずっと気持は楽だろう。その間に、荊《けい》州か揚《よう》州の情勢が変われば、劉備は荊州に戻らなければならなくなる。

眼《め》の前に展開しているのは、劉璋の息子、劉循《りゅうじゅん》を総大将とする七万だった。こちらも数ではそれに近いが、益《えき》州で加わった兵が多かった。三万の劉備軍は、動きの悪い益州兵に合わせなければならなかった。

三日ほど、陣形を組んで対峙《たいじ》した。

勝てる、と劉備は読んだ。しかし、うかつにぶつかって潰走させれば、背後の雒城に逃げこまれてしまう。それで、劉備は攻撃命令をためらっていた。劉循の軍を崩す前に、雒城を奪《と》ってしまう方法はないのか。

考えあぐねていた時、三千ほどの軍が投降してきた。

李厳《りげん》という者だった。

劉璋直属の軍から投降者が出たということで、劉循はあっさりと勝負を諦《あきら》め、雒城に入った。四万ほどで、残りの三万は成都に帰したようだ。

「投降者が出るというのは、喜ばしいことですが、今度ばかりは、皮肉な結果になりましたな」

龐統が言い、劉備は苦笑した。

会ってみると、李厳はなかなかの男だった。成都郊外で逼塞《ひっそく》していたのが、いきなり出兵を命じられ、劉璋に愛想を尽かしたのだった。雒城攻囲の先鋒《せんぽう》を命じたが、劉循が城を堅く守っているので、どうしようもなかった。それでも攻めろと言うのは、死ねと言うことに等しい。

雒城の正門を右手に見る丘に、陣舎が建てられ、本営もそこに置いた。攻囲の前衛は二万で、もとからの劉備軍と益州兵を混成にした。兵糧は涪《ふ》の城に集め、そこから兵站《へいたん》線を繫《つな》げた。

成都には六万ほどいたが、少しずつ散って、四万の兵力になっている。出兵している各豪族の中で、長い滞陣に耐えられない者も少なくないようだ。

「あの四万が、出てきてくれるといいのですが」

雒城攻囲軍《らくじょう》を、成都《せいと》の四万が襲《おそ》う。城内の四万も呼応して出てくれば、劉備軍《りゅうび》は挟み撃たれるという恰好《かっこう》になる。劉備軍にとってはまったく不利な局面だが、劉備も龐統《ほうとう》も、それを待っていた。

平和の中で、実戦の経験を持たない者が、益州軍《えき》には多い。戦陣がすなわち生活だったような劉備軍とは、まるで実力が違った。特に野戦になれば、大人と子供ほどの力の差がある。それを葭萌関《かぼうかん》からの連戦で、劉璋《りゅうしょう》にいやというほど教えてしまったのだろう。

籠城《ろうじょう》なら、充分な準備さえあれば、弱兵でもなんとか持ちこたえることができる。雒城と成都を同時に囲むのは、兵力的に到底無理である。雒城を落として成都、という方法しかなかった。劉璋は、雒城に踏ん張らせるだけ踏ん張らせて、その間に荊州《けい》の情勢が変るのを待とうというのだろう。

曹操《そうそう》は、すでに寿春《じゅしゅん》を出て、濡須口《じゅしゅこう》で孫権《そんけん》軍と睨《にら》み合っているという。水上か陸上か、お互いに違う戦場を望んでいるので、なかなか本格的な衝突にはならないだろう、という孔明《こうめい》からの書簡も届いていた。いまのところ、荊州は静かなのである。

涼州《りよう》では馬超《ばちよう》が力を盛り返し、雍州《よう》に進出して、曹操軍と対峙《たいじ》している。漢中《かんちゆう》の張魯《ちようろ》は、じっと山を守って動かない。

劉備は、荊州から糜竺《びじく》と簡雍《かんよう》を呼んだ。

「まず、われらの手に落ちた城郭《まち》を回って、民心を鎮《しず》め、商売なども活発にやらせろ。益州のすべての民が見ていると思って、遺漏《いろう》なくやってくれ」

落とした城には、一千ほどの劉備軍の兵を残してきてある。それで守兵は充分だと、龐統は判断した。雒城と成都を除けば、いまは形勢観望している者が大部分である。わずかに江州《こう》（重慶《じゆうけい》）が抵抗の構えを見せているが、雒城に援兵を出すほどの余裕はないという。劉璋の号令で各地から出兵していた豪族も、領地に戻っている者が多かった。

糜竺と簡雍は、それぞれ二十名ほどの文官を組織した。半分は、益州の文官である。

出発する前夜、簡雍が劉備の居室を訪《おとな》ってきた。いくらか酒にだらしないところがあるが、親しみやすい人柄である。人が見落としたものを、丁寧《ていねい》に拾いあげて処理するが、それをあまり語ったりもしない。

「荊州を出る前に、孔明と話してきました」

「いつも、話はしているのではないのか？」

「特別な話です」

言って、簡雍《かんよう》は、分厚い書物のようなものを二冊、卓に置いた。

「これは、伊籍《いせき》殿が書かれたものです」

「伊籍は病《やまい》で、しばらく出仕できぬということだったが？」

「はい。病の床で、これを書かれたのであります。大変な気力でありますな」

不意に、簡雍が涙をこぼしはじめた。

「おい、簡雍。また酔っておるのか。これからは、酔っていては仕事にならぬぞ」

「酔えるものなら、酔いたいものです」

「伊籍が、どうかしたのか？」

「亡くなられました」

「なんと。病が急変したか？」

「いいえ。出仕できないと言い出した時から、本人は死ぬのがわかっていたようです。そんなものなのかもしれませんな。私は、時々見舞いに訪れておりました。骨と皮のように痩《や》せてきましたが、決して人に言うなと約束させられましてな。だから、殿にも黙っていました。孔明《こうめい》も、一度だけ見舞いに来たそうです。やはり、人には言わぬと約束させられたのでしょう」

劉備《りゆうび》は、眼を閉じた。箇雍の口から伊籍の名が出るまで、劉備はすっかり忘れていた。病だと告げられてから、多分、一度もその名を思い浮かべなかっただろう。病がひどくなれば、当然知らせが来て、そうなれば見舞いにも行ったはずだ。

「伊籍はなぜ、誰《だれ》にも知らせようとしなかったのだ？」

「伊籍殿には、自分で考えた、この世からの消え方があったのでしょう。それを悪いとは、私も孔明も言えなかったのです。臨終に立会ったのは、孔明と私だけです。見舞いに来た者として、使用人の婦人が憶《おぼ》えていて、知らせてくれました。この書物は、殿のために書かれたものです」

手にとり、開いてみたが、なにが書かれているのか、視界が滲《にじ》んでよくわからなかった。

「一冊は、科《か》（法律）を記したものです。殿が荆州《けい》を治められることを考えて書いたのでしょうが、益州《えき》でも、いやこの国全体の科としても役に立つ、と孔明は感嘆しておりました。これを骨格に、細かい肉付けをすればいいのだそうです」

「もう一冊は？」

「物の値段を克明《こくめい》に調べ、市場をどうすればいいかというようなことが、書かれています。物の値段を一割安くし、商人がいまより一割儲《もう》かる。これが全部できればそういうことだ、と糜竺《びじく》は申しておりました」

「そうか。病の床で、これを」

「伊籍《いせき》殿は、孔明《こうめい》と私に渡したい、と最後に申されました。私は孔明と話し合って、殿にもお届けすることにしたのです」

「わかった」

また、視界が滲んだ。

「今回の益州《えき》の鎮撫《ちんぶ》も、この二冊をもとにしてやろうと考えております」

簡雍《かんよう》が立ちあがると、一礼して退出していった。

その夜、劉備《りゅうび》はその二冊をゆっくりと読んだ。力強い字で書かれている。最後まで、伊籍が気力を失っていないのが、よくわかった。

戦のことだけを考えて、いままで生きてきた。それ以外のことも必要だとは思いながら、とにかく生き延びることが第一だったのだ。だから、伊籍の書いたものを読んでも、劉備には理解できないことが多かった。理解できない自分を恥じながら、劉備は朝までかかってそれを読み終えた。

改めて、劉備が伊籍の葬儀を出す、というのはやめた。自分のやり方で消えていく。それも男だ。そして伊籍は、消えながら、決して消えないものを劉備の心に残した。

益州は、陽《ひ》が出る日が少ないという話だったが、ほんとうに曇《くも》った日が多かった。益州に入って、陽を見たのは数えるほどだ。

龐統《ほうとう》が、一万の部隊を編成した。劉備軍と益州兵の、半々の混成である。

「これで、成都《せいと》からいくらか離れた地域の鎮圧を行おうと思います。少々の抵抗はあるでしょう。それは、いい調練《ちょうれん》になると思います。一万が戻ったら、また別の一万。そして指揮も、黄忠《こうちゅう》殿と魏延《ぎえん》殿が交互に執《と》る。李厳《りげん》が、将軍として充分に役に立ちそうなので、それができます」

「鎮圧か」

「いまは、漢中《かんちゅう》の五斗《ごと》米道《べいどう》が静かです。理由はよくわかりませんが、劉備軍を警戒しているとも思えます。いつ出てくるかは、知れたものではありません。やれることは、すべてやっておきたいのです」

「任せよう、龐統」

「私は、殿のおそばにおります」

龐統が、なにか焦っているような気がした。雒城《らくじょう》の攻囲は、いつ終るのか見当もつかない。力攻めで落とすほどの兵力の余裕が、劉備《りゅうび》軍にはない。見通しが立たないことに、龐統《ほうとう》は軍師としての責任を感じているのかもしれなかった。

孔明《こうめい》ならば、どうするか。龐統には言わず、劉備はひとりでよくそれを考えた。孔明がいないのでわかりようもないが、あの男ならば、なにか方策を考え出すような気もする。あるいは、じっくりと囲んで、相手が力尽きるのを待つのが、最上の方法だと言うかもしれない。

孔明と龐統。臥竜《がりよう》と鳳雛《ほうすう》と司馬徽《しばき》に呼ばれた二人だが、親しく接していると、軍師としてのありようが、まるで違うのだということがわかる。

孔明は、いつも明解だった。決断が速く、迷うことをあまりしない。ひらめきの男、と言ってもいい。まずひらめきがあり、それをさまざまな角度から分析し、熟考する。

龐統は、はじめから悩む。悩んで悩み抜き、人が考えつかないようなところに、到達する。そこには、大きな間違いはない。

こんなふうに違うからこそ、二人は気が合うのかもしれなかった。つまり、お互いの欠けたところを、補完し合うのだ。

劉備と関羽《かんう》と張飛《ちょうひ》の間も、出会った時からそういう関係だった。お互いに足りないところを補う。そして、自分の役割をはっきり決めてしまう。それが、うまくいった。乱世をここまで生き延びてきたのも、そうやって補い合ったからだ。まさに、三人でひとりだった。だから誰にも、曹操《そうそう》にさえも、完全に負けてはしまわなかった。

「急ぐなよ、龐統。いまの状態で、大勢が決したとは言えん。だからこそ、急ぐべきではないのだ」

大勢が決したと見たなら、益州《えき》の豪族はこぞって劉備のもとに集まるはずだ。それがないということは、まだ逆転があり得ると思っている者が多いのだ。

こういう時に急げば、必ず陥穽《かんせい》がある。そこに落ちることが、逆転される契機になったりもする。

「攻城戦に時がかかるのは、仕方がないと思っています。しかしその間に、できることはやっておこうと思うのです。成都《せいと》を落とした時は、もう鎮定戦など必要なく、益州が殿の国になっているように、したいと思います」

「おまえの気持は、よくわかる。だから、一万の編成も許そう。ただ、決して急がぬと、自分に言い聞かせることを、いつも忘れないでくれ」

「わかりました」

劉備《りゅうび》が、攻囲の陣を見て回るのは、一日に一度である。荊州《けい》とは気候からして違う。兵の病には気を配った。

城内からの夜襲への備え。哨戒《しょうかい》。そんなものは、大きく変えることはしない。

しばらくは、ここで腰を据《す》える。その覚悟はしていた。いままでの人生で、自分が待ち続けた時と較《くら》べると、待つというほどのことでもなかった。

新しき道

1

　寿春《じゅしゅん》を発し、濡須口《じゅしゅこう》に到着して、すでにひと月近くが経《た》った。

　揚《よう》州軍は、十三万である。大軍の対峙《たいじ》になった。どちらも、自領に兵站《へいたん》線を引いているので、兵糧《ひょうろう》が欠乏するということはない。

　睨《にら》み合いと、小競《こぜ》り合いの日々だった。

　孫権《そんけん》は、さかんに水戦を誘ってくる。船の動きを見ているかぎり、周瑜《しゅうゆ》の水軍を無難に使いこなしていることはわかった。曹操《そうそう》は、陸戦に引きこもうとした。水上だけで、勝敗を決したくはない。

　孫権は、まず水上で叩《たた》いてから、という構えを崩さなかった。周瑜がいなければなにもできない若造《わかぞう》、などとは言えない武将ぶりだった。

苛立《いらだ》ちはない。合肥《がっぴ》の争奪は、一度や二度の戦《いくさ》で、結着がつくとは思っていなかった。こうやって大軍で対峙《たいじ》しながら、いつか機が熟してくるのだ。それまでに、自分はもっと大きな力を持っていることになるのか。それとも、衰えるのか。

二度、全戦線での押し合いになった。水上にいる七万の水軍が気になり、曹操《そうそう》は最後のひと押しをしなかった。孫権《そんけん》も、こちらの兵力を警戒したようだ。

ふた月が過ぎたころ、許都《きよと》で動きがあった。廷臣の間から、曹操を魏《ぎ》公に上げようという話が持ちあがったのだ。どうでもいいことだ、と曹操は思った。そのうち、魏王にまで上げてくるかもしれない。その上は、もう帝《みかど》しかないのだ。

この国を統一したら、帝になる。それが覇者《はしゃ》の権利でもあり、義務でもある。曹操は、そのことにだけは関心を持っていた。それまでの帝は、廃さなければならない。それも当然のことだろう。この国の争乱を、帝は平定したわけでもなんでもないのだ。むしろ、争乱の質を複雑にすることに、腐心していたとしか思えない。

魏公に上げるので、許都に帰還せよ、という勅命が届いた。放《ほう》っておいた。こちらは、戦の最中なのだ。戦が終った時に、くれるというものは貰《もら》ってやればいい。

それよりも、気になることが起きた。

曹操軍の右翼に位置していた曹洪《そうこう》が、夜襲を受けて、一千ほどの兵を失ったのだ。

大きな騒ぎにはならず、明け方、兵たちが気づいたら一千が倒れていた、ということだった。尋常な夜襲ではない。

「私が合肥《がっぴ》の戦線に入ってから、一度もこんなことはありませんでした」

報告を受けた張遼《ちょうりょう》も、顔色を変えていた。犠牲としては、大した数ではない。誰も気づかなかったというのが、異常なのだ。どこか不気味な感じも漂う。

「致死《ちし》軍だと」

調査を命じた五錮《ごこ》の者が、数日して戻ってきた。

「程普《ていふ》が育てたとされていますが、もともとは周瑜《しゅうゆ》軍に加えられるはずだった、山《さん》越《えつ》族の部隊です。三千ほどで、山岳戦では異常な力を発揮するようですが、まともな戦で働けるとは思えません」

益《えき》州攻略のために、山岳戦にたけた部隊を周瑜が作ったというのは、考えられることだった。正規軍のぶつかり合いにはむかないとしても、夜襲などでもひそやかで迅速な動きをするのだろう。

「路恂《ろじゅん》という男が、率《ひき》いています。船上で周瑜を看取《みと》ったのも、路恂だと言われています」

「山越族か」

「孫権《そんけん》は、致死《ちし》軍の実力を測るために、試みに投入してみたという話でした」

「致死軍とは、すさまじい名をつけたものだ。それで、その致死軍は、いまどこだ？」

「それが、いくら探っても、その所在が摑《つか》めません」

致死軍に対する策は講じておくべきだろう、と曹操《そうそう》は思った。自分だったら、致死軍をどう使うか。さしあたって、益《えき》州の山岳戦はない。ならば夜襲、後方攪乱《かくらん》、暗殺。

不意に、曹操はひとつの不安に襲われ、張遼《ちょうりょう》を呼んだ。

「兵站《へいたん》を切られると、面倒なことになる。糧道《りょうどう》の警戒に一万ほどを割《さ》け。輸送は明るい間だけ。夜間は慎む。それを徹底させよ」

寿春《じゅしゅん》までの糧道を確保したとしても、寿春そのものにも不安があった。五錮《ごこ》の者を、百名ほど埋伏《まいふく》しておくことにした。五錮の者は、どこにでもいる民の恰好《かっこう》で、人の中に潜《ひそ》む。寿春に致死軍が入ったら、真先《まっさき》に見つけるはずだ。

「寿春には、荀彧《じゅんいく》もいる。それとなく、警固をしてやれ」

荀彧は、寿春までは従軍してきたものの、そこで病《やまい》を発した。軍営ではなく、館《やかた》のひとつで養生しているはずだった。つまり、丸裸の状態なのだ。

そういう指示が済むと、曹操は夜襲に対する備えを命じた。細い紐《ひも》を張りめぐらし、音の出るものをぶらさげておく。犬も放《はな》つ。湿地帯が多いので、濡《ぬ》れずに歩ける場所には、必ず歩哨《ほしょう》を数人立たせる。

しかし、それ以後、致死軍の動きらしいものはなかった。

孫権が、船隊を出して、一度陽動をかけてきただけである。お互いに、闘いあぐねた。そうしながら、測るものは測った。

益州では、劉備《りゅうび》が成都の目前まで連戦連勝で進み、いま一歩手前の、雒城《らくじょう》を囲んでいるのだという。益州に行ったのが、劉備でよかったのかもしれない、と曹操は思った。劉備と孫権ならば、その間を裂くことは難しくない。事実、同盟の象徴のようにして劉備が娶《めと》った孫権の妹は、里帰りしたままの状態なのだ。

益州を周瑜《しゅうゆ》が奪っていたとしたら、孫権との仲を裂くのは至難だろう。まさに、天下二分の形勢になったはずだ。

涼《りょう》州の馬超《ばちょう》は、さすがに立ち直り、雍《よう》州に進んで、夏侯淵《かこうえん》と対峙《たいじ》している。馬超が雍州にいれば、程昱《ていいく》の諜略《ちょうりゃく》はずっとやりやすくなるはずだ。

朝廷からは、許都《きょと》に帰還するようにという命令が、また届いた。魏《ぎ》公に任ずるため、とはっきり書かれている。なにかをたくらんでいるのか、それともただ阿《おも》っているだけなのか。

そろそろ、お互いに兵を退く時期なのかもしれない。張遼《ちようりよう》の本営を寿春《じゆしゆん》に置かせ、合肥《がつぴ》を前線とする。濡須口《じゆしゆこう》からは、撤退してしまう。つまり、元のままに戻るということだ。

濡須口まで攻められたことで、孫権《そんけん》はかなりの危機感を持っただろう。濡須口から長江《ちようこう》を下れば、建業《けんぎよう》までわずかなのである。危機感を強めた孫権は、また必ず合肥を攻めようとする。そうやって戦に何度か誘いこめば、討《う》つ機会も多くなるのだ。

衝撃的な報告が入った。曹操《そうそう》は、立ち尽したまま、しばらく言葉を出せなかった。

荀彧《じゆんいく》が、毒を呷《あお》って死んだのである。

なぜ、と考え、すぐに思い当たった。五錮《ごこ》の者に、身辺の警固を命じた。荀彧は、それを曹操の監視だと受け取ったのだろう。

軽率なことをしたのかもしれない。自分も、荀彧もだ。軽率というより、なにかが通じ合わなくなっていた。いまになって、痛いほどそれを感じる。

曹操を魏《ぎ》公に、という朝廷の決定は、当然荀彧も知っていたはずだ。いままでなら、前線まで具足もつけずにやってきて、辞退すべしと言い募《つの》っただろう。曹操も、辞退したかもしれない。

しかし、そういうやり取りをするには、もうお互いの肚《はら》の内を見せすぎていた。話し合いをしても解決しないと思った時、荀彧は考えこんだだろう。そこに、監視とも思えるような、五錮の者の警固だったのである。

荀彧としては、当然の選択だったはずだ。投獄の恥辱など、荀彧の誇りが許すはずもない。殺すべくして、自分は荀彧を殺したのだ、と曹操は思った。

服従か死か。そういう、曹操の人に対する接し方を、最もよく知っていたのは、荀彧だった。

それでもなお、なぜという思いがこみあげてくる。

若いころから、一緒に闘った。曹操の闘いがなんのためか、誰よりもよく理解していた。ただ、帝に対する考え方が、根もとのところで違っていただけだ。

青《せい》州黄巾《こうきん》軍と闘った時、講和の使者に立ったのが、荀彧だった。数カ月、講和の交渉を続け、戻ってきた時は、はっとするほど髪に白いものが増えていた。

袁紹《えんしょう》からは属軍扱いしかされなかった自分が、一躍、覇権《はけん》の争いに加わることになったのは、あの時の講和があってこそだった。はじめから、荀彧は曹操に天下を取らせるつもりだった。それを目的にすべての戦略を組み立て、時には自ら手を汚しさえした。

なぜ、毒を仰いだのか。一度だけでも、自分と話し合うべきだとは思わなかったのか。

恐るべき男だった。いつも、曹操《そうそう》の先を読んでいた。そういう男がそばにいるというだけで、曹操はいつも緊張していた。

二千戸の食邑《しょくゆう》(扶持《ふち》)を与えても、喜びもしなかった。そういうものとは無縁のところで、荀彧《じゅんいく》は生き、闘っていた。

一睡もせず、朝を迎えた。

それでも曹操は、陣舎《じんしゃ》の居室から一歩も出なかった。荀彧の屍体《したい》というのが、どうしても思い浮かばない。

服従か死か。それとは違う思いで接していたのが、荀彧ただひとりだった、という気もしてくる。

従者が朝食を運んできたが、すぐに下げさせた。

陣舎の外では、動きはじめた兵の気配がある。晴れた日のようだ。明るい光が、かえってなにもかもを白々しく感じさせる。

曹操は、眼《め》を閉じた。

荀彧は、どういう思いで自らの命を断ったのか。怒りか、絶望か、諦念《ていねん》か、曹操に対する抗議か、それともまるで別の、支えきれないほどの人生のむなしさに襲《おそ》われたのか。

将兵を、多く死なせてきた。死については、心を動かさない。それはほとんど、習慣のようになっていた、と言ってもいい。荀彧の死だけが、なぜか心に重く沈澱《ちんでん》し、うごめき、このままでは遠い死者の群れに入ることは決してない、という気がするほどだった。

服従か、死か。自分はそうやって荀彧に接し、荀彧は最後に死の方を選んでしまった、と頭では考えても、気持になにか残っている。

裏切られた。そんな思いと似ていることに、曹操はふと気づいた。敵に寝返ったというような小さなことでなく、もっと深いところで、荀彧は自分を裏切った。復《ふく》讐《しゅう》もできなければ、裏切られた傷を癒《いや》すこともできない。

曹操は、頭を振った。自分はまだ生きるのだ。なんの理由もないが、そう思い続けた。

午後になって、張遼《ちょうりょう》を呼んだ。

「そろそろ、兵を退こうと思う。その準備をいたせ」

「いつなりと」

「撤退の準備をしていたのか？」

「前へ行くのも、後ろに退《さ》がるのも、思いのままでございます、丞相《じようしよう》」

「ふむ、そうか」

「私は、合肥《がっぴ》の戦線に留《とど》まった方がよろしいのですな」

「そうしてくれ。これからまだ長い。腰を据《す》えて、孫権《そんけん》を締《し》めあげてやれ」

こちらが退けば、孫権も退く。自分に正面から挑《いど》みかかってくる力は、孫権にはない。

決めると、すぐに動いた。

翌早朝、曹操《そうそう》は許褚《きよちよ》の騎馬隊だけを率《ひき》い、駈《か》けた。寿春《じゆしゆん》は素通りし、七日目には許都《きよと》に入り、十二日目に鄴《ぎよう》に到着した。

魏《ぎ》国を作り、魏公となる。まだ、朝廷には面倒な手続きが必要なようだった。荀攸《じゆんゆう》を、荀彧《じゆんいく》の後任として、尚書令《しようしよれい》（官房長官）に就け、すべての政務を見させることにした。朝廷とのやり取りも、荀攸がやる。同じ一門の荀彧と較《くら》べて、すべての点で一段劣るが、それでも文官では最高の人材であり、帝に対する思想も荀彧ほどの強靭《きようじん》なものではなかった。

「私を、魏公にあげる。それで、私を満足させようというのだろうと思う。私が不満だったら、いずれ魏王にさえあげかねない」

「そうなれば、帝の次に位するということになりますが、丞相」

「構わぬではないか。私が望んでさせていることでもない」

「はい」

「荀彧の轍《てつ》は踏むなよ、荀攸」

荀攸の表情が強張《こわば》った。

荀彧は、五十歳だった。荀攸は五十六歳で、曹操はふたつ上の五十八歳である。

「司馬懿《しばい》を使ってみるがよい。おまえが、使いこなせればだが」

「曹丕《そうひ》様のおそばにおりますが」

「丕からは、離そう」

曹丕が、ひとりでどれほどのことができるか。荀彧を相手にだったら、そこまで曹操は語っただろう。

退がれと、言葉では言わず、手を振って荀攸に伝えた。

多忙な日が続いた。朝廷の手続きというのは、無駄なものが多い。無駄で権威をつけようとしてきたから、帝の血が腐るのだ、と曹操は思った。

雍《よう》州では、馬超《ばちょう》が暴れていた。夏侯淵《かこうえん》と正面からぶつかってはいないが、連戦して、連勝である。ただ、もうすぐ諜略《ちょうりゃく》が完成する、という程昱《ていいく》からの報告は来ていた。

劉備《りゅうび》はまだ、雒城《らくじょう》を落とせずにいた。雒城を落としても、成都《せいと》がある。あと一年や二年はかかるかもしれない。ただ、益《えき》州内の鎮撫《ちんぶ》はかなり進み、地域によっては民政もはじまっているようだった。

建安《けんあん》十八年（二一三年）、五月二十二日、曹操《そうそう》は魏《ぎ》公に昇った。

2

冀城《きじょう》近辺は、すべて平定した。といっても、雍《よう》州のごく一部にすぎない。長安《ちょうあん》の夏侯淵《かこうえん》は、年が変ってから、じりじりと押してきている。全軍で対決するという戦《いくさ》ではなかったので、馬超《ばちょう》も闘いあぐねた。駈《か》けつけると、退《ひ》く。敵が退いても、そこを維持するだけの兵力が、馬超にはなかった。冀城に引き揚げると、また夏侯淵がじりじりと押してくる。そのくり返しだった。

戦で勝っても、広い地域を確保できないというのは、かつての関中《かんちゅう》十部軍の諸将のように、曹操の強権に反撥《はんぱつ》する者がいなくなっているからだった。むしろ、顔は曹操の方にむいている。強い力の下で、領地を守って貰《もら》った方がいいなどと、女のようなことを考える者は、関中十部軍にはいなかった。

曹操は、巧みに豪族たちを操っている、と馬超は思った。これだけ勝っても、豪族は冀城に集まってはこないのだ。砂の上で、砂を積みあげて、なにかかたちを作ろうとしている、というような気分になってくる。

馬岱《ばたい》と牛志《ぎゅうし》に、二万ずつ任せてあった。それと馬超の三隊で、交互に戦に出る。時には、二カ所に同時に出兵することもある。

「これは、諜略戦《ちょうりゃくせん》に負けている、としか思えません、馬超様」

「間者《かんじゃ》が、なにかをしているということか、牛志」

「もっと大規模な諜略でしょう。反馬超でいれば、その場の戦では負けても、結局は得なのだと、豪族は思いこまされています」

「間者に、そんなことができるかな？」

「間者ではないでしょう。多分、曹操の保証があるのです」

「そういうことか」

「下手《へた》をすると、涼州《りょう》にも手をのばされているかもしれません、馬超様」

「牛志、俺《おれ》は、そういう諜略は好きではない。好きではないということは、大将の資格に欠けるのかもしれん。誰《だれ》かに、代りにやらせるというのも、いやなのだ」

「馬超《ばちよう》様らしい、と私は思います」

「曹操《そうそう》が、どれほどの規模で謀略をかけてこようとも、俺は剣一本でいい。だから、この戦には疑問を感じはじめている。七万もの大部隊を、動かしていいのだろうか。兵たちに、なにかしてやれるのだろうか。それを考える」

「剣一本で、曹操と闘われますか？」

「それは、できると思う。無論、軍勢に剣一本でむかっていくわけではない。曹操も、いつか油断する。何年かけようとその機会を待ち、曹操を斬《き》る。そうした方がいいのではないかと、何度も考えた」

「馬岱《ばたい》殿の御意見は？」

「あいつには、意見はない。俺に付いてきているだけだ。兵を故郷に帰すというと、あいつは泣くだろう。そして、どうすればいいのかわからなくなる」

「将兵の中には、馬岱殿と同じ思いを抱いた者が、かなりの数おります」

「そうだな。俺も、そう思っている」

「仕方がないのです。馬超様は、頂点に立ってこられた。頂点に立った人間は、勝手にそこから降りることは許されません」

「おまえが雑兵《ぞうひょう》に甘んじようと思ったのも、そのためか」

「はっきりと言葉にはできなくても、あったと思います。頂点に立ってはならぬ血を受けているとも」

牛志《ぎゅうし》は、いつも穏やかなもの言いをする。そして、兵たちに慕われはじめてもいた。公平なのがいい。好き嫌いを、表情にも出さない。そのあたりが、馬岱とは違うところだった。

冀城《きじょう》周辺は、民政もうまくいっている。韋康《いこう》が残した、楊阜《ようふ》と梁寛《りょうかん》という二人の文官が、有能なのだ。ただ、楊阜は、仕方なくやっているという感じがある。梁寛の方は、馬超軍の整備にも熱心だった。梁寛の働きで、物資も周辺から集まってきている。

ある時から、兵たちには略奪を許した。時を決めてである。どうせ確保できない城郭《まち》なら、と馬超も考えはじめたのだ。それがいっそう、豪族が馬超に背をむける傾向を強くしている。

どこかで、夏侯淵《かこうえん》を破るしかない、と馬超は思った。完膚《かんぷ》なきまでに破り、できれば夏侯淵の首も取り、曹操軍を雍州《よう》から追い出してしまう。

その時はじめて、豪族たちはみんな、曹操の保証がなんの意味もなかったことを知るだろう。

妻子は、楡中《ゆちゆう》の館《やかた》に残していた。

雍《よう》州にいるよりは、ずっと安全だろうと思えたのだ。いまも、冀城《きじよう》に来たいという書簡を送ってくるが、馬超《ばちよう》は許さなかった。呼ぶなら、夏侯淵《かこうえん》を追い払ってからである。

本営に、梁寛《りようかん》が駈けこんできた。顔が蒼《あお》ざめ、表情が強張《こわば》っている。

「楊阜《ようふ》が、三十名ほどの文官を連れて、出奔《しゆつぽん》いたしました。昨夜です」

「城門は？」

「開けさせたようです。夜明けから、農村を回らなければならない仕事があると言って。偽造ですが、馬超様の許可状も持っていたようです」

夜間の城の出入りなど、かなり厳重に規制していた。ただ、許可状の発行などを、楊阜や梁寛に任せてしまっていたのだ。

「文官たちだったこともあり、守兵もそれほど厳しく訊問《じんもん》はしなかったのでしょう」

「しかし、なぜ？」

「私と、対立していました。まず、兵糧倉《ひようろうぐら》の管理方法です。兵糧を売り、それを文官の扶持《ふち》に当てる、という方法を楊阜は取りたがっていました。値の交渉で、儲《もう》けられる余地があるからです。私は、兵糧を支給し、それを各自が売ればいい、と考えていました。そのあたりから対立して、さまざまなことでぶつかるようになったのです。楊阜は私の上役でありましたし、私の方が従うのが当然だとは思うのですが、軍のことをどうしても先に考えてしまいます」

「儲からぬと、見切りをつけたわけか。まるで、商人だな」

「牛志《ぎゅうし》殿が兵を出してくださり、追わせていますが」

「ならば、報告が入るだろう」

「私の責任でもあります、馬超様。楊阜とそういう対立があると、申しあげておくべきでした」

「文官同士で問題を解決しようとした気持も、わからぬではない。気にするな」

本営に、馬岱《ばたい》や牛志もやってきた。追手には、四百騎出してある。方向がわからないので、四方に散ったはずだ。

夕刻、ようやく十騎が報告に戻ってきた。

楊阜ほか三十名は、東の上邦《じょうほう》の城郭《まち》に入ったという。上邦は、馬超の勢力圏だが、一万ほどの兵が馬超軍に加わることはなかった。兵糧を届けてきているだけである。

「城門を閉ざし、いくら交渉しても開けません。それでもと近づくと、矢を射かけてきます」

「曹操《そうそう》方につく気か」

このまま放置するのは、まずい。裏切りを認めることになるのだ。一度それを許せば、兵糧を出しているだけの城郭《まち》は、次々に掌《てのひら》を返すだろう。

「全軍だ、馬岱《ばたい》。全軍で出動して、ひと揉《も》みに揉み潰《つぶ》す。これを許すと、われらの足場があっという間に崩れるぞ」

「わかります。しかし、ここの守兵は？」

「五千もいれば、充分であろう。梁寛《りようかん》が指揮すればいい。とにかく、なにがあっても門を閉じていればいいのだ」

「攻囲に時がかかるようだと、それもまずいと思います、馬超様《ばちよう》」

牛志《ぎゆうし》が言った。

「今夜、出動する。上邦の城は山中だ。夜の間に近づいて、明日には落としてしまう」

「五千の、守兵を選びます。出動は、全員すぐにでも可能です」

冀城《きじよう》の中が、慌《あわただ》しくなった。

夜半には、出動した。騎馬は、夜明け前に上邦《じょうほう》に着けるだろう。歩兵も、明日の午《ひる》まえには到着する。

月が出ていた。松明《たいまつ》も、必要ではなかった。上邦までは、一本道である。

上邦に着くと、城を囲むように騎馬を展開させ、歩兵の到着を待った。四千騎である。城を攻めるには少なすぎたが、出てきた者を討《う》つことはできる。

夜が明けてきた。

明るくなると、上邦の城が、しっかりと迎撃態勢をとっているのが、よくわかった。

そうやって、待っていろ。馬超は呟《つぶや》いた。どれほど堅く守ろうと、この城は火に弱い。火矢を射こみ続ければ、やがてどこかが燃えあがる。

今度だけは、容赦する気が馬超にはなかった。落としたあとは、略奪も、殺すことも禁じない。民は不憫《ふびん》だが、見せしめは必要なのだ。

陽《ひ》が昇ると、不意に城門が開いた。

兵が出てくる。勢いはいい。この馬超が、甘く見られたものだ。呟いた。いくらか、自嘲《じちょう》も入り混じっている。

馬岱が蒼《あお》ざめてふり返ったのは、騎馬隊が出てきた時だった。多い。六千、いや七千騎はいる。しかも、統制のとれた騎馬隊だった。

「罠《わな》かもしれません、兄上」

「罠だ、間違いなく。馬岱《ばたい》、進軍中の歩兵に伝令を出せ。すぐに冀城《きじょう》に引き返せとな。われわれも、ここは一度引き揚げようと思う。馬岱と牛志《ぎゅうし》は、さきに駈けろ。俺は、追おうとするやつらの鼻を一度挫《くじ》いてから、冀城にむかう」

愚図愚図《ぐずぐず》している時ではなかった。こういう時は、一刻も早く城に拠《よ》ることだ。

馬岱と牛志が駈け去っていく。残っているのは、旗本《はたもと》の二百騎だけだ。しばらく待ち、馬超《ばちょう》も駈けた。一千騎ほどが、追ってくる。川を背にしたところで、馬超は馬を止めた。

小さくかたまった。大軍を相手に、拡《ひろ》がっていても意味はない。

追ってきた。五百騎ほどだ。さらに後続がいる。馬超の旗を見て、先頭の五百騎は怯《ひる》んだようだ。馬超は、剣を抜き放ち、先頭で突っこんだ。敵を二つに割り、追い散らし、再び川を背にする。二百騎ほどは、倒していた。後続が、さらに一千ほど続いている。

舌打ちをし、馬超はもう一度、敵を断ち割った。まだ陣形を組んでいない騎馬隊である。駈け回って混乱させ、離脱するのはそれほど難しくはなかった。

そのまま、川を渡って駈けた。

敵は数が多いだけで、それほど手強《てごわ》くはなかった。しかし、なぜ上邦《じょうほう》の城に、あれだけの兵がいたのか。東の方の豪族が集まり、連合して上邦の城に少しずつ兵を入れたのか。

急追してくる、という感じではなかった。ただ、間違いなく追ってはきている。途中で、馬を一度休ませた。限界まで乗って休ませるより、元気なうちに休ませておくことだ。背後にそれほど脅威がなければ、そうしていた方がいい。

再び駈けはじめた時、牛志が戻ってくるのに出会った。

「心配ない。大した敵ではない。数が多いだけでな。ほかの者は、冀城に着いたのか？」

「それが、梁寛《りょうかん》が城門を開きません。なにがあっても開けるなと言われたと、城塔から嘲笑《ちょうしょう》する始末です」

「おかしいな」

「全部が、大がかりな諜略《ちょうりゃく》だ、という気がします。とすれば、夏侯淵《かこうえん》の軍も、どこかに来ているのではないでしょうか？」

「とにかく、冀城へ行くぞ。兵をまとめなければならん」

駈けた。これが謀略だとしたら、と駈けながら馬超《ばちよう》は考えた。わからなかった。第一、どの程度の謀略を、夏侯淵《かこうえん》は仕かけてきているのか、それすらわからないのだ。

冀城《きじよう》にむかって、歩兵は陣を組んでいた。

「兄上、梁寛《りようかん》も裏切っています。守兵の五千は捕えられるか殺されるかし、別の兵が一万以上、城内にいます」

「一万だと。どこから来た兵だ？」

「わかりませんが、梁寛は自信たっぷりで、城塔から見物を決めこんでいます」

「斥候《せっこう》を出せ、馬岱《ばたい》。城にではない。周辺を探ってみるのだ。牛志《ぎゅうし》、陣を組ませろ。歩兵を二隊方陣にして、一隊は城に、もう一隊は後方にむけるのだ。騎馬はひとつにまとめ、少し離しておけ」

全軍が動きはじめた。

「弓」

馬超は、そばの者に言った。城塔に、人の姿が見える。多分、梁寛だろう。駈けた。やはり梁寛だった。矢をつがえる。城壁からも矢が降ってきたが、まだ届いてはいなかった。さらに、疾駆する。弓を引き絞《しぼ》る。馬首を回しながら、城塔にむかって放《はな》った。駈け戻る。兵たちが声をあげる。梁寛が城塔から落ちたのは、見なくてもわかった。

矢一本で、兵の士気が変ってくる。馬超軍の方が、勢いがよくなった。

「後方二十里（約八キロ）に三万」

斥候の報告が入った。上邦《じょうほう》の城から追ってきた兵だろう。城内に一万としても、挟撃《きょうげき》はこわくない。同時に打ち破ることも、難しくはなかった。しかし、これだけの謀略なのか。もっと大がかりななにかが、仕かけられているのではないのか。

斥候が、また駈け戻ってきた。

「五万が、渭水《いすい》を渡渉《としょう》中」

渭水からここまでは、わずかだった。さらに、斥候が続々と戻ってくる。

「南に夏侯淵の軍、十万」

「なんだと。どこから湧《わ》いてきた。夏侯淵の本隊だと」

馬岱が叫んだ。間違いではない。さらに同じ報告が二つ入った。

つまり夏侯淵は、長安《ちょうあん》を出てひそかに接近していた。多分、城郭《まち》から城郭というふうに移動してきたのだろう。謀略で、ほとんどの城郭は落とされていた、ということだ。

そして、近隣の豪族の兵も糾合《きゅうごう》している。十数万の大軍に、囲まれつつあるということだった。じりじりと押していると思わせたのも、謀略の一環だったのだろう。すべて、城の外でこちらを丸裸にし、殲滅《せんめつ》するという作戦上にあったことだ。

「馬岱《ばたい》、歩兵を駈けさせろ。涼州《りょう》にむかってだ。無理に、俺についてくることはない。故郷に帰りたい者は、帰してやれ」

「しかし、兄上」

「このままぶつかれば、全滅だ。俺たちも、ここを支えて歩兵が逃げる時を作ったら、涼州へ駈ける」

「勝てます、兄上なら。夏侯淵《かこうえん》の首を取ればいいのです」

「馬岱殿。まともなぶつかり合いなら、馬超《ばちょう》様の勝機はいくらでもある。しかし、いまは罠《わな》の中だ。見事に嵌《はま》ってしまっている。こんな時は、悪あがきをしても仕方がない。罠から逃れることだけを、考えた方がいいと思う」

牛志《ぎゅうし》が、落ち着いて言った。

しばらくうつむいていた馬岱が、涙で濡《ぬ》れた顔をあげた。

「歩兵を、駈けさせます。武器は捨ててもいい。故郷へ帰ってもいい。闘う気があるなら、涼州で再び馬超の旗のもとに集まれと、そう伝えます」

涙を拭《ぬぐ》いながら、馬岱が歩兵の方へ走っていった。

「追撃される。騎馬は、相当苦しいことになる。夏侯淵は、なにがなんでも俺を殺そうという気だろうからな。騎兵にも伝えろ。馬も武器も捨てていいと。自分が生きることだけを考えろと」

「歩兵が散って、騎馬だけになった時に、伝えます。ぶつかるのは、やめた方がいいかもしれません、馬超様。逃げる機を失います」

「ぶつかるふりぐらいは、してやろう。弱そうなところを抜き、そのまま駈ける」

「夏侯淵とは、ぶつからないでください」

かすかに、馬超は頷《うなず》いた。

歩兵が散っていく。馬超は、騎馬隊をひとつにまとめた。

後方から追ってきていた騎馬隊が、まず姿を現わした。それから、南からきた、夏侯淵の本隊。圧倒的な大軍に見えた。

牛志が、武器も馬も捨てていいと、兵たちに伝えている。再起の場所は涼州。馬超の旗は、必ずどこかにある。言い終え、牛志は馬超のそばに来た。

「行くぞ」

馬超は短く言い、馬を出した。後方から追ってきていた数千の騎馬隊。馬超の旗が近づいていくと、それだけで算を乱しはじめた。

「よし、突っ切るぞ。抜けたら、あとは勝手に走れ。死ぬなよ、つまらぬ罠の中で。今日まで、よく闘ってくれた」

大声で言い、剣を抜き放ち、馬超《ばちょう》は疾駆《しっく》しはじめた。ぶつかる。叩《たた》き落とす。前へ進むことだけは、やめなかった。何人斬ったのか。騎馬の群れを、抜けていた。駈け続けた。歩兵は、遅れているようだ。無人の荒野だった。一千騎ほどは、まだついてきている。馬岱《ばたい》も、牛志《ぎゅうし》もいた。

馬超は、叫び声をあげた。叫びながら、駈け続けた。

3

雒城《らくじょう》の攻囲が、一年に及ぼうとしている。

周辺の郡県は、すべて鎮撫《ちんぶ》した。いまのところ、漢中《かんちゅう》を除く益《えき》州の北半分は、ほぼ手中にしたと言っていいだろう。

しかし、雒城は頑強である。

雒城の兵力。民の数。蓄えられている兵糧《ひょうろう》。無理をすれば、一年は保《も》つ。それは、法正《ほうせい》が運んできた機密からも、知ることができた。つまり、そろそろ限界に達するはずなのだ。

ただ一年という歳月は長く、一度落としたところが、叛乱《はんらん》の気配を見せたりもしている。いつまでも雒城を落とせない劉備《りゅうび》軍は、それほどでもないと思われはじめているのだ。

六万近い軍になっている。兵糧は白帝城《はくていじょう》からも運ばれてくるし、北部の諸城からも徴発することができるので、まず心配はない。

叛乱が頻発《ひんぱつ》すれば、兵糧を出し渋る城も出てくるだろう。

そろそろ、次の段階に入るべき時か、と劉備は思った。

益州攻略の軍師は龐統《ほうとう》だが、出陣する前に、劉備は孔明《こうめい》と長い時間話し合ってきた。益州へ入ってからも、連絡は欠かしていない。

荊州《けい》は、平穏だった。曹操《そうそう》が合肥《がっぴ》の戦線に大兵力を投入し、自らも出陣したので、荊州は曹操の攻撃を免れたのだ。

荊州を攻めてはこないだろう、というのが孔明の読みだった。曹操としては、合肥を失えない。涼州《りょう》の馬超の脅威もある。荊州を攻めれば、三面作戦になってしまうのだ。

孔明《こうめい》の読み通りに、事は進んだ。合肥《がっぴ》は、結局兵力集中の割りには、動かなかった。涼州《りょう》の馬超《ばちょう》が破れたことは、報告が入ったばかりだった。たとえ馬超を潰《つぶ》しても、すべての鎮圧には、相当の時を要するはずだ。

二年で、益州《えき》を領土にしてしまう。民政も機能させる。それならば安全だろう、と出発前に話し合ったのだった。二年を過ぎると、曹操《そうそう》がどう動くかはわからない。成都《せいと》がまだあるとは言え、目的の半分以上は果していた。三万だった軍が、いまは二倍にふくれあがった。

同じように、荊州《けい》でも兵を集める努力はしていたのだ。四万を残してきたが、それが五万を超え、五万五千に達しようとしている。張飛《ちょうひ》と趙雲《ちょううん》が、戦《いくさ》に出られない腹癒《はらい》せに、鬼のようになって調練《ちょうれん》したという。かなりの精兵に仕あがっているはずだった。

麋竺《びじく》と簡雍《かんよう》は、各地の民政を整えるのに余念がなかった。たえずどこかに出向いているという状態だが、それを劉備《りゅうび》は雒城《らくじょう》攻囲の本営に呼び戻した。

黄忠《こうちゅう》、魏延《ぎえん》も加えて、軍議を開いた。降伏《こうふく》した李厳《りげん》も入っている。

「そろそろ、益州攻略の第二段階に入りたいと思う。雒城はこの通りまだ落ちていないし、成都には手も触れていない。しかし成都は、すでに孤立しつつある」

「第二段階が、あったのですか?」

　爨竺の片膝《かたひざ》が、小刻みに動いていた。

「益州南部の、平定をはじめる」

「しかしそれは」

　雒城もまだ落ちていない。爨竺はそう言いたかったのだろうが、途中で言葉を呑《の》みこんだ。

「もう少し、待っていただけませんか、殿」

　龐統《ほうとう》が、身を乗り出して言う。第二段階のことは、当然龐統は知っている。ただ、雒城を落としてから、それがはじまると思っていたのだろう。

「いや、龐統。時がない。涼州で暴れ、雍《よう》州にまで出てきていた馬超も、大敗したという。このままでは、やがて曹操が動く」

「あとひと月で、雒城は落ちます」

「それとは関係なく、第二段階をはじめられるようになった」

「その、第二段階というのを、説明していただけませんか、殿?」

　魏延が言い、黄忠も頷《うなず》いた。二人よりさらに新参の法正《ほうせい》や孟達《もうたつ》や李厳は、黙って聞いている。

「益《えき》州をまともに攻略するほど、われらには兵力がなかった。それで、五斗米道《ごとべいどう》との戦の救援というかたちで、益州に入らざるを得なかった。たった三万しか出せなかったのだ。よく闘ったと思う。益州に入り、北部にしっかりと足場を作るのが、第一段階であった。それは、充分すぎるほど果した」

孔明《こうめい》が周到に計算したとはいえ、大きな賭《か》けでもあったのだ。雒城《らくじょう》まで進めたのは、想像以上の戦果で、それは龐統《ほうとう》の力によるところが大きい。

「われらが益州で闘っている間、荊《けい》州でも兵を集め、調練を重ねてきたのだ。そして、われらを増援するだけの余力もできた」

「それは、ここへ増援してくるということですか？」

魏延《ぎえん》も、遠からず雒城を落とせる、と思っているようだ。

「二万五千が、白帝城《はくていじょう》から入ってきて、江《こう》州（重慶《じゅうけい》）へ進む。諸葛亮《しょかつりょう》が軍師で、張《ちょう》飛《ひ》、趙雲《ちょううん》の二将軍が兵を率《ひき》いる。関羽《かんう》は、三万の兵で荊州を守る」

「江州から、成都《せいと》を攻める部隊にされるのですか？」

「たやすく成都までやって来られても困る。大きく迂回《うかい》し、江陽《こうよう》、武陽《ぶよう》を落として成都へ到《いた》る部隊、徳陽《とくよう》を落として成都へ来る部隊。およそそんなところになるだろう。つまり、南部の平定戦からはじめて、成都を完全に孤立させてしまうのだ」

「なるほど」

魏延が頷《うなず》いた。

「南を平定してしまえば、北部の叛乱《はんらん》の気配も消える、と私は思います」

黄忠《こうちゅう》が言った。龐統以外は、全員異論はなさそうだった。

「南の平定に、それほど時は要すまい。ともに成都を攻められたら、それで充分。無理に雒城を落とさず、力尽きるのを待てばいいのだ」

龐統が、うつむいた。雒城まで落としていれば、完璧《かんぺき》に仕事をなしたと言える。成都を孔明とともに攻めるのには異存はないだろうが、雒城だけは落としたいはずだ。

「音に聞えた、張飛、趙雲の二将軍とお目にかかれるのが、愉《たの》しみです。それに、諸葛亮殿とも」

李厳《りげん》が言った。龐統は、まだうつむいたままだ。

「明日、使者を出す。二万五千は、夷道《いどう》に集結している。すぐにでも進発《しんぱつ》できるはずだ」

「見えましたな」

麋竺《びじく》が言った。

「これで、益州《えき》攻略が成ると、はっきりと私の眼《め》には見えました。民政を整えようと思っても、益州の主《あるじ》が誰《だれ》なのか、民が迷っているような状態が続いておりました。これで、戦乱にあまり荒らされず、民も荒廃していない益州を、殿は手にされます」

「諸将は、気を緩《ゆる》めるな。まだ勝ったわけではないぞ」

全員が、一礼した。

軍議は散会したが、龐統《ほうとう》は残っていた。残れ、と劉備《りゅうび》が言ったのだ。

「不満そうだな」

「殿が、全体を見渡して、時機を測られたのは、よくわかります。一年かけても雒《らく》城《じょう》を落とす方策が見つけられない自分が、ただ腑甲斐《ふがい》ないのです」

「なにを言っている、龐統。城というのは、落ちないように作ってある。それを守る人間が落ちるかどうかだと、私は思うようになった。雒城は、益州がふり絞《しぼ》っている、最後の力なのだ。そしてそういう力は、いずれ尽きる」

「守る人間を落とす方策が、どうしても見つけられなかったのです」

「一州の最後の力は、それほど甘いものではあるまい」

「はい」

「曹操《そうそう》が、魏《ぎ》国を作り、魏公に昇った。当面は、そのことで忙殺されるだろう。いましか、時はない」

龐統がうなだれ、かすかに頷いた。

「軍師として、おまえはよくやってくれた。はじめの計画では、一年で益州北部にしっかりした足場、ということになっていたではないか。それが、ほとんど鎮撫《ちんぶ》もできているのだ。馬にも乗れなかったおまえが、戦場を駈《か》けめぐっている。私には、驚きでもあり、喜びでもある」

龐統は、うなだれたままだ。

「あとは、待てばいいのだ、龐統。耐えて待つ。それも戦だぞ」

「新参の私を、軍師にしてくださいましたのに」

「してよかった、と思っている。益州に入ってからのおまえの働きは、眼を瞠《みは》るほどであった。実戦に馴《な》れていなかったおまえが、見違えるほどでもある」

「ありがとうございます」

「充分すぎるほどの、戦功をあげているのだぞ、龐統」

言って、劉備は腰をあげた。

また、攻囲の日が続いた。

雒城《らくじょう》からは、一度も兵が出てきたことはない。ただ、近づくと矢を浴びる。夜襲の声をあげたり、火矢を射こんだりしても無駄だった。この三カ月は、ただ囲んでいるだけである。

本営の外が、騒がしかった。

兵が、駈けこんできて報告した。

「龐統《ほうとう》様が、流れ矢に当たり」

城に近づかなければ、流れ矢などない。龐統は、城に近づきすぎたのか。

「それで、怪我《けが》は？」

「わかりません。矢は、胸に突き立ちました。いま、こちらへ運んでおります」

劉備《りゅうび》は、本営を飛び出した。

運ばれてきた龐統は、すでに絶命していた。

城の隙《すき》が見えたと言って、ひとりで城壁に近づいたのだという。どういう隙かは、わからなかった。雨のように矢を射かけられたのではなく、一本だけだった。それが、胸板を貫いたのだ。城壁からは、届いたとしても矢が力を失っている距離で、だから兵たちも流れ矢だと判断したのだ。

信じられないような、強弓を引く者もいる。呂布《りょふ》が、そうだった。関羽《かんう》や張飛《ちょうひ》でも、常人には信じられないような強弓を引く。そういう人間がいるということを、龐統は話で知ってはいても、実際に見たことはなかったのだろう。

流れ矢だったかどうかは、どうでもいいことだった。

龐統が、死んだ。それも、笑い出したくなるほど、呆気《あつけ》なくだ。

孔明《こうめい》を呼ぶということで、龐統はどこか焦ったのではないのか。益州《えき》攻略戦で、孔明と並べるほどの軍功を、と思ってはいただろう。

まだ、若い。三十六歳だった。

軍師をひとり、失った、と劉備は思った。

4

黄忠《こうちゅう》が、調練《ちようれん》代りに、原野を駈《か》け、五城《ごじよう》を攻めて戻ってきた。五城で、叛乱《はんらん》の気配がある、という報告が入ったのだ。雒《らく》から五城まで百里（約四十キロ）程度である。五日目には、黄忠は戻ってきていた。

「叛乱は叛乱でも、民の叛乱でありました。この地で採用した文官が、かなりの不正を働き、民の怒りが募《つの》ったのですな。それで、その文官が叛乱という伝令を、本営に送ってきたようです」

五城《ごじょう》は、すぐに降伏《こうふく》したので、守兵も文官もそのままにしてあった。そういうところが、いくつかある。

「いま、麋竺《びじく》殿の部下が二人来て、どういう不正がなされていたか、調べています。税の着服だろう、と私は思いますが」

「厳しく罰した方がいいかもしれんな」

「守兵一千を、入れ替えてきました。しっかりした校尉《こうい》（将校）に指揮させております。処断されるにしても、麋竺殿の調査が済んでからでよろしいでしょう」

文官が、不足している。まだ益《えき》州を制したわけではないので、役所も臨時のものだった。そういう不正は、まだ捜せばあるだろう。

雒城《らくじょう》は、やはり落ちなかった。

劉璋《りゅうしょう》の息子の劉循《りゅうじゅん》は、こういう籠城戦《ろうじょうせん》のようなものには、強いのかもしれない。原野戦は、あっさりと避けたのだ。

父子が似ていなければいい、と劉備《りゅうび》は思った。劉璋が成都《せいと》に籠《こも》ると、面倒なことになる。兵力はあるので、城を破壊することにもなるだろう。

孔明《こうめい》たちは、すでに益州に入っていた。

趙雲《ちょううん》が、船で進み、すでに江陽《こうよう》は落としている。張飛《ちょうひ》は、巴《は》郡から巴西《はせい》郡にかけての掃討《そうとう》だった。江陽で趙雲と別れた孔明は、五千を率《ひき》いて真直《まっす》ぐ北上している。途中で抜かなければならない城がいくつかあるだろうが、成都への最短距離だった。その情報は、すでに成都に入っているはずだが、劉璋の動きはまったくない。

黄忠《こうちゅう》が出動した以外、静かなものだった。

魏延《ぎえん》と李厳《りげん》は、騎馬隊の調練によく出るが、夕方には戻ってくる。

劉備は、龐統《ほうとう》の分まで仕事があって、忙しかった。攻囲軍の配置はたえず変えていたが、その細かい指図をしなければならない。陣中の兵の様子も、よく見ておかなければならない。おまけに、麋竺や簡雍《かんよう》と、しばしば打ち合わせもした。文官は、まだ敵地だという考えを捨てきれない。つまり、なにをやるのも軍事と結びついてくるのだ。

本営がどよめきに包まれた時も、劉備は裁判のやり方について、麋竺と話し合っていた。益州全体が揺れている時なので、罪を犯す人間も少なくない。

「城塔で旗が振られておりますぞ、殿」

孟達《もうたつ》が飛びこんできて言った。

劉備は、持っていた筆を放《ほう》り出し、陣舎《じんしゃ》の外に飛び出していた。確かに、雒城の城塔から、布を旗にしたものが振られていた。

「全軍、戦闘準備だ。騎馬隊は、正門の前に整列させよ」

言って、劉備《りゆうび》は陣舎に飛びこみ、具足《ぐそく》をつけ、兜《かぶと》も被《かぶ》った。

正門の前まで駈けた。騎馬隊が整列している場所から正門まで二里（約八百メートル）というところだ。

正門が、開かれた。なにか仕かけがあったようで、しばらくは石が落ち続けているのが見えた。それから、一団の兵が姿を現わした。馬が一頭。あとはすべて、飢えを凌《しの》ぐために食らったに違いない。

出てきた兵が、武器を地面に投げ出した。それはすぐに、小山のようになり、方々に盛りあがった。

「胡床《こしよう》（折り畳みの椅子《いす》）を、二つ」

劉備が言うと、すでに用意していたのか、兵が胡床を出して地面に置いた。

十四、五名の一団が、近づいてくる。その中に、騎乗の者もいた。

「劉循《りゆうじゆん》です」

馬から降りたのは、まだ若い青年だった。頰《ほお》がこけ、眼《め》が落ち窪《くぼ》んでいる。

「胡床を取られるがよい、劉循殿」

「降伏《こうふく》いたします。城を明け渡しますゆえ、私以外の者たちの命はどうか」

「とにかく、胡床を取られよ、劉循殿」

劉循が、胡床に座った。むき合って、劉備も座った。

「兵糧《ひょうろう》が尽きました。それから気力も」

「よく、一年も耐えられた」

「野戦はできません。せめて籠城《ろうじょう》をと思ったのですが」

「兵も、疲れきっているようですな」

城から出てくる兵の中で、倒れる者が何人もいた。支えられながら歩いている者もいる。

「こんなに耐えられるとは、自分でも思っていませんでした。意地のようなものが、人を支えるのだと知りました」

「劉循殿には、幕舎《ばくしゃ》をひとつ進呈しよう。そこで休まれるがよい。兵たちにも、兵糧を配ります。誰《だれ》も殺しはしません。いずれ、荊州《けいしゅう》へ移っていただくことになるが、それまでは成都《せいと》から離れた城郭《まち》にいていただくことになります」

「救っていただけるのですか、この命を」

劉循が、胡床から崩れるように落ち、気を失った。幕舎をひとつ張り、そこに劉循を運ばせた。

「黄忠《こうちゅう》、法正《ほうせい》。雒城《らくじょう》に入れ。兵糧を運びこみ、民に分け与えるのだ。城内が落ち着いたら、守兵三千を定めよ。明日には、成都《せいと》にむかいたい」

黄忠と法正が、兵に指示を出しはじめた。

「死にたくないという思いが、あれほど劉循《りゅうじゅん》を耐えさせたのでしょうか?」

孟達《もうたつ》がそばに来て言った。

「軟弱な太子(貴人の息子)でありました。あれほど耐えたのは、まわりの者がそうさせていると思ったのですが」

「追いつめられてわかる自分もあるのだ、孟達」

「まことでございますな。死なぬと知って気を失うところには、軟弱さが残っておりましたが」

「陣を払え。進軍の準備をするぞ」

それから劉備《りゅうび》はひとりになり、しばらく雒城を見つめていた。落とさなくてもいい命を、龐統《ほうとう》はここで落とした。劉循という青年は、生き延びた。

戦《いくさ》では、しばしば不思議なことが起きる。

翌朝、劉備は先発の騎馬三千と、三万の歩兵を率いて出発した。

成都への道。この道が、天下への道となることがあるのか。

夕刻、成都に到着した。

すぐに陣を敷き、篝火《かがりび》を焚《た》いた。不気味なほどに、成都は静まり返っている。城内は三万。兵糧は充分で、民の分も含めて一年分はある。潜入していた、応累《おうるい》の手の者からの報告だった。

全軍が到着したのは、翌日の夕刻だった。七万に増えていた。こういう時は、飢えを凌《じの》ぎたい一心で、軍に加わってくる者もいる。雒城の兵が、いくらか志願してきたのだろう。

陣舎ができあがるまで、劉備は幕舎で暮した。毎日、成都の城を旗本《はたもと》数十騎を連れて一周した。いい城だった。地形に恵まれている。地形に恵まれているのは、城だけではなく、この益《えき》州全体がそうだった。

将軍たちには、気持をひきしめるように言った。劉璋《りゅうしょう》もまた、一年ぐらいは耐えるかもしれないのだ。

最初に到着したのは、孔明《こうめい》だった。漢安《かんあん》と資中《しちゅう》の、二つの城を抜いてきていた。

「ついに、成都に到着されましたな、殿」

劉備の顔を見ると、感慨深げに孔明が言った。

「劉表《りゅうひょう》殿の客将にすぎなかった私が、ついにここまで来たのだな、孔明《こうめい》」

「私も、隆中《りゅうちゅう》で土と戯《たわむ》れていたのが、嘘《うそ》のように昔のことに思えます」

それから、龐統《ほうとう》の話になった。最も親しかったのは、やはり孔明である。親しかったがゆえに、龐統も孔明には競争心を燃やした。しかし孔明は、感情の動きはなにも見せなかった。

孔明より二日遅れて、張飛《ちょうひ》がやってきた。張飛の率いる一万は、やはりほかの兵とは違っていた。最も厳しい調練を受けていて、張飛に打ち殺される者が何人も出るのだ。しかし、戦場ではほかの軍と較《くら》べると、死ぬ者はずっと少ない。調練の成果は、そういうところにも出るのだ。平気で兵を打ち殺すと言われているが、兵が死ぬのを一番いやがり、悲しんでいるのが実は張飛だった。

「大兄貴は、老《ふ》けられましたな。やはり、俺《おれ》がそばにいて、代りに戦をしてやらないと駄目なのだな」

頭髪の白いものを数えるように、張飛は劉備の頭を覗《のぞ》きこんできた。

陣舎も整ったが、趙雲《ちょううん》の到着が遅れていた。最も長い道のりで、しかもその大部分が川の溯上《そじょう》だった。抜かなければならない城も多い。

趙雲は、張飛よりさらに十日遅れた。

到着したことは、様子を見に行っていた張飛が、駈け戻ってきて自分で知らせた。趙雲は、陣舎の前で出迎えた劉備を、眩《まぶ》しそうに見つめてきた。言葉は交わさなかった。

攻囲の陣は、ようやく劉備軍という感じになった。これで関羽《かんう》が加われば と思ったが、口には出さなかった。

張飛も趙雲も、李厳《りげん》や孟達《もうたつ》や法正《ほうせい》という、新しく加わった者たちと、毎夜のように話をしていた。時には、黄忠《こうちゅう》や魏延《ぎえん》も加わっている。

孔明だけが、いつもひとりで城を眺めていた。軍師であることをたえず自覚するためなのか、具足はほとんどつけない。粗末な軍袍《ぐんぽう》に、青い巾《きん》をつけていた。

「ここから、新しいことがはじまるのだな、孔明」

「そうです。これまでとはまるで違うことが、はじまります」

「天下三分か」

「そうなってきました。問題は、揚《よう》州でしょう。やがて、益《えき》州と荆《けい》州を合わせたわれらの力の方が、揚州を凌《しの》ぐでありましょうから」

「私は、あまり心配はしておらん」

「ほう」

「孔明《こうめい》がいるからだ」

「そうです。私がいます、殿。新しい道を、この孔明が先導いたします」

孔明が笑った。

益《えき》州ではめずらしく、よく晴れた日だった。

本書は、二〇〇二年一月に小社より時代小説文庫として刊行された
『三国志　八の巻　水府の星』を改訂し、新装版として刊行しました。

時代小説文庫
き 3-48

三《さん》国《ごく》志《し》 八《はち》の巻《まき》 水府《すいふ》の星《ほし》（新装版）

著者　北《きた》方《かた》謙《けん》三《ぞう》

2002年1月18日第一刷発行
2024年6月18日新装版第一刷発行

発行者　角川春樹

発行所　株式会社 角川春樹事務所
〒102-0074 東京都千代田区九段南2-1-30 イタリア文化会館

電話　03（3263）5247［編集］　03（3263）5881［営業］

印刷・製本　中央精版印刷株式会社

フォーマット・デザイン＆シンボルマーク　芦澤泰偉

ISBN978-4-7584-4644-0 C0193

http://www.kadokawaharuki.co.jp/［営業］
fanmail@kadokawaharuki.co.jp［編集］ ご意見・ご感想をお寄せください。